El guerrero de la espuma
y otras tantas despedidas

Luis Fernández-Zavala

El guerrero de la espuma y otras tantas despedidas
Todos los Derechos de Edición Reservados
©2014, Luis Fernández-Zavala
Número de Registro en Estados Unidos:
TXU001879036 / 2013-07-13
Fotografía del autor: Alisandro Fernández
Arte de portada: TAVLOS

ISBN-10: 1630650234
ISBN-13: 978-1-63065-023-0

Pukiyari Editores
www.pukiyari.com

«Yo veo y siento la realidad en forma de cuento y solo puedo expresarme de esa forma».
—Julio Ramón Ribeyro

«Según Kundera, los personajes de ficción son egos experimentales».
—Jorge Volpi

«Never trust the teller, trust the tale.»
—D.H. Lawrence

A Alisandro Raúl, Abelino Amado Diego y Darío Neruda Luis,
mis hijos, los verdaderos fabuladores en la familia.

Índice

El guerrero de la espuma (Egdle)

«Todo amante es un soldado en guerra».
—Ovidio

Uno

La hora de partir, sin muchos preámbulos y casi como quien sale por la puerta falsa, había llegado. Una nostalgia tempranera –casi socializante– recorrió los rostros de los pasajeros improvisados, mientras veían disminuirse en el horizonte opuesto las luces intermitentes del Callao. Ni Mar Brava, ni Mar Mansa, únicamente mar por los siguientes veinte días y le fue imposible a Egdle no pensar que por fin vería su mundo desde la otra orilla. Todos miraban con asombro la enorme arca que los transportaría de tierra firme al vaivén de sus sueños y a más de uno se le agolpó la saliva pesada, deseando que el barco luciera un poco más seguro de lo que bajo su raído camuflaje se mostraba.

El navío parecía una gigantesca vieja y oxidada lata de sardinas, sin gracia, en donde los pasajeros convivirían un aletargado tiempo apiñados, mientras él se mecería imperturbable, ajeno a la marea que cacheteaba sus costados despintados. No era la primera vez que este mastodonte marino se había dejado llenar de espárragos, de maracuyá, de estudiantes que se veían timoratos frente a lo desconocido y de una amalgama de hombres y mujeres con rostros trasnochados. Impávido, sin dudar de su fortaleza, la chatarreada mole se dejaba alimentar de nuevos viajeros titubeantes, con la malicia que le daba el ser un transporte de carga con muchas millas náuticas en su haber. Otra monótona travesía para el desvencijado barco; sueños e indeterminaciones para los que se embarcaban. No era lo suficientemente bello y pedante para parecerse al Titanic, no era pequeño y ágil aventurero como el Kontiki, ni siquiera revolucionario y esperanzado como el Gramma. No. Era nada más que una gran mole de metal a medio pintar, sin más pretensiones que mantenerse a flote para llegar al próximo puerto, abrir su panza de cajas y personas multicolores, descargarlos y volver a cargar más de lo mismo hasta el siguiente atracadero, sin importar su nombre o su distancia; solamente llegar, descargar, volver a cargar y de nuevo mantenerse a flote. La falta de pedigrí o de belleza, o de elegancia, era de mínima importancia para todos los que se iban del país ese día, aquel era 'su' barco, con una única misión: mantener navegando sus deseos de autoexilio.

La cabina asignada a Egdle era para dos personas y no para cuatro; la consiguió a cambio de unas tareas diarias en el mantenimiento del barco durante la travesía. Trabajar era ciertamente un mal menor, frente a la posibilidad de un encierro tan largo y con tanta gente desconocida. Después de deambular por el barco jalando su maletota encontró por fin su cabina. Abrió la puerta sin tocar y la oscuridad acurrucada expandió una bocanada de mal olor que pegó con fuerza despiadada en sus fosas nasales. No era que apestara a mierda, pero sí se sentía una mezcla de sudor proveniente de una o varias pieles con efluvios desconocidos y a comida con especies que tampoco le eran familiares. Aquel primer encuentro con su celda marina le hizo retroceder un paso y esperar que la oscuridad interna develara algo más que la pestilencia. A la izquierda de la que sería su cama se podía distinguir una espalda ancha y sin cabeza.

—Buenas —murmuró sin voltear, no muy seguro de la hora, ni esperando una respuesta.

Deslizó la maletota junto a la cama tratando de no hacer ruido y antes de tenderse sobre sus huesos, puedo ver, a través del ojo que tenía como ventana, la línea donde se juntaban el mar y el cielo que le acompañarían en su rutina ultramarina. Con las manos en la nuca, apretó sus ojos e imaginó otra partida menos solitaria y con despedidas ahora ausentes.

El Aeropuerto Internacional Jorge Chávez se le apareció con su acostumbrado bullicio de mercado tercermundista. No faltaron los sospechosos de siempre, las miradas alertas a posibles ladronzuelos, los taxistas que parecían levantar en vilo a los recién llegados, casi raptándolos; los adustos fisgones en raídos ternos buscando su punto; deportivos hombres de negocios y chicas de clase media aparentando muchas partidas, idas y venidas por el mundo, todos ellos provenientes de Miraflores, según ellos.

Dentro de aquel esperado alboroto, imaginó a Mirella, a Ivette y a su madre viniendo a despedirse. Iban apareciendo una a una, brotando desde las burbujas de gentío que siempre atiborran las despedidas y arribos en el aeropuerto. Ellas eran parte de su íntimo *entourage*. La presencia de estas mujeres cerraba un tremendo círculo de su vida en Perú y le daba la importancia debida a ese momento de despedidas imaginadas.

Lleno de melancolía, con unas ganas muy personales de poner su corazón en los latidos de estas mujeres antes que la distancia las hiciera pequeñas en su memoria, las imaginaba aproximándose. Veía a Mirella con su sonrisa dibujando los gestos nocturnos del deseo, con sus rulos juguetones y dorados, siempre vestida de negro y fumando como bruja, dándole ese último abrazo y susurrándome al oído: «Adiós, flaco, me rompiste y desnudaste el corazón... adiós... ». «Pero nunca sabré –habría sido su respuesta– por qué llorabas antes y después del orgasmo, gringuita greco-peruana-barranquina, bandida, mi dulce bandida».

Aparecía la etrusca figura de Ivette caminando hacia él decididamente, como quien lleva una bandera para entregársela y un canto que lo dejaría aturdido por lo inesperado (*avanti o popolo, alla riscossa, bandeira rossa la trionferá*). «Te amé a pesar de tus silencios y las batallas que perseguiste entre tus propias sombras. En algún lugar no muy lejano de tu pecho encontrarás la revolución que de mí bebiste». Le deja el camino abierto, estampando su sello de medusa que lo acompañaría más del tiempo del necesario.

Veía a su madre, lagrimeando a escondidas, como un cangrejo arropándose entre su infancia y sus decisiones de hombre. Algo de ella se desprende y le duele. «Cuídate, cuídate mi hijo». «Qué te puedo decir viejita, tengo que partir aunque a los dos nos duela». Y la ve alejarse al rincón de su infancia donde todo dependía de ella.

Egdle se dio media vuelta hacia la pared y una lágrima tripuda y pesada se desprendió incontenible, y otras más, las ineludibles compañeras de su tristeza y sus despedidas imaginadas. Sin proponérselo, se sumergió en el misterioso planeta de las lágrimas, mientras le invadía un sopor que lo obligó a dormir exhausto.

Lo tumultuoso y caótico del Jorge Chávez —que es siempre mayor por la ausencia de asientos y la imperdonable muchedumbre de los adictos a las despedidas y recibimientos— no estuvo presente en la madrugada de su partida, pero sí el primer puerto de la República, el Callao de los chalacos, ahora era el Callao de todo el Perú.

Con los ríos de arriba arrastrando agua contaminada hacia el mar, miles de habitantes desplazados por la violencia en la sierra, y los efectos de un modo de producción más melancólico que capitalista, el Callao ya no era la puerta de entrada de lo nuevo, lo exótico, los dólares y lo ultimito de la Salsa. Era la salida o escape de aquellos que querían no ser reconocidos en el aeropuerto o no tenían los medios para salir por la puerta grande. Malandrines de cuello blanco, aventureros pobres, estudiantes expertos en sobrevivencia y uno que otro extranjero que volvía a su tierra apretando unos pocos dólares, la prueba de su éxito en la Tierra de los Incas, pero no suficientes para viajar moderna y cómodamente por avión. Quizá por ahí también se resbalarían un contingente de nuevos revolucionarios y muchos narcos. Dentro de esta variopinta multitud de pasajeros posibles y reales, estaba Egdle con sus veintiséis años de batallas amorosas no ganadas, unas ganas terribles de autoexiliarse y una despedida inventada.

A la mañana siguiente, muy temprano, a la hora del desayuno en el comedor del barco, con café de Tingo María, pan francés —que es peruano— mantequilla y mermelada importadas, el capitán, de pesado acento griego, les dio una breve bienvenida oficial y algunos consejos sobre cómo sobrellevar las posibles acicaladas tormentas en altamar. Por lo visto, nadie esperaba un discurso de primera clase y la mayoría de los viajeros se limitó a seguir a la distancia las protocolares declaraciones del capitán. Poco a poco y entre sorbos de café, Egdle pudo ver más claramente a sus compañeros de viaje. Hombres de caras cansadas, algunas mujeres arregladitas tempranamente que parecían las esposas naturales de los rostros cetrinos y opacos, un grupo de niños mataperreando libremente alrededor de las mesas, un pequeño grupo de estudiantes que se miraban con suspicacia desde lejos.

La llegada de una muchacha joven y bastante atractiva, que vestía apretados *jeans* y una blusa de color fucsia pausó las conversaciones y bajó el volumen en el salón casi a cero pues fueron muchos los que voltearon a mirarla con descaro. A Egdle se le endulzó el café al observar con placer voyerista el despabilado movimiento de sus caderas y su amigable sonrisa en medio de tantas caras desconfiadas. Desde lo alto de su cuello largo y fino, ella oteaba el ambiente, buscando dónde sentarse. A la distancia, Egdle se atrevió a levantar la mano y ofrecerle un espacio en la mesa que compartía con un muchacho de apariencia provinciana y maneras rebuscadas. Aliviada de su búsqueda, la mujer se dirigió hacia su mesa con un gesto amistoso que le iluminó el rostro. Ella era una beldad dispuesta a conquistar a quien se le pusiera enfrente.

—Buenos días, muchachos. Gracias por la invitación. Me llamo Grisel y me muero de hambre.

—Hola, soy Egdle.

—Juan, soy Juan —contestó el joven provinciano, casi atorándose.

—Bueno, no les pregunto qué hacen aquí, porque es obvio, si no a dónde van.

—Yo voy a África, a Mali específicamente —dijo mirando al joven llamado Juan, para inducir una respuesta.

—Voy a España, a estudiar, tengo media beca.

—¡Uyuyuy!, con beca, eso sí es suerte… ¿Y qué vas a hacer en África?

—Soy parte de un equipo internacional del desarrollo. ¿Y tú?

—Yo no —respondió con picardía—. Soy pintora y…

—De Miraflores… —la interrumpió

—No, soy chalaca, de Chucuito. ¿Por qué dices eso?, ¿tú también me crees pituca?

—No, es que todo peruano que sale del país se dice proveniente de Miraflores… ¿No sabías?

—No, pero me parece una cojudez... ¿De dónde eres tú, Juan?

—¿Yo? De...

—Lo que pasa, creo, es que en el Perú, salvo los arequipeños, cuzqueños y chalacos, como tú y yo, todo el resto de peruanos parecen tener temor de ser catalogados. Tú sabes, andino, no moderno, migrante, nuevo andino, cholo, chicha, pituco en decadencia, etcétera. Al final, no quieren ser clasificados antes del partido, es decir, las presentaciones formales y cortas juegan en su contra. Si dices Miraflores, ya está, ganaste tiempo para ser aceptado sin una clasificación discriminatoria.

—¿Acaso no les importa que la gente piense que todos los chalacos son chaveteros? —intercaló Juan detrás de su taza de café.

—¡Noooo! —contestaron al unísono, soltando unas carcajadas que Grisel lanzó hacia el techo, mientras Egdle trataba de controlar las suyas apretando la barbilla en su pecho.

¿Por qué será que las mujeres se carcajean siempre hacia arriba?, pensó. *Parecen gozar más así, y se les ve tan, tan sexy.*

—¡Uuyy!, parece que estamos haciendo demasiado ruido en medio del océano Pacífico —dijo Grisel con tono socarrón.

Los tres volvieron a sorber sus cafés, satisfechos de las presentaciones y de haber podido tener un primer contacto humano en el periplo que empezaba.

—Termina tu desayuno y vamos a dar una vuelta por el barco, te lo enseño —le dijo.

—Este desayuno está bueno, pero no parece peruano. El desayuno peruano de estos tiempos es con té y sin pan —le acotó con un amanerado tono sociológico.

—Tienes razón, flaco. Eso es ahora... ¿Te acuerdas de los desayunos domingueros?, esos de los que ya no se habla: con tamalotes comprados de las morenas gritonas y los chicharrones del mercado de la avenida Sáenz Peña, los chinos kunfutecas son bravos para darle velocidad al cuchillo... esa masita de yuca frita, el dulce camote frito en peroles... Umm, ¡qué rico!

—Apuesto que cuando acababas tu desayuno-almuerzo o *brunch* como lo llaman ahora los apitucados, ya tu familia estaba lista para el cebiche de cojinova o corvina.

—No sé si de cojinova o corvina, pero sí cebiche. Tú sabes, en Chucuito nunca faltaba el pescado fresco, era un barrio de pescadores. ¿Dónde mierda, vas a encontrar un barrio de pescadores ahora? Chucuito y La Punta han sido devorados por la expansión de los edificios de la Marina de Guerra. Los pocos pescadores artesanales que quedan duermen en sus botes varados en la playa. Como los sin casa o *homeless* de los Estados Unidos, pero con bote.

—Parece que nos estamos poniendo nostálgicos muy temprano.

—De algo hay que hablar, flaco.

Grisel gesticulaba como vendedora de pescado y seguía tirando sus atractivas carcajadas hacia el cielo, mientras acentuaba sus palabras apretando con delicadez el brazo de Egdle que se dejaba tocar en fraterna complicidad. Flaco aquí, flaco allá, todo sonaba familiar, ameno y el brazo de Egdle era feliz. De súbito Egdle se acordó de las obligaciones que tenía que cumplir.

—Me tengo que ir, los veo después.

Egdle se levantó intempestivamente mirando su reloj como un oficinista listo a marcar la tarjeta de su rutina. Mientras se dirigía a la salida del comedor, pretendió adivinar la edad de Grisel, pensando en los colores vivos de su blusa de tafetán y sus apretados *jeans*: *No más de treinta*, concluyó. *Una chalaca como yo, con un corazón chalaco.*

—¿La cocina? ¿La cocina? —preguntaba a cuanto ser viviente se le ponía enfrente. Movimientos de cabeza negativos respondían a su interrogatorio móvil ya sea porque no entendían la pregunta o simplemente no querían dar información.

—...¿*cuisine?*, ¿*cozinha?*, ¿cocina?, ¿*kuche?*, ¿*kitchen?*, ¿*cucina?*... ¿*gabugu?*

Finalmente, un acomedido africano le señaló la puerta que tomó sin dudas ni prolegómenos. Nunca había visto una cocina tan grande y tan limpia. Hornos, refrigeradores, licuadoras y batidoras parecían pertenecer a una familia de gigantes. Apareció uno de los tantos filipinos que trabajaban en el barco vistiendo una camiseta blanca, pantalón bombacho negro y una pañoleta del mismo color que le cubría la cabeza como un moderno pirata.

—Está llegando tarde —refunfuñó.

—Me perdí. No encontraba la cocina, el barco es…

—Póngase el delantal de jebe y sígame.

Egdle lo siguió, aceptando el libreto que el filipino le imponía: él era el cocinero, el hombre con más poder en la cocina y Egdle, un simple lava-platos, y así se lo hacía sentir.

—Su entrada es un poco antes de que la gente termine el desayuno. Su salida es cuando haya acabado… Cuanto más rápido lo haga, más pronto se va… Aquí bota los desperdicios de los platos, aquí los enjuaga con el rociador de agua caliente, aquí los mete a la lavadora de platos, aquí los pone cuando estén secos. ¿Preguntas? Espero que no. ¡A trabajar, pues!

Los platos, tazas y cubiertos provenientes del comedor comenzaban a arrumarse y a Egdle no le quedó más remedio que seguir ágilmente las indicaciones de su jefe filipino, tratando de agarrar un ritmo ordenado en sus desplazamientos. No pensaba en nada, excepto en el orden de las indicaciones. Cuando estaba esperando por los primeros resultados de su tarea, se dijo a sí mismo que no estaba mal aquello, era mejor que limpiar retretes, pisos o maquinarias grasientas. Aquí no tenía que interactuar con casi nadie, excepto el dictador de la cocina y el resto era manejable y cuestión de arreglárselas.

Cuando terminó su trabajo eran cerca de las diez y media de la mañana. Prestó atención a que la mayoría de trabajadores en la cocina eran filipinos, chinos, pero no africanos. A estos últimos, como se enteró después, no les gusta trabajar ahí porque lo consideran un trabajo femenino y, por lo tanto, prefieren las maquinarias, los pisos, los baños antes que denigrarse entre platos y cucharas. *Qué suerte la mía*, pensó.

Regresó entre cansado y entusiasmado a su cabina. Algo logró en ese primer día de travesía: trazar una rutina. Desayuno con Grisel, lavar platos el resto de la mañana, y luego, encontrarse con sus libros, después, a ver qué otra cosa podría hacer… quizá escribir en su cuaderno. Al entrar a la cabina la premonición del olor desagradable no lo detuvo como la primera vez, simplemente entró esperando oler lo mismo y se dio con la sorpresa de que el cuerpo sin rostro no estaba, pero sí su intenso olorcito. *Una prisión sin olores no es prisión y puedo leer en otra parte,* pensó.

Dos

¿Qué leer ahora que tenía todo el tiempo del mundo? Ahora que no tenía que entretejer una multiplicidad de horarios en sus correrías neuróticas entre la revolución, la oficina y el amor. Todo aquello quedó en el puerto de su otra vida. Aquí por fin tenía el tiempo necesario para leer y pensar sin interrupciones.

Entre sus cosas desarregladas en la semi-abierta maletota fueron apareciendo del fondo aquellos libros que para algunos podrían responder a la pregunta típica: ¿si estuvieras en una isla, qué libros llevarías? Para Egdle, los libros que escogió para su autoexilio, respondían a otras preguntas menos ociosas y mucho más personales. Esas que lo venían persiguiendo desde su adolescencia. ¿Cómo alcanzar el amor apasionado en el laberinto caótico de la vida? ¿Existe en la realidad ese amor ardoroso y exaltado prometido por los poetas? Estas preguntas muy íntimas planteadas a sus muy queridos libros podrían responderse –creía él– si es que se atrevía a seguir la línea dialéctica trazada desde sus contenidos a sus preguntas y, desde ambos, reflexionar sobre su vida y acciones pasadas, ahora totalmente distanciado de besos, revoluciones y la esquizofrenia de vivir varias vidas al mismo tiempo.

Así aparecieron sobre su cama, *El principito* de Antoine de Saint-Exupéry, *Sobre la guerra y el poder* de Carl von Clausewitz y *Ars amatoria* de Ovidio, entre otros volúmenes sobre el amor y la guerra. Estas eran sus biblias, libros viejos de segunda y tercera mano, pero cuidadosamente forrados con papel periódico y con mucho cariño atesorados por varios años.

El principito le decía que lo que valía la pena buscar en la vida iba más allá de la razón –*Il faut chercher avec le coeur*– en este caso, el amor. Clausewitz en cambio, le indicaba que la naturaleza de la guerra –en este caso, las batallas por el amor apasionado– es su falta de previsibilidad. Por lo tanto, luchar por lo que él consideraba valioso conllevaría siempre un factor de azar y peligro. La incertidumbre siempre rodea a las batallas, le diría Clausewitz.

Finalmente, el libro de Publius Ovidius Naso cerraba el círculo dialéctico en que se había metido desde que quiso amar apasionadamente: las batallas por el amor apasionado tienen como centro a la mujer deseada. ¿Cómo llegar a ella, cómo tocar su médula y hacerla parte de su estrategia (imaginada)? ¿Cómo plasmar en su piel esos miles de detalles del deseo, dignos de un mural renacentista que marque nuestras vidas para siempre? Ovidio le sugería algunas tácticas para esa gran batalla de los sexos, algo así como el manual del perfecto guerrillero por el amor apasionado.

¿Cómo se le ocurrió combinar aquella mezcla de autores? Ivette le había regalado *El principito* al cumplir dos años de relación amatoria y conspiraciones, con la certeza de que una revolución se hace por amor y con la generosidad y pureza de un personaje como el de Saint-Exupéry. «Antes del cómo, debes saber el porqué. *El principito* te ayudará a ver eso. Te hablará para que no pierdas el corazón –insistía– cuando de destruir las injusticias se trate». La obra clásica de Carl von Clausewitz devino importante a medida que se metía en los asuntos de la guerra revolucionaria. Cuando compró el libro en una tienda de libros de segunda mano en el jirón Caylloma se sintió más revolucionario. Tácticas y estrategias, avanzar o retroceder, atacar o defender para obtener lo deseado. En cambio, Ovidio fue un descubrimiento personal y su necesidad se derivaba de la inexperiencia que lo perseguía desde siempre en sus relaciones con sus consortes femeninas, con sus quehaceres y alevosías.

Las circunstancias precarias de su viaje tenían un lado positivo. Su tiempo lo pasaría mirando esa estela azul-verdosa como un espejo inmenso que podría reflejar todo lo que él era y no era, sin interrupciones. Aquí, Egdle y sus libros no se sentirían acusadoramente solos, aquí la soledad sería aceptada como la hipnosis propiamente creada por la marejada y nadie juzgaría su alargada afasia como absurdos misticismos o rebeldías pueriles. Todos lo aceptarían con sus diálogos silenciosos con algas y delfines o simplemente entenderían que nada tenía que decir a la gente. *Acaso no dijo El principito que «le langage est source de malentendus», para qué pues hablar con gente que no cono-cía*, pensaba Egdle.

Con estas preguntas y disquisiciones en mente, tomó el libro de Ovidio y buscó las páginas marcadas con papelitos amarillos con la intención de reordenar la línea dialéctica que se cernía sobre sus propios argumentos. Subió dando grandes trancos a lo que podría llamarse la plaza mayor del barco, situada a babor, buscó un rincón donde podría gozar de la brisa marina espar-ciéndose libremente y se dispuso a darle vueltas a sus argumen-tos y a su historia. En los días siguientes, la rutina funcionaría como un reloj suizo: desayuno con Grisel, lavar platos, leer, meditar y escribir. Al final de algunos días ya tendría una idea más o menos clara de su propia historia y cómo mejorarla. Sa-bía que tendría que ir muy adentro de sí mismo y ponerse en la mira de sus propias contradicciones para juzgarse y de ahí, rein-ventarse como un guerrero por el amor apasionado. Ya lo había leído en *El principito*: «*Si logras juzgarte a ti mismo eres un verdadero sabio», por lo tanto, un guerrero inteligente,* conclu-yó.

Lo primero que se le vino a la cabeza, después de absorber con mucha fuerza la ventisca marina, es que la larga contienda que es vivir apasionadamente o el placer de vivir, como lo lla-maba el barón Montesquieu, es una batalla que tiene como cen-tro a la mujer deseada y esta lucha está rodeada de augurios o símbolos que merodean las acciones a suceder. Como en la an-tigua Grecia, el guerrero tiene que aprender a interpretar estos presagios si quiere vencer en sus combates o por lo menos, su-frir controladamente, si los pierde.

Pero, ¿cómo se presentan estos augurios? ¿Cómo se leen e interpretan? ¿Cómo pueden ser útiles para sufrir menos o para ganar las propias batallas por el amor apasionado? ¿Dónde es-tán? ¿Cómo son? A estas alturas, ya sabía que los presagios nunca son claros y que no importa cuánta razón le pongamos a la conquista de nuestro objeto de deseo, si uno quiere entender los símbolos y mensajes que nos rodean, debe recurrir con ma-yor esmero al arte que a la ciencia, reflexionó fijando su mirada en la rayita tenue del horizonte.

Las batallas por el amor apasionado –entendiendo o no los augurios– tienen como centro siempre un nombre de mujer. Así lo aprendió desde muy joven. Esto se le quedó grabado escuchando la coreografía musical del sufrimiento criollo y vernacular-romántico en las cantinas sabatinas chalacas. Elvira, Aurora, Celia, Isabel, Rebeca y, a veces, hasta sobrenombres creados para desinformar a las agraviadas: María Bonita, Bandida, Perdida. Canciones cantadas hasta altas horas de la noche en el Bar Gloria de la avenida Dos de Mayo donde la japonesita, dueña del bar, aparecía al final de la noche para misteriosamente guiñarle un ojo y bajarse sibilinamente al ras de la mesa, para luego mostrar que en realidad era tuerta y enana, y lo único que pretendía era cobrarle la cuenta.

Sí, estoy de acuerdo, admitió Egdle dando otro largo suspiro. *Al final todo tiene nombre de mujer: las penas, la música, las ciudades, sus calles y hasta los ciclones, pero batallar por el amor apasionado es una tarea mucho más complicada que un lamento criollo o la aterciopelada condescendencia de un chansonnier de las big band. La tarea impuesta es ante todo cruel y avasalladora, propia de aniquilantes Atilas, avezados Alejandros, o fulgurantes Amadises de Gaula; es decir, de guerreros que lo arriesgan todo por la victoria que les embadurna el alma y les lame la pasión. Pero a pesar de todo esto, se sabe e intuye que se puede perder y sufrir, y como en cualquier guerra, existe mucho dolor por domesticar. Aquí el repertorio guitarrero es la banda sonora de la película trágica que nos ha tocado vivir. Para obtener el amor apasionado hay que ser y sentirse guerrero, con o sin augurios, con o sin música acompasando detalles, esperas y más batallas.*

Aquello de ser guerrero por el amor apasionado no nació con él. Era algo que quizá aprendió mal o la maestra vida no usó la adecuada pedagogía en él. Sabía que su abuelo lo hizo guerrero antes de tiempo y sin que él se lo pidiera. Siendo la figura paterna –sin padre– más cercana a sus ocho años de curiosidad, el abuelo lo embarcó en aventuras fantasiosas muy avezadas para sus pantalones cortos y de él aprendió a morir de amor, batallando. «No hay batalla más sublime e importante en la vida», le decía, «que la que emprendemos por la conquista de la mujer amada, aunque nos duela y de nostalgia o rechazo muriésemos cada día».

La mujer amada es el objeto amado, aprendió después. Y lo llamaba 'objeto', porque según los filósofos, 'el objeto' se diferencia de 'el sujeto' porque el primero está fuera del segundo, y es lo que se intenta poseer, y para poseerlo hay que influir en su deseo; es decir, aniquilar su resistencia, doblegar su espíritu para que su corazón lata de nuestro lado y a nuestro ritmo. Por lo tanto, Edgle repetía de sus maestros, el objeto deseado deberá no tener otra alternativa que amarnos, su derrota, es a la vez, su felicidad y la nuestra. Las batallas por el amor, son pues, brutales y un acto de fuerza –con tácticas y estrategias– como cualquier otra guerra.

Cuando su abuelo venía a visitarlos vestido con su uniforme azul marino salpicado simétricamente con botones dorados y quepí blanco, después de misteriosos viajes más allá del horizonte que se trazaba en su ventana frente al mar abierto o Mar Brava, él lo recibía expectante. Tosco y parco, su abuelo, capitán de la Marina Mercante del Perú, llamaba su atención con una brillante moneda de veinte centavos que le regalaba después de cada opíparo almuerzo preparado por su madre. Y entonces empezaba la conversación:

—Ah, qué bueno estuvo todo esto... De lo bueno, poco, querida nuera...Venga aquí mi pequeño gran guerrerito, cuénteme: ¿qué batallas ha ganado desde mi última visita?

A sus ocho años todavía no había desafiado a monstruos marinos o Godzillas de importancia y en la escuela Chelita se encargaba de trompearse con sus enemigos públicos. ¿Qué le podía responder él a este señorón que iba y venía conquistando mares, puertos y putas, como después se enteró? Obviamente, él quería hacerse merecedor de la monedita y de la apretada rascadita de cabeza. Él quería ser parte de su estirpe y no se le ocurría otra cosa que tratar de hablar como adulto:

—Se llama Marcela, es más grande que yo y huele a flores.

—¡Ah, carajo! ¿Quién es esta Marcela que huele a flores?

—Es su maestra... —decía su madre conmiserándose de su atrevimiento.

—Así que ya 'conquistaste' a la Marcela esa —los ojos del abuelo destellaban curiosidad malsana buscando su mirada, mientras que su atención se mecía en el aire buscando la moneda a punto de estrellarse entre sus manos—. Eres un guerrero de verdad porque esa batalla ni yo mismo la ganaba. Esas son las únicas victorias dignas de un guerrero como tú. Recuerda lo que te dice un marino cara de palo y no pata de palo: ¡la victoria tiene siempre nombre de mujer! ¡Te lo digo yo!

Otros tantos almuerzos, con más canas de empedernido viajero, el mismo vozarrón, con la misma monedita ya devaluada, el abuelo nunca se cansó de reeditar su pregunta y Edgle su respuesta con distinto nombre de mujer. La victoria tiene nombre de mujer, Victoria es nombre de mujer. El amor es una constante batalla. Esa es la única batalla digna de luchar.

Cuando la edad le bloqueó la irrigación cerebral, el abuelo dejó de viajar y se encerró en su casona de balcones coloniales de la calle Miller, muy cerca al puerto, a la antigua prefectura y a Le Bon Marché, donde solía comprar sus sombreros franceses, según la estaciones del año y el tipo de dama a conquistar. Acostumbraba pasar interminables horas sentado en un rincón oscuro de su balcón y desde ahí avizorar posibles enemigos. Decía que lo perseguían maridos celosos, proxenetas impagos, piratas y hasta el Gobierno de Belaúnde de Terry, conocido como el 'conquistador del Perú para los peruanos'. «Mis enemigos no descansarán ni con mi muerte», decía y aquel capitán de barcos de papel navegaba a sus ochenta y siete años perdido en su turbulenta y confusa memoria. Desde el balcón convertido en góndola viajera aprendió a maniobrar barcos balleneros y aviones de la Primera y Segunda Guerra Mundial, a visitar tugurios en Madagascar y Sierra Leona, y a conversar con las más exquisitas damas de las cortes europeas. Al morir su abuelo, no solo perdió su cómplice de aventuras desde el balcón colonial, sino también su manual oral de tácticas y estrategias que su memoria de adulto supo guardar, aun cuando como niño nunca las entendiese a cabalidad. Posteriormente, ese manual sería reemplazado por los consejos adultos de Ovidio.

Era el segundo funeral de su entorno y aún no se acostumbraba a la idea de tener que manejar solo sus propias batallas por el amor. Su padre salió un día a la mar, como tantos otros días, y nunca más volvió. De toda aquella gran tragedia apenas recordaba los llantos y el féretro vacío con esa sensación de desorientación que todavía lleva en él. En cambio, del funeral de su abuelo sí se acordaba con mucha claridad. Recordaba su narizota prominente dentro del ataúd y que los muertos son más grandes que uno. «Qué raro», se dijo entre lágrimas, «no sabía que fuera tan narizón. Tacaño, hostigoso, mujeriego, pero, ¿narizón?». A partir de entonces, la sensación de desorientación lo obligó a guardar celosamente cada una de sus palabras, especialmente aquellas que hablaban de las batallas por el amor, porque él sentía que aun siendo tan pequeño las estaba perdiendo todas, ahora sin generales, ni capitanes. Fue ahí donde empezó su primera etapa de silencio estratégico; se sentaba mudo y permitía que su imaginación lo llevara con mucha comodidad a donde quisiese, sin pedirle permiso a nadie, y era en aquellos lugares que sus preguntas eran respondidas con la observación de lo cotidiano.

No se podría afirmar que amor le faltara, pero no era Edgle el protagonista principal, no había conquistas ni batallas, y de augurios nada sabía. El olor a flores cambiaba cada año, y su silencio estratégico lo había convertido en un eficiente espía odorífico ya que su táctica amorosa consistía en acercarse gatunamente lo más posible a las gardenias, azucenas y rosas (¡ah! la táctica, la táctica o esa sucesión de eventos que nos acercan a la estrategia) que eran sus maestras en el colegio. Se podría decir que lo primero que amó de las mujeres fue el perfume de su piel, que él creía eran de flores. Aún después, mucho después, antes del beso y del coito, una buena aspirada sobre la piel de su amante, le daba certidumbre de un lugar conocido, confortable, donde todo iba a ir bien, como en el jardín de su infancia con sus maestras con nombres de flores.

(«...*Nunca hay que escuchar a las flores... A las flores hay que mirarlas y aspirar su aroma... Las flores son tan contradictorias*». *Antoine de Saint Exupéry dixit*).

Su mundo amoroso era sumamente secreto, solitario y cómodo, ya que transcurría dentro del horario escolar y hasta podía sacar buenas notas por buen comportamiento. Fuera del aula de clases, el asunto era un poco más público y escabroso y estaba a cargo de su vecina Chelita, que seguía trompeándose por él y a pesar de él. Ella defendía lo que creía que era suyo y él se dejaba defender y de esa manera, querer. Siendo ella mayor, Edgle optaba intuitivamente por seguir una de las reglas del amor con mujeres mayores: ellas saben lo que quieren y te escogen. No importaba cuánto se opusiera a su función de guardaespaldas-amatoria, Chelita siempre estaba presente a la hora de la trifulca para salvarlo. No fue hasta mucho más adelante, cuando ya eran adolescentes tempraneros que pudieron consumar su amor, digo 'su' amor porque él todavía se dejaba llevar.

Estaban en esa edad en la que los adultos piensan que los chicos y chicas todavía pueden ir al baño juntos y no sucederá nada. No entendía cómo es que se pusieron de acuerdo, si casi no hablaban durante el juego de Monopolio.

—Perdón, tengo que ir baño —se disculpó Chelita clavándole una breve pero contundente y desafiante mirada.

—Yo también —se apresuró a decir.

Ahí pudieron besarse en los labios y tocarse las nalgas apresuradamente sin estar muy convencidos de los resultados. De todos los lugares posibles para ese encuentro, el baño de su departamentito era el menos indicado, por estar ahí, muy cerquita al comedor donde jugaban sus prolongados y calentones juegos de mesa con sus hermanos. Pero, así lo hicieron y ahí, en el baño, experimentó su primer 'ósculo gálico', el cual fue más que nada un enfrentamiento de dientes. Lo más interesante de su primaveral encuentro amatorio fue acariciarse mutuamente las nalgas en carne viva. Para Edgle fue lo más cercano a un masajeado de panetón, un panetón para sus manos sin que fuera Navidad o Fiestas Patrias. Después de ese episodio, nunca más le tocó ir al baño con Chelita, pero incluso así, mantuvieron una relación por debajo de la mesa, sobándose las piernas y apretándose las manos durante otros tantos juegos de Ludo, Monopolio, Dominó, Damas Chinas y Othello, hasta que él partió al Seminario Menor de Santo Toribio, en Chaclacayo, cuando tenía doce años.

Su madre había decidido que para un silencioso como él no había mejor futuro que ser cura. Es cierto que él había dado ciertas muestras de vocación religiosa cuando en el departamentito de la Unidad Modelo, sus hermanos, Chelita y él jugaban a la mamá y el papá, y Edgle siempre era el cura que los casaba, el que leía o pretendía leer ceremoniosamente de un librote negro. Más aún, su madre veía que él daba muestras de un compromiso radical con la Iglesia, cuando como acólito de la Parroquia Santa Rosa trataba de llegar sano y salvo a la capillita de San Judas Tadeo ubicada en medio de los tugurios de los Barracones. Se moría de miedo –y su madre sabía que era peligroso cruzar por esas calles sucias y farragosas con caras trajinadas por el alcohol y las drogas. Él iba vestido de domingo a su misión imposible, y posible crucifixión, y Chelita ya no estaba ahí para defenderle. Aquel temple, sus juegos caseros, donde él era el cura, y su silencio estratégico hacían que su madre viera a un místico digno de ser cura. No era el más guapo de los hermanos, ni el más despierto, pero sí el más místico: cura tendría que ser.

Cinco años más tarde, al terminar la secundaria en el Seminario Menor Santo Toribio de Mogrovejo, durante un discurso de graduación frente a estudiantes y curas, anunció su decisión de salir al mundo para conocerlo y conquistarlo para el bien y en nombre de Dios. No pasó mucho tiempo después de ese discurso cuando Edgle se apareció en el departamento de Chelita, dispuesto a recuperar el tiempo perdido. La encontró, por supuesto, cambiada; y hasta parecía mujer mala, por lo buena que estaba. Sus senos habían emergido como volcanes aristocráticos, se pintaba los labios y lo miraba desenfadadamente, como diciendo: «No es que ibas a ser cura... ¿Y ahora qué?».

Tratando de impresionarla con su educación de calidad, le contó acerca de sus descubrimientos en el seminario, mientras se acercaba a su cuerpo de novicia calentona. Infinita paciencia era su táctica (¡ah! la táctica). Paciencia de cinco años. («*Solamente la ardiente paciencia hará que conquistemos una espléndida felicidad»*, le diría años después la poeta Martha Madeiros). Le presumió haber leído muchos libros en una biblioteca más grande que su departamentito, que sabía latín, que es una lengua muerta pero clásica, que había dormido en la inmensa y santa cama del cardenal Landázuri, sin el cardenal, que había organizado *raids* nocturnos a la alacena del seminario y comido los manjares exclusivos para los curas, esos que nunca llegarían a ninguna de las mesas católicas, ni siquiera los domingos, que sabía de lugares a donde iría en el transcurso de su vida: la Coruña en España, que es un puerto limpio, caluroso y lleno de barquitos de colores, no como el Callao sucio y melodramático; a Viena, donde se toma café espresso en mesitas puestas en la calle y se escucha el vals que viene de la palabra alemana *walzen* que significa dar vueltas; a Cabo Verde, que es una isla africana donde se habla portugués y de donde presumiblemente emigró su tatarabuelo.

Le dijo que siempre se acordaba de ella, que extrañaba el olor a flores (en su caso a desodorante barato y panetón), que quería dejarse llevar otra vez. Decía todo esto mientras se le arrimaba como un gato en celo, hasta que pudo cogerla de la cintura y pegarse a su cuerpo. Fue tal su vehemencia que sintió su pelvis golpeando la suya como si fuera una patada de burro. Hizo caso omiso del dolor, pero ella no, y lo empujó hacia atrás, haciendo que Edgle perdiese el equilibrio y fuera a parar al suelo. Desde su posición pudo escuchar su voz firme y mandona:

—¡Así no!, ¿qué te has creído?

Salió del departamento corriendo, con los ojos rojos de frustración, avergonzado y derrotado oficialmente por primera vez. Había descubierto que querer y desear duele y que no hay que confundir paciencia con falta de *timing,* o como diría el narizón Publius Ovidius: *«Para conquistar a las mujeres hay que poner atención al momento y al lugar. Esto mejora las oportunidades de conquistarlas».*

Edgle había hecho una cita para dentro cinco años y se había olvidado de avisarle a Chelita. Las estaciones consumidas se habían congelado en su cerebro. Había pasado por alto los signos de los tiempos, quería cosechar flores en invierno y navegar en su cuerpo sin el barco apropiado. No había escogido una fecha especial, sino por lo contrario, era un día feo y ordinario de invierno en un Callao profundamente gris, sin una escenografía adecuada para un amor pospuesto por tanto tiempo. Al tratar de volver al instante en que él se dejaba querer, sin dejarse querer, alteraba la ecuación con la que se bandeaban cuando eran jóvenes. Dejarse querer por una mujer mayor implica siempre jugar a no crecer, es decir, si creces ya no puedes dejarte querer. *«Ojo con el síndrome de Peter Pan»*, anotó Egdle en su cuaderno.

¿Augurios? Edgle no sabía nada de augurios en esa época, como tampoco sabía mucho ahora. Pero si se ponía a reflexionar acerca del incidente recordaría que en lugar de encontrar en Chelita la mirada protectora, lo que había visto reflejar en sus pupilas era arrechura y desafío, el mar solo mostraba sus olas vociferantes vomitando una espuma densa y oscura enroscando basura en medio de un invierno desoladamente frío. Entonces estuvo seguro que todo esto algo trataba de decirle. *Si tan solo hubiese intentado esta movida en primavera, cuando las jovencitas parecen abrirse al amor como las flores, siguiendo los versos de Carmina Burana, y con mayor locuacidad, quizá todo habría sido diferente. No sé, digo yo,* pensó.

Después de ese episodio, no le quedó más remedio que tomar distancia del objeto de su deseo-amor y sufrir su primera derrota oficial. Desde su ventana escondida del departamento de la Unidad Modelo 3-G-7, podía ver a Chelita buscando que la conquistaran experimentados jovenzuelos del barrio, entre ellos su hermano mayor. *Las mujeres también tienen nombre de derrota,* pensó, para oponerse abiertamente a las primeras enseñanzas de su abuelo. *Huelen a flores, o desodorante barato, te rechazan, te dejan una puerta abierta y te cierran otras mil, te hacen sentir que eres una mierda. Sin embargo, tienes que insistir, diría Ovidio: «El agua suave con su persistencia puede romper una roca. No te olvides que tomó mucho tiempo tomar Troya, pero al fin cayó. Persiste y tú podrás tomar la fortaleza de Penélope».* Pero él no estaba listo para ese desafío.

Qué otro camino le quedaba a un muchacho que había viajado por todo el mundo durante cinco años a través de las páginas del *National Geographic,* que había descubierto la belleza del cuerpo femenino en desnudos griegos incompletos y excitantes hasta la masturbación, pero que no manejaba ni el *timing* ni la persistencia que supuestamente afectan tanto a las mujeres, según Ovidio.

Sin mucho que hacer en el mundo de las mujeres y el deseo, se dedicó a la bohemia y a gozar de las caricias de la palabra escrita porque ahí todo estaba bajo su control. Por esa época ingresó a la Universidad Católica y se convirtió en un turista dentro de sus claustros de clase media muy blanca y limeña para su extracción social chalaca y silenciosa. Aprendió a desafiarse intelectualmente y hasta se diría que un aliento renacentista paseó por los corredores de su intelecto. Pero era claro para Edgle que necesitaba un balance entre su despertar académico, su poca interacción con sus colegas de aulas y su inexistente vida amorosa. Esto lo encontraba en las tertulias que tenía con el grupo literario Renacer, hasta altas horas de la noche en el Bar Chino-Chino y el Café Palermo en el centro de Lima. Ahí le tocó compartir la bohemia tardía, y casi de costado, con el Chato Granda, el Zambo Pinto, el Gato Tamayo y el Viejo Ricardo. Con ellos aprendió a beber ingentes cantidades de cerveza, a titular sus poemas y a degustar las calles de Lima a medianoche, cuando se apagan las brasas de la ciudad y se pueden adivinar estrellas y esquinas mágicas.

Se trataba de una bohemia tardía porque se reunían a leer sus poemas, planificar publicaciones y recitales en esos mismos cafés y bares que otros poetas de la época heroica de los años sesenta habían hecho suyos y descartado. Unos se habían ido a París, otros a la guerrilla, aunque todavía pululaban algunos consecuentes de la bohemia recalcitrante, como Acuña, el mimo, siempre contando sus soles para agenciarse un trago largo como la noche, Reynoso, Bueno, Lucho Purepe, Carlitos Orellana, el Negro Berenjenas, entre otros que servían para decorar sus tertulias indisciplinadas y pobretonas, además de brindarles importancia con su fantasmagórica presencia. Todos pasaban, se iban o morían, pero los que se quedaban eran los mismos mozos que servían en esos bares. Ellos se mantenían en sus eternas trincheras de sacos blancos y rostros más níveos aún, sin un nombre que valiera un acápite en una novela o poema de alguien importante y mucho menos del grupo de Edgle.

Con el tiempo, estos huariques de la bohemia limeña han ido desapareciendo y en su lugar se encuentran los aplastantes pasos de la efervescente modernidad: un casino traga-monedas o la post-moderna versión del recordado 'huachito', un «se vende caldo de gallina con servicios higiénicos solo para clientes» en una ciudad repleta de siete millones de meones transeúntes, más allá una cabina Internet que globaliza la pornografía. *La bohemia se ha mudado a otro barrio o a otro país, digo yo,* pensó Edgle y con esas melancólicas reflexiones se permitió regresar en su memoria a los lugares de su juventud silenciosa. Las escenas se veían nítidas en los recuerdos que ahora se agolpaban listos a salir raudamente y sin reparos.

໌ຯ໌ຯ

En nuestras noches de farra no había mujeres, únicamente el deseo de amarlas a través de un poema o las ganas de beber mucha cerveza para olvidarlas. Ellas existían como frase o mito, como motivación o deseo. Era un mundillo de hombres para los hombres, hasta que alguien del grupo se enamoraba, ya no platónicamente, sino que era correspondido. Aquí empezaban los subterfugios para mantenerlo en el grupo –sufriendo, bebiendo y escribiendo– en vez de ser feliz y normal. Como yo estaba de lejos y en silencio, impactado por la presencia esotérica de la Hermana Sanguijuela –una compañera de la Universidad Católica a quien yo ya había decidido nunca confesar mi atracción por ella y mantenerla como amiga– mi presencia en el grupo estaba más o menos garantizada. Yo no sufría, al contrario, estaba satisfecho, sabiendo que la Hermana Sanguijuela merodeaba mis días y algunas noches como una especie de Tinker Bell coqueta y despiadada. Siempre había algo excitante en nuestros encuentros casuales. Ella y yo escondíamos autosuficientemente nuestras emociones. Ocultar y no ocultar mis emociones, seducir y retroceder, esperar nada y desear todo. Este era un estado en el cual yo podía sentirme cómodo en mi etapa II del silencio estratégico que me permitía transcurrir por diferentes mundos, alguna veces contrapuestos, pero independiente de ataduras y abigarradas melancolías, siguiendo el libreto de la Hermana Sanguijuela (que dicho sea de paso, encontré unos días antes de embarcarme y fingió que no me había visto).

De la tertulia literaria en el centro de Lima, a la jarana criolla de Barrios Altos, al universo de la estructurasuperestructura-totalidad concreta de la Universidad Católica; de ahí, a la protesta callejera por la democracia y los derechos humanos, pasando por el saltimbanqui de los ensayos con el Grupo de Teatro Las Caracolas, terminando luego en La Punta, lanzando los poemas al mar en botellas piratas que llegarían a náufragos anónimos. Todo esto sin expresar mucho, tratando de aprender de los demás, ya que ni poemas escribía sino que me dedicaba a editar los de mis amigos y las más de las veces, añadirle títulos que, según mi discreción, deberían llamar la atención del lector sin decirle mucho de lo que se trataba el poema. Es decir, era el titulador oficial de la vena literaria de mis amigos poetas y bohemios. Esa era mi tarea.

En este mundo de buenas y malas noches, borracheras baratas con el 'beso rojo' (anisado, pisco y guinda), chilcanos de pisco (pisco, limón y *ginger ale)* valsecitos criollos quiquirimbosos, Bertolt Brecht en escena *(What happens to the hole when the cheese is gone),* opíparos panes con huevo y cebollitas en la Plaza San Martín y las miradas lánguidas y esquivas de la Hermana Sanguijuela, a quien encontraba en los más inesperados lugares y con diferentes novios, pasaba mis noches de bohemia y rebeldía sintiéndome seguro y balanceado, como un sándwich vegetariano, a pesar de los ruegos y amenazas de mi madre para que llegara temprano y a la hora de la cena, por eso de que «*Familia que cena junta, permanece unida*».

Ninguno de mis compinches bohemios hizo mucho por la literatura que tanto deseábamos domeñar. El Chato Granda acabó como DJ intelectual de la Salsa en una radio del cono norte de Lima, después de retirarse muy temprano del sindicato de empleados bancarios por haber recibido una bala represiva en la cabeza, que todavía lleva como un recuerdo constante de su paso por la izquierda. Encontré al Zambo Pinto años más tarde y por casualidad en Miraflores. Nos tomamos unas cervezas y luego me llevó a una discoteca donde «vas a ver flaco, hay putitas». Lo vi en acción, como director de una arquelina orquesta tratando de mostrar su poder y conocimiento de las noches puteriles en Lima; al día siguiente debería ir a hundirse detrás de su escritorio burocrático en uno de los ministerios y a la salida iría a visitar a uno de sus tantos hijos de una de sus ex esposas. Del

Gato Tamayo nunca supe mucho, se escondió de la noche y de sus amigos bohemios-radicales para acabar en el Opus Dei. El Viejo Ricardo sí hizo algo más cuando optó por mudarse a New York y ejercer su profesión de enmendador de adicciones. Muchos de sus poemas publicados en su *blog*, hablan de sus pacientes compulsivos y de la poesía que puede convertirse también en una adicción más.

Tres

Se podría decir que todo iba bien en el mundo de la bohemia tardía y en cada uno de los círculos en los que me movía, hasta que estos fueron palideciendo poco a poco con la aparición de Ivette. Con ella, la Hermana Sanguijuela perdió brillo como fantasía y siendo diecinueve años mayor que yo, ella se propuso amarme y enseñarme todo lo que sabía de la vida, el amor y la guerra revolucionaria, amén de romper mi silencio estratégico etapa II. A partir de ahí, los bohemios aparecieron infantiles y machistas, simplemente borrachos irresponsables; el teatro, una desviación pequeño-burguesa (a pesar de Brecht); y la universidad, una pérdida de tiempo. Las jaranas –que viene del árabe y significa pecado– se salvaron de su arremetida cultural; ya sea porque en este mundillo, casi en desaparición, nos conocimos íntimamente, o porque este ambiente sí era popular y potencialmente revolucionario, según Ivette.

La primera vez que la vi, la francesita era el foco de atención de los criollos de la Asociación Felipe Pinglo. No fue un jueves vallejiano, sino por el contrario un jueves muy alegre, cuando cerca de las once de la noche llegó el momento del baile y una turba de acelerados morenos de diversas edades flanqueaban a Ivette, quien sonreía a todos con la misma amabilidad, desestimando sus galanterías con engrudado acento galo.

—Ya pues, francesita, baila conmigo.

—Gracias, pero estoy con él —dijo apuntando su dedito a mi sombra junto a su mesa.

En el planeta de los criollos jaranistas, la estructura social no es la de la sociedad. Las jerarquías nada tienen que ver con el dinero o con quien compra las cervezas o con el apellido, sino con lo que en inglés se llama *seniority*. Aquí la antigüedad sí es clase, lo que significa que los nuevos o recién llegados valen poco y los antiguos o los viejitos que sobreviven las espabiladas noches criollas, valen su peso en oro. Se diría que mi *seniority*, fue catapultada a la mesósfera, cuando Ivette me designó como su acompañante, sin merecerlo, amén.

Nos fuimos a sentar a un rincón de la amplia casa-club, mientras bebíamos una Pilsen Callao bien heladita. Debajo del poncho de alpaca pude adivinar unos pechos que hasta hoy llamo senos franceses, sus labios eran finos y naturalmente rosados, su cabello desordenado y lleno de ondas, sus ojos pequeños e inquietos brillaban juguetones como estrellitas después de la tormenta.

—¿Sabes dónde se produce esta cerveza? Me animé a preguntar a manera de buscar conversación.

—No. Pero estoy segura que tú lo sabes.

—Sí, en el Callao, mi ciudad, mi sitio. Estamos orgullosos de haber producido un millón de hectolitros para el consumo nacional solo este año.

—Ah, ¿y cuántos te has tomado tú?

—No tanto como hubiera querido. Hay que compartir, tú sabes...

Ivette sonrió maternalmente aceptando mi humor juvenil, me pasó el brazo sobre los hombros y dijo:

—Gracias por salvarme.

—Gracias por escogerme. ¿Hay alguna razón especial?

—Tu silencio —me dijo y volvió a sonreír apretando sus labios de línea tenue, mientras asentía parsimoniosamente con la cabeza, como afirmando lo que ya había pensado. Enrumbó su mirada de nuevo hacia el desordenado ajetreo de los danzantes y cantantes de la peña y concluyó—: ¿Sabes? Ellos son los verdaderos poetas del pueblo. Ellos cantan sobre cosas que sienten cotidianamente, sentimientos reales, se entregan a su música, la comparten honestamente. Sus musas no son musas prestadas. Ellos ya son —me decía clavando en mí sus ojos perlados doblemente por la noche.

—Sí carajo, ellos son... y nosotros los poetas de cafetín estamos en transición a un mistificado París o a la toma del poder virtual, ¿verdad?

—No si hacen algo más...

Cada jueves, por espacio de dos meses, nos encontrábamos en la Asociación Felipe Pinglo para beber cerveza, sentarnos juntos y sonreír a la gente que nos aceptaba como parte de su paisaje jaranero. Cuando algún atrevido moreno envalentonado por las cervezas y su destreza atlética para el zapateo durante el landó, venía a sacarla a bailar, ella respondía siempre lo mismo: «Gracias, estoy con él...». Cada vez que lo decía, un aliento de ternura me invadía desde adentro.

Mis noctámbulos encuentros con la francesita que me escogió de acólito para sus noches de jarana negra no acabaron sino en pecado (como debe ser según la procedencia árabe de la palabra jarana, ya lo he dicho). Esta vez me dejé invitar helados y luego vino dulce y después a la camita, como diría el Topo Gigio.

Ya conocía sus labios de línea rosada desde mi balcón de amigo, pero ahora podía sentir la presión sáfica sobre los míos un poco más abultados y sin mucha práctica. Ya había imaginado sus senos franceses, pero ahora comprobaba que eran realmente aquellos pintados por Gauguin, firmes y pesados con algo de fantasía nativa; sus piernas eran también francesas, fuertes y carnosas, acostumbradas a caminar. Pero su actitud sensual, fue más allá de lo que yo había leído, imaginado y nunca experimentado, porque con ella fue la primera vez que tuve sexo, sexo inimaginablemente bilingüe. Después, iríamos tomados de la mano de la jarana (o pecado) a hacer algo por la Revolución.

Poco a poco me fui entremezclando en el mundo de Ivette y abandonando el mío. Las noches de bohemia y farra iban quedando reducidas a ocasionales encuentros porque Ivette y yo ya andábamos ocupados en algo más grande: hacer algo por la Revolución, mientras ella revolucionaba mi vida amatoria. Ivette llegó al Perú con el propósito de hacer la Revolución y como viuda de un comandante guerrillero de la época heroica tenía una misión heredada y un dolor que cercenar. Otra vez sentía yo que estaba viviendo la historia de costado y tarde, pero un poco más al centro.

Cuando en la Católica mis compañeros intelectualizaban críticamente la época heroica de los años 1960, yo andaba haciendo el amor con unos de sus personajes y aprendía los gajes del oficio, amando clandestinamente. Con Ivette había logrado entretejer un mundo diferente al de los demás muchachos de mi edad y mi entorno, y con ella dejé de sentirme en desventaja. Mientras muchos de mis colegas de la Universidad Católica se embelesaban con las citas textuales de los clásicos de la Revolución, yo sentía que estaba exponiendo mi pellejo cotidianamente; mientras mis amigos malgastaban sus noches de bohemia pensando en cómo hacerle el amor a sus respectivas amantes, negociando con ellas sus arremetidas, yo transcurría en los brazos de la diosa gala, recibiendo esta vez, muchos y verdaderos *baisers français*; mientras ellos aprendieron todo lo que sabían del sexo en el emblemático burdel El Trocadero, yo debutaba a mis diecinueve años con la experiencia de una amante serena, paciente y ducha en el amor sin negociaciones banales.

Egdle hizo un paréntesis en sus recuerdos para buscar una cita de Ovidio acerca del amor con mujeres maduras: «*Las mujeres mayores tienen experiencia, ellas han aprendido a satisfacer. Solo la experiencia trae el expertise. Ellas disfrazan la edad con el arte que se convierte en fineza. Te tomarán en sus brazos en miles de maneras según te plazca: No habrá ninguna figura erótica que pueda mostrar todo lo que ellas saben*».

ৎৡৡ৶

Por cuestiones de seguridad, aprendí muy rápidamente que Ivette y yo no deberíamos aparecer como amantes en público. Nadie, ni siquiera los más allegados al círculo de reeditores de la gesta heroica de 1960, debería saberlo. Esto permitió que nuestros encuentros amatorios fueran una luna de miel doblemente clandestina pero tres veces más excitante para mis diecinueve años de inexperiencia en estos menesteres. Cuanto más remoto y oscuro el lugar, más erótico, diría yo ahora.

Ivette era Francia de 1968 y todas las revoluciones habidas y por haber para un joven como yo de los años setenta del siglo pasado. Sí, ella tenía el corazón en su lugar y yo palpitaba a su ritmo. Viajábamos por la sierra peruana recorriendo los pasos de los guerrilleros y sus cuatro frentes abortados y encontrando no uno, sino decenas de compañeros que esperaban la coyuntura adecuada para resurgir de las sombras de las divisiones atomísticas de la izquierda, listos para el combate final. Nuestros contactos en los pueblos serranos eran maestros de escuela, campesinos, dirigentes de comunidades campesinas, estudiantes de secundaria, pequeños comerciantes. Todos ellos eran parte del verdadero Perú y no pitucos cariñosamente ideologizados en la capital. Los 'compañeros' que encontrábamos en las serranías tenían ya habilidades específicas y útiles para la Revolución, con doble vida y con una convicción que me hacía sentir pequeño, sino fuera porque yo también era del pueblo, es decir, un chalaco con un corazón chalaco.

A Ivette le habían matado el amor de su vida y ni siquiera sabía de una tumba para su amante, gracias a las tácticas de las guerras antisubversivas que hacían desaparecer los cuerpos de los combatientes para crucificarlos no una sino cien veces. El objetivo no era solamente destruir a los revolucionarios sino causar dolor a los que los amaban, respetaban y admiraban. La lógica de la muerte aprendida en la infame Escuela de las Américas no seguía los cánones de las guerras regulares, en las que el objetivo es destruir economía, infraestructura y maquinaria militar. Lo que los ejércitos nacionales de toda América Latina aprendieron fue que para vencer al enemigo interno, había que causar dolor a los que sobrevivían: doblegar su rebeldía, matar su espíritu. Esto significaba matar a los combatientes con una muerte que horrorizara la imaginación de los deudos.

Por aquella época, se quería tomar el poder para cambiar esa ecuación del subdesarrollo en el que unos pocos lo tienen todo y el resto del país nada o casi nada. Se trataba en todo caso de demostrar que la pobreza no es algo natural o un castigo divino sino el producto de la inescrupulosa amarretería de los hombres y que sí se podía cambiar una nación. De esta intentona salieron verdaderos héroes que muchos ahora no quieren nombrar. Se me vienen a la cabeza estos versos de Mario Benedetti: «...*En mi lejano país en cambio / los héroes / que también los hay / no pueden ser nombrados en voz alta / ni abrazados por una bandera / ni siquiera aludidos por el llanto / sencillamente no han sido autorizados / a existir como cadáveres / y menos aún / como cadáveres reverberantes».*

Así Ivette conoció el Perú profundo, con mucho amor, pero también con mucho dolor y sin el cadáver de su amante mártir. Sin embargo, ella estaba dispuesta a reeditarlo todo de nuevo: el amor y la Revolución, esta vez, ella como la comandante y yo como su amante.

Todo podría haber sido perfecto si no me hubiera dado cuenta que algo muy peculiar se venía cocinando entre tanta aventura amorosa y nuestro trabajo clandestino. Con el tiempo me di cuenta que Ivette tenía una misión particular y casi obsesiva conmigo. Ella quería desabrocharme el cerebro y dejar brotar ese hombre nuevo y apasionado que debería ser yo. Lograría esto no a fuerza de negarme todo lo que yo quería y deseaba de una amante, sino pretendiendo entrar dentro de mis cavidades de pensamientos para devolverme más sano. Se trataba de romper mi silencio estratégico II, que ella veía como una muralla más grande que la china y más alta que una torre medieval. Dentro de estos muros inaccesibles me escondía en toda mi realeza y desde ahí salía cuando la clandestinidad erótica me llevaba a sus brazos y a entre sus piernas, pero para ella esto no era suficiente.

Ella me acechaba constantemente para saber qué pensaba y cómo pensaba. La verdad es que yo no pensaba mucho, sino que, como antes con la Chelita de mi adolescencia, me dejaba llevar. Pero ella quería ir más allá de los riesgos de la cotidianidad revolucionaria y crear en mí el tan mentado hombre nuevo.

Frente a estos asedios constantes, la ecuación amorosa del joven silencioso y la mujer madura y apasionada estaba a punto de alterarse. Me acuerdo que en una de esas visitas a una comunidad campesina, después de reunirnos secretamente con los dirigentes campesinos –cuyo nombre no debo acordarme– nuestros contactos nos dieron direcciones precisas sobre cómo llegar a la modesta casucha que nos cobijaría esa noche. Empezamos a caminar por los senderos colindantes a la comunidad, tomados de la mano, satisfechos de nuestra labor del día, y nos embelesábamos con lo hermoso del paisaje serrano con sus cadencias de colores al atardecer y sus refrescantes perfumes de alelíes por todas partes. Avanzábamos en silencio, y probablemente con los mismos pensamientos sobre nuestra buena suerte, que nos permitía poder sentir que la naturaleza estaba sincronizada con nuestro quehacer revolucionario y nos premiaba cariñosamente con una sinfonía perfumada de alhelíes y los colores otoñales de las montañas aledañas. Me hubiera gustado poder recitar los poemas de Javier Heraud durante esa mágica caminata, pero siempre he tenido mala memoria, así que no tuve más remedio que caminar y absorber en mis propios términos el paisaje que nos rodeaba.

Llegamos a la cima de la colina, donde encontramos tres o cuatro casuchas sombreadas por el atardecer. Pasamos enfrente de la primera casita cuando ya la oscuridad era total. Ahora caminábamos pegados, tratando de no hacer ruido y no provocar ladridos inquisitorios. La tercera casa era la nuestra. Nuestro refugio para aquella noche desplegando sus estrellas sobre nosotros.

De repente una forma humana, o la imaginación de ella, apareció detrás de nosotros. Nos detuvimos y volteamos a ver de quién se trataba, dispuestos a lanzar las frases más amigables en quechua:

—*Allinllachu... Pasanakusun... Ratukama...*

La forma, o lo que percibíamos de ella si en realidad estaba ahí, se desvaneció. Continuamos nuestra sigilosa trayectoria a tientas y escuchamos el eco de otros pasos sobre los cascajos. Al segundo, más murmullos y jadeos se sintieron cerquísima de nosotros. Nos detuvimos, esperando escuchar mejor. Los pasos se sentían terriblemente próximos, pero todavía no podíamos ver a nadie; los murmullos se transformaron en claros insultos. No dijimos nada. Esperamos. Nos apretamos las manos abriendo las pupilas como vanos radares incapaces de dilucidar algo familiar. *Qué estúpidos, estamos a merced del enemigo y ni siquiera un arma de pequeño calibre para presentar the last stand,* fue mi pensamiento oscuro (fue Ivette la que nos prohibió portar armas en la etapa de preparación de las condiciones revolucionarias). La estela de oscuridad que nos envolvía parecía que estaba a punto de reventar y arrojarnos el siguiente capítulo de una desgracia. Finalmente, la penumbra vomitó una forma tambaleante, al mismo tiempo que yo encendía un fósforo y nos sorprendíamos, él y yo, con la misma intensidad. Apareció un rostro decrépito, espantado y sin dientes que masticaba palabras en quechua y con un olor a ron de quemar que irritaba mi nariz.

—*¡Pishtacos, pishtacos!* —exclamaba con voz pasmada.

El movimiento relampagueante del fosforito hacia la izquierda y delante de su cara, fue acompañado con un puñetazo que salió de mis caderas con un movimiento circular hasta el centro del pecho de la forma humana, que ahora retrocedía y era engullida de nuevo por la oscuridad. Se sintió el ruido seco de un cuerpo desplomándose. Luego, un breve silencio fue cubierto por sollozos intermitentes y carraspientos.

Aprovechamos ese momento para acelerar nuestros pasos hacia la tercera casita, nuestro refugio. Sin tocar, abrimos la puerta y todo era de repente obtusa paz de Navidad: un fogón, unos platos cubiertos con servilletas de papel, una tetera con tazas humeantes y una ancha tarima de madera con paja, nuestra cama. Cerramos la puerta y todo volvió a ser silencio expectante. Unos minutos tensos se alargaban sin misericordia, mientras esperábamos identificar más ruidos y signos siguiendo nuestros pasos. Nada.

Al final de la sigilosa espera, sentados junto al fogón, empezamos a sentir el galope de nuestras venas chisporroteando en deseo. Sentados frente a frente, jadeando como dos trenes enfrentándose, la ola de besos y caricias se desataron con una solemnidad agresiva. Nos tocábamos apurados y desordenadamente, nuestros cuerpos se buscaban a tientas tratando de encontrar la misma luz de placer de un ciego que quiere escuchar las voces ocultas de la piel. Más que acariciarnos, nos revisábamos dentro de una aduana severa e impaciente hasta que Ivette encontró la ruta de sus deseos y me aprisionó hacia su destino fulgente con las dos grandes flamas de sus piernas. Más que correr, galopaba; más que buscar el sendero a su jardín arquetípico de placer, escarbaba la piel para sembrar flores indómitas. Ivette y yo, frente a las brasas, nos mordíamos y apretábamos mutuamente, como si fuésemos caníbales o enemigos En este trance todo valía, dolor por placer y placer por dolor. Cada movimiento era más vehemente que el anterior y nos acercaba al final deseado. Cuando este llegó, una tormenta de lágrimas sacudió mi cuerpo. Ahora creo que esa noche tuve uno de esos orgasmos que te hacen crecer por dentro, o por lo menos te estiran el alma. Me quedé dormido aspirando el perfume agreste de sus hombros y en la mañana me desperté con una angustia que únicamente amainaría si caminaba rápido y solo.

Algo cambió. En esa forma de amarnos, yo estuve tocando mi propia partitura y concluí que no se puede hacer el amor desde diferentes sueños. Había ganado seguridad y buscaba caminar por mis propios senderos. De ahí en adelante, mi silencio y mis distanciamientos se fortificaron y miraba a Ivette desde la otra orilla, desde un desierto que se hacía más baldío conforme pasaba el tiempo entre conspiraciones y operativos.

Yo tomaba mis propias iniciativas y ya no buscaba caminar junto y bajo la tutela de Ivette. Comenzaba a mirar a mis compañeras de la universidad, ya no como las aburridas simpatizantes de izquierda, sino como lo bonitas y frescas que eran, deseando conocerlas. Es decir, ya no me dejaba querer como antes y buscaba cierta distancia entre Ivette y su asedio. ¿Qué había pasado? Creo que el incidente en los Andes, me había despertado el guerrero que se escondía entre sus faldas y estaba dispuesto a pelear por mi propio espacio y hacer las cosas a mi manera, corriendo mis propios riesgos. Dentro de este estado de ánimo es que buscaba cualquier tarea como excusa para alejarme de Ivette. En una de tantas, me ofrecí para un operativo especial que dibujó todas las señales que necesitaba para convencerme que era tiempo de partir y no dejarme querer más.

Una comisión de derechos humanos proveniente de los Estados Unidos quería tomar contacto directo con las condiciones infrahumanas y represivas que afligían a unos trabajadores mineros en Andahuaylas. La *fact finding mission* estaba compuesta por un grupo de religiosos de diferentes denominaciones. Había presbiterianos, luteranos, cuáqueros, católicos y hasta judíos. Todos ellos buenas personas con buenas intenciones, pero sin un ápice de castellano. Los acompañaba un camarógrafo de San Francisco que fumaba como chino en quiebra y que documentaría su misión. El contingente de buenas personas alquiló una camioneta con un servicial chofer y así nos dirigimos al campamento minero, protegidos por la fe religiosa del grupo y el amparo de la banderita gringa.

No fue tan difícil pasar todos los controles policiales y militares, ni introducir la cámara de video en las instalaciones. Las entrevistas con el comité de damas del sindicato de mineros nos dieron un material fílmico de primera mano, con un desgarrador contenido digno de sacar rabia de un clavo oxidado en las casas de la rutina anglosajona. Los gringos preguntaban, yo traducía, mientras los mineros jóvenes y los niños armaban algarabías fortuitas para distraer a los soldados que rodeaban el enclave. Las dos noches que pasamos con los mineros y sus familiares renovaron mi fe en este pueblo ingenioso, creativo y corajudo.

El campamento estuvo rodeado durante varios meses por un ejército sin bandera, pero al interior del cerco un nuevo Estado había surgido, con ministros-secretarios que organizaban la vida de los mineros y sus familiares en sus mínimos detalles. Las escuelitas funcionaban con su secretario de educación; la posta médica, con su secretario de salud; la seguridad, con su secretario de seguridad interna; y los contactos con el exterior (el resto del Perú), con su secretario de asuntos externos; y también tenían un secretario de deportes y de asuntos religiosos. Lo que más me llamó la atención fue la convicción de que ahí estaban creando las bases de una sociedad nueva y que este era un ensayo, una prueba de que podían gobernarse por sí mismos y para sí mismos, a pesar de las precarias condiciones de su existencia. Ellos creían que si sobrevivían el acecho y provocaciones de las Fuerzas Armadas, podrían después expandir esta experiencia de auto-gobierno más allá de su campamento minero. Ellos estaban –a pesar del cerco represivo– degustando los lánguidos sabores de una sociedad de nueva democracia.

Cuando salimos del campamento con el material filmográfico y las grabaciones que después se convertirían en un video titulado *Un Nuevo Amanecer* para ser distribuido en las iglesias gringas participantes en el *fact finding mission*, el ánimo del grupo era de veras muy alegre y con la satisfacción del deber cumplido. Todos queríamos festejar de alguna manera y se hablaba de un baño caliente, necesario y reparador; los hombres querían tomarse un buen trago de pisco y comer cebiche antes de partir al día siguiente para los Estados Unidos. Las monjitas se mostraban más abiertas y amigables, sabiéndose cómplices de algo bueno. De repente, el famoso dicho que el destino siempre está a la vuelta de la esquina se hizo realidad y la camioneta se detuvo intempestivamente haciéndonos caer uno sobre el otro.

—¡Soldados, carajo! —espetó el chofer.

En efecto, una patrulla militar con los fusiles automáticos en ristre nos conminaba a dejar el vehículo.

—*Take it easy...! Hide the camera under the tire... Be cool...!* —alcancé a decirles.

—¡Bajen mierdas! ¡Comunistas conchetumadre! ¡Ahora se jodieron! —gritaban los soldados.

Bajamos lentamente, con cara de sorpresa para acentuar nuestra inocencia, mientras el miedo nos tensaba íntimamente. Una monjita se atrevió a saludar con desmesurado acento gringo:

—Buenas noches, señores...

—¡Cállense, mierda!

Como si ya hubiéramos visto la película y sin que nadie nos los pidiera, todos levantamos los brazos y trenzamos las manos sobre la nuca. El sargento –con la facha de un mariachi que toca el guitarrón– se paseaba enfrente de nosotros lanzando amenazas e improperios que la comitiva no entendía al detalle, pero que evidenciaban una visceral agresión por las muecas y gestos alharaquientos. Los rostros acholados de los soldados lanzaban miradas que nos traspasaban como si no existiéramos.

La escena típica de un panfleto de denuncia para un oscuro boletín de los derechos humanos en alguna parte del mundo nos agitaba por dentro y nos dibujaba el desenlace: nos querían matar y solo estaban esperando un paso en falso de nosotros para cerrar este capítulo de otra de las tantas muertes anunciadas. Ese paso se nos vino encima cuando todos los soldados movieron sus fusiles apuntando a Bob, el cuáquero, que con sus sesenta años de bondad todavía no entendía el porqué de tanto odio. Como los únicos que se movían frente a nosotros eran los soldados, fue fácil determinar qué estaba pasando en el escenario de una masacre pre-escrita. Les llamó aterradoramente la atención la cantimplora de Bob, que él había comprado en algún almacén de segunda mano en los Estados Unidos. La cantimplora en cuestión era de tipo militar o de Boy Scout, dependiendo de quien la mirase. Los ojos de los soldados se abrían como cuevas de murciélagos y detrás se podía intuir un vacío frío y casi aséptico.

—Bob, por favor... *Slowly, very slowly... show your canteen... show it to them, show that is just water...*—mastiqué mi mensaje esperando lo peor.

Durante las fracciones de segundo que esperaba la reacción moderada de Bob, fijé mi mirada más allá de los soldados, hacia el horizonte, donde ya se insinuaba la presencia de la luna, precedida de un manto de luz entre las nubes. Me pregunté si tendría tiempo de verla aparecer en toda su redondez de luna llena. Si iba a morir no quería ver sus rostros de odio, me dije. Los segundos se encendían en la cúspide de las montañas andinas, hasta que por fin y para mi sorpresa, me encontré cara a cara con una luna llena de buena luz. Era una inmensa masa reluciente y abombada, con venas oscuras casi sensuales, y pensé que así me tocaría morir –no entre pájaros y árboles, como Javier Heraud– pero con la luna compañera, amigable, serena y preñada de claridad.

Me prometí que no dejaría de mirarla, que no cerraría mis ojos a pesar del dolor, que aquel sería el último rostro afable que me acompañaría hasta que se apagase mi último aliento. Cosa curiosa, nada más apareció en mi mente, solo la luz de la luna amable y el deseo incontenible de acabar de ver su peregrinaje hacia el cielo.

Durante esos breves instantes en que me perdía en la semilucidez, Bob agitaba acompasadamente su brazo derecho, como avezado prestidigitador anunciando su malabarismo mágico (nada por aquí, nada por allá) mientras que con la mano derecha se acercaba a la explosiva cantimplora. Por fin pudo mostrarla en toda su amenaza y con la elegancia de un consumado vendedor de perfumes, se dispuso a abrirla y dejar caer su fulminante contenido: agua.

—Agua… es agua… *gentlemen* —dijo Bob con dulzura cuáquera.

—¡Rojos de mierda…Váyanse a la mierda!… ¡Esa cojudez se queda con nosotros!

Nos empujaron hacia la camioneta y nos dejaron ir. La única voz que se escuchó durante el trayecto de bajada al pueblo más cercano fue la del chofer, que no dejaba de granputear a todo el mundo.

—Puta madre, puta madre…—murmuraba mientras aceleraba tragándose las difíciles curvas como si le hubiesen mandado participar en un Dakar andino y sin reglas.

Al llegar al pueblito de San Jacinto de la Sierra, nuestros rostros blanquecinos buscaban un desfogue en lágrimas y en sonrisas petrificadas. Nos dirigimos al único hotelito del pueblo como afiebrados carneros y, sin ponernos de acuerdo, terminamos en el bar del hotel. Cada uno pidió su trago preferido, incluso las monjitas vestidas de civil aceptaron que el camarógrafo les pidiera un roncito «*to get back to earth, sisters*». Al día siguiente, todos ellos saldrían hacia los Estados Unidos con un material de denuncia digno de propiciar la solidaridad esperada en sus iglesias, y convencidos que en el Perú ser mártir puede ser muy fácil, aún sin proponérselo.

En Lima, otro signo dibujaba mi rostro y no dejaba de preguntarme el porqué de la hermosa luna en mi presumible momento de martirio y no el rostro de mi amante revolucionaria. ¿Cuál era el significado de este augurio?, como lo llamaría ahora.

Mis distancias de Ivette se hacían cada vez más largas y se podía decir que me sentía casi liberado estando lejos de ella. Una noche de septiembre, después de reunirnos en la casa de seguridad con un grupo de militantes que venían del frente norte, un largo silencio precedió un más largo interrogatorio sobre mis agrandados distanciamientos. Desde mi esquina de justificaciones me atreví a decirle que me iba de ella, pero no de la Revolución. Me miró como la primera vez, maternalmente, bajó la cabeza para esconder una o varias lágrimas con sus cuarenta y dos años de pena y me dijo:

—Está bien... Si eso es lo que quieres... Con tal de que no dejes la Revolución... está bien. ¿Cómo recordar silencios? Está bien.

Salí de la casa de seguridad como a las dos de la mañana y me encaminé a la avenida Brasil, hasta agotar sus cuarenta cuadras. Sentía la brisa refrescante del mar en mis mejillas y esto me reconfortaba, me sentía alivianado, libre, sin el peso de la obsesión de Ivette. Así dejé a mi amante gala, para emprender mis propias batallas, ahora que sabía que no quería dejarme llevar. Ivette, años más tarde, fue deportada a Francia por subversiva y que yo sepa nunca más pudo regresar al Perú, al menos eso es lo que mis fuentes me informaron.

Cuatro

Se disponía a consultar otra vez el libro de Ovidio, después de esta larga remembranza, mezcla de meditación y recuento biográfico, a ver si encontraba una cita sobre despedidas y rompimientos, cuando Grisel apareció con ganas de conversar.

—Hola, así que aquí estás. ¿Qué haces?

—Hola, Grisel. Aquí, pensando, leyendo.

—¿Sobre cómo salvar al mundo?

—No, solo pensando en...

—¿En cómo llegaste aquí, chalaquito?

—Algo más complicado...Y tú ¿qué haces?

—Terminé unos bosquejos y necesitaba tomar aire, hablar con alguien.

—Ah, sí, la pintora que viaja mucho.

Grisel se sentó junto a él con la familiaridad de una antigua amiga y le contó que después de deambular por las galerías de arte limeñas por varios años, había descubierto una fórmula casi mágica para pintar y viajar sin estar sujeta a las demandas de un mercado de arte tan pequeño y cerrado como el de Lima. Su línea de vida consistía en que en cada año emprendía una travesía transoceánica por barco que le daba todo el tiempo del mundo para pintar y luego desembarcar sus pinturas en París.

Ahí pasaba el verano visitando a los pocos amigos parisinos que no habían abandonado la ciudad por el calor agobiante y trataba de colocar sus pinturas en pequeñas galerías. Tres o cuatro meses después se embarcaba en otro mastodonte acuático y volvía a pintar camino a Perú, para luego vender sus pinturas en alguna galería limeña que le aceptaba el cuento de que acababa de regresar de París con lo último de una producción pictórica muy *sui generis*. Así lo venía haciendo por tres años, era libre, económicamente le resultaba *okay,* gracias a que no pagaba alquiler en ningún lado ya que vivía con sus padres en Chucuito –cerca de La Punta– y en París contaba con el departamentito de un antiguo amante francés que todavía adoraba a su cholita artista. Ante un gesto interrogatorio de Egdle, Grisel se limitó a dar una corta explicación sobre como los franceses nunca cortan la relación del todo y la lista de amantes puede convertirse en una larga lista de amigos, salvo los grandes errores, por supuesto.

—A ti te hubiera gustado este departamentito, queda entre rue Gramsci y rue J.F. Kennedy, en el barrio de Citroën, cerca de La Torre Eiffel. Bastante pequeño, pero acogedor, y lo suficientemente alejado del tumulto turístico —acotó para dar por terminada su explicación.

—Por alguna extraña coincidencia, París vuelve a resonar en mi cerebro como un lugar familiar, a pesar de que nunca he estado ahí, mi querida Grisel.

—Tú sabrás por qué lo dices. Yo te contaba algo de mí.

Cambiando de tono, mientras encendía un cigarrillo de manera exageradamente pausada, preguntó:

—¿Has escuchado algo del bolondrón asiático?

—No. ¿De qué bolondrón me estás hablando?

—Hay tensión entre la tripulación del barco. Un filipino apareció muerto.

—¡Mierda! Eso sí que es grave. ¿Qué pasó?

—Hay una bronca entre filipinos y africanos, que son la mayoría de la tripulación. Todo empezó cuando un filipino mató una gaviota, lo cual para los marinos africanos es señal de mala suerte. Los africanos se pusieron iracundos y hasta cuchillos piratas salieron a relucir. Después de la intentona de bronca, los grupos se separaron para siempre. Y esta mañana apareció muerto el filipino llamado José, el maletero. Todos lo llamaban así porque era corcovado y chiquito. Lo curioso es que este no es el que mató a la gaviota, así que sospechosos somos todos. Espero que más sangre no llegue al río, digo al mar…Vamos a perder un culo de tiempo cuando lleguemos al primer puerto por el asunto de las investigaciones policiales, tú sabes.

—Yo trabajo con un filipino en la cocina, es mi jefe. Espero que no se las agarre conmigo. Yo: misma Suiza, completamente neutral. Los peruanos somos muy buenos para urdir alianzas peligrosas. Acuérdate de las alianzas con Bolivia en la Guerra del Pacífico y con Argentina en la Guerra de las Malvinas.

—Este es un lío de razas y supersticiones en el barco, y es como un lío de bandas en una prisión, cuando llueve, todos se mojan. Ten cuidado con lo que dices, haces y miras. El mito marítimo de matar a una gaviota no es el único, hay quienes creen que las mujeres no deberían viajar en barcos mercantes como este, porque también traen mala suerte.

—Eso parece salido de un cuentito de piratas.

—Quién te dice que no son piratas los de este lío. El año pasado hubo más de cuatro mil actos violentos y de piratería en altamar según las estadísticas de la International Maritime Organization.

—¿De dónde sacas toda esta información tan rara?

—No por nada vivo embarcada por tres años, mi querido chalaquito.

—Ya para de llamarme chalaquito, suena como el delincuente ese, el 'Robin Hood' de los Barracones, ¿te acuerdas de él?

—No. Estaba muy chica y yo soy de Chucuito.

—Y claro, tú nunca tuviste un vecinito delincuente como yo. Le decían 'Califito' por lo bonito y blanconcito que era en un barrio de morenos y cholos. Él sí que era un cerebro. Empezó como 'campana' y terminó como jefe de una banda de asaltantes de bancos cuando solo tenía dieciocho años. Antes de abordar el barco lo vi en el puerto, dijo que venía a recoger unos bultos que su hermano evangelista le mandaba de los Estados Unidos. Estaba avejentado, se le veía acabado, a pesar de ser mucho más joven que yo. Usaba unos lentes más grandes que su cara, creo que solo le funciona medio estómago porque trató de matarse bebiendo ácido muriático en la cárcel. Califito, sin embargo, será siempre Raulito para nosotros, el hijo de la comadre de mi madre, nuestro vecino y precoz guardaespaldas. Te cuento que un día lo encontré en la esquina de Saloom y Loreto totalmente pasteado. Llevaba una larga casaca de cuero que destapó para mostrar su destellante revólver de cacha blanca y dos granadas. «¿Quieres que haga la cagada? Tú eres rojo, quieres que haga la cagada», insistió. «¡No!», fue mi respuesta seca. «¿Cómo está tu viejita?», preguntó bajando de su exilio de drogo para perderse en otra esquina menos familiar. Yo me quedé pensando si era posible reclutar a los lúmpenes para la Revolución, tal como lo afirmaban algunos teóricos de la Teoría de la Marginalidad de esa época o si Raulito se quedaría entre nosotros como nuestro vecino delincuente y pintón, para siempre.

—Historias paralelas. Pero ahora te invito a mi mundo.

Grisel le pasó la mano por la espalda y lo empujó con suavidad como para sacarlo de sus remembranzas de barrio. Se dirigieron a su cabina. El espacio reducido parecía más pequeño por la cantidad de lienzos y bosquejos desparramados por todas partes. Grisel se dispuso con mucha delicadeza a destapar la ruma de pinturas apiladas en su cuarto, intentando darle un orden a su presentación. Era su manera de deambular por su mundo de colores y formas hasta que pudiera sentirse cómoda con su visitante. Mientras revolvía los lienzos, le confesó a Egdle que uno de sus mayores temores era quedarse sin pinturas y pinceles en medio de la travesía.

—No sabría qué hacer aquí. No soy del tipo que medita o lee, yo solo sé pintar —le dijo, en una clara referencia a la rutina de Egdle, mientras se movía apretadamente entre sus pinturas.

Egdle se dejaba introducir a su mundo privado con curiosidad, sabiendo que en muchas leguas náuticas a la redonda él era la única persona que entendía que ese era un momento importante para Grisel.

—¿Sabes algo de artes plásticas? —le interrogó distraídamente, como tratando de enmarcar la presentación de sus pinturas.

—Solía ir a exposiciones en Lima con mi amiga Ivette, como descanso entre protestas y confabulaciones. No es que todo francés sepa de arte, pero ella sabía apreciar color, forma, movimiento… Tuve un profesor de arte muy bueno en el seminario, era un pintor puntillista. Un día nos llevó a la Escuela Nacional de Bellas Artes y se vio en problemas porque los alumnos de la escuela estaban bosquejando a una modelo desnuda. ¡Si lo hubieras visto tratando de impedirnos la entrada al salón de clase, primero, e intentando cubrir las partes más interesantes de la modelo después, cuando el tumulto de estudiantes, futuros curas, lo empujaron hacia adentro del recinto! El pobre hombre sudaba frío, tartamudeaba, le faltaban manos para cubrir a la modelo y para cegarnos la visión de lo que para muchos de nosotros era la primera mujer desnuda que veíamos en vivo y en directo.

—Qué carajo, si hubiera sabido este profesorcito que en las pinturas religiosas de los católicos venecianos del siglo XVI entre las alegorías bíblicas metían a mujeres desnudas exageradamente proporcionadas, mirando al cielo, claro. Me refiero a Tiziano y Tintoretto. Las pinturas eran enormes murales que decoraban sus clubes privados a los cuales no podían acceder las mujeres. Misticismo y desnudos van de la mano. Yo no pinto desnudos, yo simbolizo el efecto de ver un cuerpo en movimiento. Si quisiera meterme con desnudos, tomaría fotografía.

Grisel levantaba la pintura que quería presentar, la examinaba con movimientos laterales de cabeza y quedaba mirando a Egdle para intuir su reacción. Él únicamente se atrevía a hacer comentarios faciales: levantaba desproporcionadamente las cejas, tronchaba la boca, sonreía plácidamente. Sus pinturas eran de colores fuertes y alegres que casi encendían la oscuridad de su cabina. Predominaban variaciones del púrpura y un celeste intenso, seguramente captado en medio del océano, junto a un electrizante rosado proveniente de la imaginación vehemente de la artista. Los trazos eran fuertes y casi planos, forzando la vista hacia íconos de la antigua Grecia y del mar. Posibles formas de flores se agigantaban y enmarcaban las escenas al interior de un mundo microscópico donde se podía imaginar un bullicio de cosas pasando. A Egdle le llamó la atención particularmente un cuadro en el que muy adentro de este mini-mundo se podía notar una mujer de mediana edad abriéndose el vientre para mostrar el rostro horrorizado de un niño gritando y aferrándose a las rejas del útero de su madre. Todo esto envuelto en un universo mayor de flores gigantescas y distorsionadas, al más puro estilo de Georgia O'Keeffe.

—Ah, a esta la llamo *Mi Perú* —le dijo notando su curiosidad en la pintura—, cada vez que estoy a punto de venderla le subo el precio y termino quedándome con ella. ¿Raro, no?

—Cosas de artistas.

—¿Te cansaste de tanto disparate?

—No. Al contrario, no quiero que esta presentación acabe de un solo brochazo —contestó dibujando un zigzag en el aire con su mano derecha—. Cuando una novela me gusta, deseo que no llegue al punto final… Y aquí estoy leyendo acerca de ti —añadió.

Egdle se quedó mirándola y sintió que había dicho algo muy personal y que en otras circunstancias este hubiera sido el camino apretado a la seducción. Los dos sostuvieron la mirada el suficiente tiempo para evaluar sus reacciones y ponerse a buen recaudo. Grisel rompió el silencio y avanzando hacia él le estampó dos besos, uno en cada mejilla de su petrificada cara, y dijo:

—Dos besos a la francesa, gracias por venir y compartir conmigo.

Así Grisel retomaba la compostura y ponía todo en el canal de los buenos amigos; frente a lo cual Egdle se sintió comprendido y expelido de la magia que Grisel creó al compartir su arte con él. Grisel cerró la puerta de cabina, respiró hondo, como si hubiese regresado de una larga caminata, miró sus pinturas desparramadas y se dispuso a tomar un baño, no sin antes despedirse mentalmente de Egdle: *Ah, chalaquito.*

Cinco

Los días en altamar pasaban tal como Egdle lo había planeado, con la variación de las ausencias y presencias de Grisel. Cuando no se sentaban juntos en la plaza mayor, a leer uno y a bosquejar el otro, cada uno en su mundo, paseaban por la extensa cubierta del barco como dos tortolitos silenciosos. A veces Egdle le comunicaba sus hallazgos, producto de sus lecturas, recuerdos y meditaciones; y Grisel lo escuchaba con atención, tratando de ver el lado simple y cándido de sus aseveraciones. Todo esto era confortable y esperado, sin ansiedad o sobresaltos. La mancha de pasajeros y la tripulación variopinta del barco parecían ya haberse acostumbrado a la presencia esotérica de estos '*peruchos in love*', como los llamaban a sus espaldas.

Últimamente Egdle venía cuestionándose la efectividad de sus llamados silencios estratégicos. Le preocupaba el desfase sufrido entre sus famosos mutismos forzados y la verbosidad que había derramado sobre Mirella. El romano narizón le decía que la elocuencia o el arte de hablar es uno de los instrumentos más efectivos para la conquista de la mujer deseada. Así lo intentó con Mirella, pero los resultados fueron, por decir lo menos, contraproducentes. Se le vino a la mente las sufridas trifulcas con Mirella. *Con ella me fui del silencio estratégico II a la verborrea paporretera y no lo hice bien,* concluyó Egdle. Se mordió los labios cuando el rostro de Mirella se le acrecentó en la memoria, para luego dejar escapar un suspiro quejumbroso. Sin embargo, conforme se iba abriendo el telón de los recuerdos, no pudo evitar un garabato de sonrisa en su rostro.

La veía en sus apretados pantalones y camisa negros, que resaltaban la blancura nívea de su piel. La veía transcurrir por la cafetería del Fundo Pando, cerca de la Facultad de Bellas Artes, con sus rulos dorados que traviesamente le tapaban medio rostro, siempre como parte de un cortejo de estudiantes juguetones y bullangueros. Fumaba constantemente, con pitadas cortas y nerviosas, y parecía no darse cuenta que entre gorditos chistosos y flaquitas traviesas, ella era toda una mujer de misterio y drama, al menos para Egdle, su sigiloso observador.

El placer barroco de Egdle era mirarla y descubrir sus más particulares gestos, tomando una fotografía mental que duraría un día o dos en su RAM cerebral y de ahí, hasta el próximo encuentro casual, durante otro momento aletargado por una taza de café, para hurgar más gestos y más movimientos litúrgicos. Egdle aceptaba estoicamente que ella lo ignorara, pero nunca se puso a pensar que quizás Mirella ya actuaba y se movía para él, su público privado y cafeinómano.

La primera vez que intercambiaron palabras fue en el departamento de Martín Cépeda. Mirella era una de las mejores alumnas del catedrático y fue invitada a la fiesta de profesores y estudiantes de casi la misma edad. Egdle se sorprendió gratamente al notar la presencia de Mirella y, para variar, no le dirigió la palabra sino que se dedicó a observarla con su acostumbrado placer fisgón, esta vez, dentro de un jolgorio universal de bailes y cervezas. Bien avanzada la fiesta y las cervezas, Mirella se acercó a Egdle con una sonrisa que acompañaba malicia y desafío.

—Flaco, ¿cuándo me vas a sacar a bailar?

—Ahora —contestó Egdle—, en el exacto momento en que la voz pegajosa del Zambo Cavero empezaba a entonar *Bandida*. Se acomodaron uno al frente del otro y se dejaron llevar por el ritmo familiar del vals criollo, jaranero y malévolo. Mecieron sus primeros deseos al compás de la peruanísima tonada, esa música del demonio que sirve para dar vueltas y vueltas mientras tu mano diagnostica qué linda es su cintura al acorde del tun-de-te criollo de guitarras agudas y trasnochadas.

Egdle le daba vueltas y requiebros, miraba al techo y volvía a mirarla para remarcar la letra de la canción muy cerca de su aliento.

«Eres una hoja sensitiva / vibras con ardiente frenesí/ linda criatura/ que en rara mixtura tienes tanto encanto como nunca vi/ das el beso que tu boca sola trae como aroma de una flor/ algo de tu vida cuando eras bandida perseguida por matar de amor... Bandida, mi dulce bandida, llévate mi vida o muero de amor».

Sin querer, los acordes del vals lo embriagaron y retumbaron casi estereofónicamente en su cerebro y se embarcó en la memoria con Mirella. Podía verla, tocarla, aspirar su perfume y hasta sentir el desliz de sus lágrimas llenas de incógnitas.

❧

No sé cuántas cervezas más tomamos y cuántas más vueltas y vueltas dimos para por fin tocar tu cuerpo desnudo y hacer el amor en el suelo del apartamentito de Martín. Después, emprenderíamos juntos una alborotada ruta de tres días, riéndonos y buscando lugares extraños para dar otras tantas vueltas a tu cuerpo, hasta catar maquiavélicamente nuestros deseos. ¡Bandida, mi dulce bandida!

Yo era feliz con tu desafiante audacia. Si no, cómo describir mis miedos y mi excitación cuando hacíamos el amor en el ático del restaurante barranquino de tus padres, donde dormía el cholito que limpiaba el bar. O cuando en el parque miraflorino frente al mar, envueltos en la bruma de la medianoche, desabrochabas tu deseo de niña pícara con besos menudos y lascivos. Con los ojos cerrados, apretándolos, dejabas que mis manos siguieran su curso por toda la sinuosidad de tus cordilleras palpadas. Sí, yo era inmensamente feliz con tu dulce agresividad llena de la alquimia de tus prolongados deseos. Te sentía tan cerca al morder tu aliento en fiebre, al absorber el perfume de tu piel libre de ataduras del pasado y las buenas costumbres. «Lienzo nuevo, lienzo en blanco», repetías cuando acariciaba las burbujas horizontales de tus pechos y mis dedos como enanos juguetones se escondían en tus cavernas mojadas.

Sin embargo, como era de esperarse, al tercer día las desafinadas campanadas de la Iglesia de la Santísima Cruz en Barranco despertaron a una madrugada hostil que nos anunciaba la despedida.

—Bueno, gracias, nos vemos en cualquier momento —se me ocurrió decir, no sabiendo cómo terminar o cómo continuar una relación tan bonita e intensa, pero que parecía efímera.

—¿Cómo que gracias, flaco? —dijiste destrozando mis murallas de escaparate con tu desenfadada mirada de verde indómito.

De ahí en adelante, todo fue conflicto que, visto desde el barco de la distancia, fue mi culpa. Yo tenía mi primera conquista de guerrero, en mis propios términos, después de Ivette, con mis silencios primero, y después, con mis discursos sobre el Che y el Hombre Nuevo y los malabares de palabras para hablar de Vallejo y su pena chola, Graves y su horror de soldado, Neruda y su sensualidad cotidiana, Galeano con las venas abiertas de una América Latina que nos urgía consolar.

Esta algarabía de elucubraciones, discursos y casi reprimendas se convirtieron todos ellos en un apretado plan de vida para Mirella. Ella tenía que dejar su mundo pequeño-burgués-juguetón y transformarse en la mujer nueva-seria, para lo cual debería yo entrar también en su cerebro.

Sin proponérmelo le apliqué la misma obsesión inmisericorde de Ivette y, con ello, maté de a poquitos lo más hermoso de mi dulce bandida: su espíritu libre y dicharachero. Yo quería que fuese revolucionaria, prepararla para entender la vida racionalmente y la muerte como un acto generoso de un camino incierto.

Después de nuestras conversaciones-discusiones-debates, más que nada soliloquios, Mirella quedaba totalmente agotada y con un bloqueo mental más grande que el Campo de Marte. Horas después, Mirella dejaría en las sábanas su sudor de flores y sus lágrimas cabizbajas. El porqué de las lágrimas nunca lo entendí, simplemente las acepté como parte del baño de transformación. Probablemente –y esto es una hipótesis– ella lloraba porque la felicidad se nos alejaba cada vez más, después de tanto discurso ideológico y tanto lirismo paporretero. Cuanto más seguros y contundentes eran mis argumentos sobre la necesidad de la Revolución, y sus implicancias en su modo de vida pequeño-burgués, más ríos de lágrimas nos iban separando y ni las prosas más profanas podían destejer lo que yo quería construir o destruir en su mente.

Cuando Mirella me invitó a tocar el mundo de su tierna humedad, la contradicción se presentó inexorablemente: la quería como era, pero pretendía encerrarla en mi mundo de revoluciones, conspiraciones, y uno que otro poema plañidero y sensualista. (Valdría la pena aquí recordar lo que dijo el chileno Roberto Bolaño: «Se puede conquistar a una muchacha con un poema, pero no se la puede retener con un poema»).

Mirella entendía generosamente la lógica poderosa del nuevo orden para todos, en los que todos pueden salvarse –¿quién podría negarse a esta lógica con un corazón bien puesto?, ¿quién podría?– pero, ¿y la poesía de amor? Me imploraba. ¿Y los arrebatos domingueros en cualquier día sin tiempo? Se quejaba. ¿Y la ternura de mirarnos entre guitarras soñolientas de noches sin confabulaciones? Arremetía. ¿Y la necesidad de tomarnos de las manos para dibujar signos carnales en nuestras pieles jóvenes, sin interrupciones? Suspiraba. ¿Por qué tienes que hablar de la premura del tiempo cuando a nuestras citas no se puede llegar tarde, mientras yo me tomo todo el tiempo del mundo para elegir el color de la blusa para nuestro encuentro de besos? ¿Por qué tengo que leer a Mao y entender sobre la contradicción de la contradicción, si yo solamente quería poner mi cabeza sobre tu hombro? ¿Por qué debo estar alerta a perderte en una sucia cárcel o en un inesperado viaje al exilio de tus culpas revolucionarias? ¿Por qué?

Mirando las cosas desde aquí, quizá su impuntualidad y su relajada manera de administrar su tiempo me creaba una tensión e inseguridad que tenían que ver más con mis miedos que con la disciplina revolucionaria. No aceptaba perderme en la ansiedad de la espera que agranda el deseo y que yo no podía controlar.

(«*Si vienes a cualquier hora, nunca sabré a qué hora preparar mi corazón*», le dijo el zorro. *El principito*).

Nunca me di cuenta que en mi relación con Mirella, y a pesar de la distancia, Ivette todavía operaba en mí. Es decir, a pesar de mi resistencia, ella, al fin y al cabo, había logrado crear unos lazos invisibles muy difíciles de exorcizar, y ahora me condenaba a amar con su paradigma, es decir, creando una mazmorra ideológica para asegurar que Mirella nunca se fuera. Pero se fue. Y me dolió.

Claro, mi racionalismo y pretendida autoridad moral me llevaron a la conclusión de que tarde o temprano esto iba a suceder. Claro que ella era pituca y yo no. Pero entonces si precisamente lo que ella era, con su mundo de risas fáciles, la simplicidad de sus respuestas inconclusas que nos acercaban al beso, el tiempo organizado que no era importante, todos esos lujos que yo gozaba pero que rechazaba como desviaciones pequeño-burguesas, eran lo que me ataban a ella. Yo pensaba que estaba sembrando las semillas del cambio, pero, en realidad, Mirella me plantaba el troncazo de una contradicción que yo no pude resolver en mí mismo. Opté, más bien, por poner todo el peso en ella y ganar mi primera batalla por el amor apasionado en mis propios términos y con amplia verborrea, como guerrero que era. O ella cambiaba y me amaba dentro de la Revolución o simplemente se iba a la mierda.

¡Oh sí!, Ovidio tenía razón: el amor es un tipo de guerra.

Cuando se fue, yo ya había agotado todos mis argumentos. No quería enamorarme, pero así sucedió y ahora me dolía doblemente. Si me hubiera quedado mirándola y admirándola como fruto prohibido, hasta una lira romántica sobre el amor que no se realiza hubiera podido entonar. Ahora de lo que se trataba era de asimilar la derrota. (¿Qué diría Clausewitz aquí?).

Y a rey muerto, rey puesto. Mirella me dijo que intentaría amar de una manera simple. (Esta frase la he recibido varias veces de otras amantes. ¿Será que el amor apasionado es siempre complicado y laberíntico?).

—¿A quién? —le pregunté.

—Es poeta, el hijo del ministro de la Fuerza Aérea del Perú.

—¡Ah, carajo!, no quieres ser parte de la Revolución y te pasas al campo enemigo.

—No, solo que él es poeta, de maneras suaves, me gusta.

—*Okay*, él representa al Estado opresor y yo…

—No, no es así, él es poeta, nada más.

—Él es hijo de un masacrador; y si es poeta, debe ser maricón.

Aquí me di cuenta que estaba respirando por una hedionda herida más grande que el Cañón del Pato y que debería callarme o desbarrancarme desde el propio pedestal en que yo me había puesto, así que opté por volver a mi estado de racionalidad semi congelada.

—Bueno, supongo que no me estás pidiendo permiso, sino comunicando lo que vas a hacer. Yo ya sabía que tarde o temprano algo así tenía que pasar, por eso no quería enamorarme.

—Es que yo todavía te quiero, pero me gustaría intentar algo más simple, tomar una distancia apropiada y quizá después…

Su balbuceo le dio la salida a mis enredos de pena y ofuscación y le dije que sí, que todo estaba bien, pero que no tenía el derecho de contradecirse en una misma frase.

—Como te dije una vez antes de enamorarme: gracias por todo.

Cerré la puerta de mi casa hasta donde ella había venido para comunicarme su decisión. El caso está cerrado, señorita. No podía seguir escuchando los dos lados contradictorios de su argumento: me amaba, pero se iba con otro. *Allegans contraria non est audiendis*, me dije. Me metí a la ducha dejando correr el agua helada sobre mi cabeza y sentí que algo se me atragantaba en la garganta. Al día siguiente tenía que ir a presentar mi plan de seguridad al comité central del partido.

Cosa curiosa es que a la hora del café, en punto, cuando ya no aparecía Mirella en la universidad, una sonrisa amarga hacía imposible endulzar el brebaje cotidiano entre clase y clase. Qué locuras hicimos, mi bandida. Cuántas discusiones para nada. ¿Tendrás ahora esos bloqueos mentales que tanto me asustaban? o simplemente serás feliz, allá en las costas griegas de tus padres a donde te fuiste a intentar amar sin complicaciones, después de optar salomónicamente por el exilio. Ni el jodido maricón ese, ni yo. Y no es que no pudieras decidir, sino que los dos no éramos suficiente para ti, ni juntos, ni revueltos, mucho menos individualmente.

—Adiós, flaco... —y tus ojos verdes, como pradera embalsamada de pena, descansaron en los míos agotados.

En la tarde de tu partida, después de llevarte al aeropuerto, mi voz gritaba seca y estentóreamente en el centro de Lima: «¡Abajo la represión! ¡Viva la huelga de la CGTP! ¡Abajo la dictadura!», y las lágrimas no eran por los gases lacrimógenos solamente.

∽∾

—¿Sabes que Ovidio aconseja a los hombres usar la locuacidad, el verbo, las palabras para vencer las murallas que las mujeres erigen para defenderse del ataque de nosotros, los energúmenos?

—¿A qué te refieres? —Grisel recaló sorprendida.

—Es la guerra de los géneros, Grisel, y todo empieza o termina con las palabras.

—El que quiere, quiere. Y punto. Las palabras sobran muchas veces.

—Las palabras no son solo sonidos. Son vibraciones, energía positiva o negativa. Son deseos, acomodamientos, requerimientos, puertas que se abren y se cierran. A veces debería decir lo que las mujeres quieren escuchar, pero eso es muy simple, sin mérito.

—Insisto en que no sé de qué estás hablando, pero sí sé que los antiguos griegos pensaban que a través de la retórica se podría llegar a la verdad. ¿Te refieres a esto, no?

—No, solo a los consejos de Ovidio. Creo que nunca aprendí bien la lección.

Ya no cabía seguir en la tranquila compañía de dos mundos cómodamente paralelos y se dispusieron a dejar la pereza de su rincón soleado y meditabundo. Egdle se preguntaba si Grisel tendría ese mismo entrevero de pensamientos. La miró levantarse de su colchoneta con la elegancia de quien no tiene preocupaciones, sus piernas bronceadas y largas precedieron todos sus movimientos inéditos e imaginó el paso elegante de Grisel, acostumbrada a no incomodarse con las piedras calientes de la playa Cantolao en La Punta.

—¿Qué? ¿Nunca has visto una sirena como yo?

—No con esa colita… —le contestó dándole un guiño de hermano mayor, que no era. Se cogieron del brazo y deambularon por la cubierta del barco para esperar la puesta de sol que se insinuaba.

—Las puestas de sol son buenas para los corazones melancólicos como nosotros —le dijo parafraseando un texto de *El principito*.

Grisel notó en el rostro de Egdle una sonrisa triste que apuntaba hacia el horizonte y se acomodó bajo su brazo a la espera de la fuerza redonda y amarillenta en que se había convertido el sol al atardecer. Los silencios se sincronizaron. Grisel se remontó a sus propios atardeceres en La Punta, aquellos de niña traviesa y gritona, mal hablada y rebelde. El bullicio de sus amigas se fue diluyendo mientras recapitulaba el paradero final de todas con las que había compartido tantos locos atardeceres: algunas ya casadas y con el primer hijo, con esposos profesionales; otras tantas, trabajando en Lima como profesoras de colegios privados de monjas o como abogadas de algún centro comercial de capitales chilenos. Solo Rita se salvaba del camino obligado de las pituquitas del colegio francés, porque se metió a hacer teatro después de terminar Arquitectura. Con ella todavía mantenía la comunicación cada vez que estaba en Lima. El arte las había siempre mantenido juntas, al mismo tiempo que el arte las separaba del resto del grupo de adolescentes de su grupo de La Punta y Chucuito. Rita la hacía siempre reír con su humor seco y sardónico; ella fue la que le hizo redescubrir Lima con sus rincones coloniales maravillosos colgados en la desgracia del abandono, los jardincitos secretos de Barranco, las calles húmedas de Magdalena con sus casonas de 1900, los mejores bares para el chilcano de pisco, como el Cordano, a un costado del Palacio de Gobierno, La Antigua Taberna Queirolo en Pueblo Libre y el Bar Ayahuasca en Barranco, moderno y cosmopolita. Con ella le hubiera gustado volver a bosquejar, en sus garabatos de papel marrón y madera, la verdad curvilínea de una Lima que desaparecía debajo del *boom* inmobiliario.

Otros atardeceres se le colaron a Grisel: cuando terminó con su primer enamorado en Chorrillos. Lo quiso un montón hasta que él decidió ser militar e ingresar a la Marina de Guerra. «Me dijiste que ibas a ser escritor. Y ahora me sales con que quieres ser cadetito de la Marina de Guerra, sabiendo que la única guerra que existe es contra el pueblo. ¡Vete a la mierda!». *¿De dónde te salió ese tufillo izquierdoso, Grisel? Ah sí, mi padre. Él me enseñó que en el Perú existen todas las sangres y que muchas veces son derramadas por unos dólares más en nombre de la democracia de papel. Así es como las Fuerzas Armadas pelean sus guerras...Volteemos la página, eso ya pasó, mi vida no es tan complicada sino fuera por esos exabruptos. Todavía hay atardeceres solitarios y otros tantos alegres que recordar...Y ahora aquí del brazo de un chalaquito que acabo de conocer hace muy poco. Buena compañía. No me molesta, se la pasa leyendo y meditando y de vez en cuando comparte retazos de su historia y algunas de sus conclusiones algo raras para mi gusto. Pero me encanta este silencio compartido.*

Seis

De regreso a su cabina, Egdle todavía tarareaba *Bandida*, preguntándose cuál fue el augurio que no vio en su relación efímera con Mirella. No fue la luna de venas sensuales apareciéndosele en vez del rostro omnipresente de Ivette cuando creyó que iba a morir, ni La Mar Brava vociferante cuando arremetió contra Chelita, ni los nombres de flores que se marchitaban cada año que pasaba de grado en la escuela.

Clausewitz siempre dijo que la guerra nunca es un acto aislado, *entonces tiene que existir un augurio, pero ¿dónde se esconde?*, se preguntó.

Estaba a punto de entrar a su cabina cuando se percató que la puerta estaba entreabierta y le pareció raro, pero entró de todos modos buscando el interruptor de la luz. Fue al segundo paso que sus pies se atascaron en lo que, él asumió, era un costal de papas o algo así. Al mirar hacia sus pies se dio con la sorpresa de un cuerpo acurrucado en el piso. Su reacción fue la de molestarse con su desconocido compañero de cabina que ahora se presentaba en el suelo y borracho. Estiró la pierna cuidando de no tropezar con la cara escondida del bulto. No podía distinguir las facciones del rostro, ya no por la oscuridad sino por la cantidad de sangre que borboteaba del lado izquierdo del cráneo.

—¡Carajo, este borracho se sacó la mierda!

Aún sin mucha seguridad, se acercó al cuerpo y escuchó un ronquido jadeante que lo hizo retroceder. Se aproximó para escuchar mejor, empezando a dudar que el bulto fuese el de un borracho porque no había olor a alcohol. Su descubrimiento le congeló el aliento y le mandó ondas confusas a su cerebro. La mancha de sangre se nutría de una resquebrajadura, del tamaño de una pelota de golf, en el cerebro.

—El bolondrón, el bolondrón —repitió—. A este lo atacaron los filipinos.

No se le ocurrió otra cosa que salir disparado a buscar a Grisel. Ella se apresuró a vestirse, vociferando con ademanes cómo llegar a la enfermería para alertar al paramédico del barco. Al final de unos inacabables cinco minutos, las personas requeridas aparecieron juntas y dispuestas a tomar cartas en el asunto: el capitán, un miembro de la tripulación portando una escopeta de retrocarga y el paramédico con guantes de jebe y una cajita de implementos de primeros auxilios. Grisel se encargaba de señalar hacia el lugar de los hechos y Egdle atinaba a gritarles:

—¡Entren carajo, que se muere!

Después llegaron otros marineros y entre todos improvisaron una camilla con las sábanas y colchas para llevarse al herido a la enfermería.

—Me dijo la señorita Grisel que usted es su compañero de cabina, ¿es cierto esto?

—Sí, pero no lo conozco. No sé su nombre, no sé nada de él.

—No me sorprende. Él trabaja en la sala de máquinas y prefiere estar ahí antes que en su cuarto porque así puede completar más horas de trabajo Es un tipo de pocas palabras, siempre en su mundo de africano, usted me entiende, trabajo, más trabajo para ahorrar dinero. Buen tipo, su nombre es Azab. Ha venido trabajando con nosotros por varios años y este suponía ser su último viaje. ¿Qué pasó?

—No sé, pero solito no se hizo ese hueco en la cabeza. ¿Es grave, no?

—Mañana sabremos —interrumpió el paramédico que no cesaba de mover la cabeza, como no queriendo aceptar lo grave de su diagnóstico.

—Le voy a pedir que me dé sus datos y me detalle cómo lo encontró para presentar su declaración a la capitanía del puerto. Espero que Azab aguante y no se nos muera, porque desembarcar con dos cadáveres no es nada bueno para el currículo.

—¿Quieres dormir en mi cabina? —le preguntó Grisel.

—No, no gracias. Voy a limpiar el piso, tomar una ducha y dormir, si puedo —le contestó, sin apartar la mirada de la mancha rojiza en el suelo.

Algo no tan usual se reflejaba en el rostro de Egdle, y Grisel lo notó. Volvió a insistir en su propuesta y obtuvo la misma respuesta. Le dieron ganas de aliviarle la angustia que se le salía por los ojos, de protegerlo, pero optó por dejarlo rumiar la tragedia que trajinaba dentro de él. El suave calor de la mano de Grisel por la espalda de Egdle tratando de desalmidonar su tensión se convirtió en un abrazo maternal y solidario al despedirse.

De rodillas y con la mirada fija en la mancha de sangre, Egdle refregaba el piso con un trapo que luego exprimía dentro del balde con agua y desinfectante. Sus movimientos eran pausados y casi ceremoniosos. Empapaba el trapo con agua, dejaba que absorbiera la sangre y lo exprimía dentro del balde, mirando como el rojo intenso se transformaba en un líquido medio rosado y sucio dentro del recipiente, en tanto que en el piso, la mancha rojiza, se transformaba en un manchón marrón húmedo. Egdle apretaba sus dientes pensando que lo que estaba tocando y diluyendo era lo que sostenía la vida de un ser que no conocía y esto le causaba un desasosiego pastoso.

Por dos semanas ambos habían alimentado sus pulmones con el mismo oxígeno, sin mirarse ni notarse más allá de los olores. Y ahora, aquí, él estaba tocando el río diluido de la vida de Azab. Había maldecido los olores desconocidos, había tildado su ausencia como un insulto, lo había ignorado, o se habían ignorado a pesar del espacio reducido, y al final, él acababa limpiando las huellas de su fragilidad. Mañana, pensó, quizá no tendría la oportunidad de mirarlo otra vez como un ser humano con sus propias historias y palabras. Se tachó de egoísta, de estar pensando en huevadas y leyendo otras tantas, sin querer mezclarse con el resto de los viajeros y la tripulación.

Qué cómodo es así, nada te afecta, se dijo. *Vas a Mali a ayudar, a tratar de cambiar en algo su situación de pobreza casi eterna y ni siquiera intentaste mezclarte con la tripulación africana. Claro, estás de vacaciones en un crucero para pobretones, ¿verdad?*

Después de terminada su labor de limpieza, que parecía más un exorcismo, se dejó vencer por el sueño sin tomar la ducha anunciada. Sus últimos pensamientos balbuceantes lo terminaron de adormecer: *No puede ser, nadie puede tener tanta mala suerte y morir en su último viaje. Para colmo de colmos en una cabina compartida con nadie, es decir, conmigo. Debe ser horrible morir solo en medio del océano cuando uno está dispuesto a regresar al hogar añorado, sintiendo el último contacto con la humanidad en la forma de un batacazo de odio... Sí, porque cuando llueve, todos se mojan, especialmente los de un mismo color... ¿Tendré tiempo de saber quién es mi compañero de cabina...?*

Al día siguiente por la tarde, Egdle y Grisel, que se ofreció a acompañarlo, se presentaron en la enfermería preguntando por Azab. El paramédico –un sueco grandulón de unos treinta y cuatro años– les agradeció la visita y les informó que no había cambios. «Sigue inconsciente y eso no es bueno», les dijo.

Ya le habían cosido la cabeza en el mejor estilo de las trincheras de la Primera Guerra Mundial y si no despertaba en un par de días, cadáver era, «o en el mejor de los casos un africano vegetal que no es lo mismo que un negro vegetariano», les dijo, para romper la solemnidad del momento. Ellos se despidieron sin ofrecerle la apetecida sonrisa y prometieron volver al día siguiente, cosa que hicieron puntualmente por tres días consecutivos, recibiendo el mismo magro informe.

Al cuarto día, sin embargo, cuando ya esperaban lo peor, encontraron al paciente sentado en la cama, aunque rígido y con la lengua entumecida por las convulsiones del post-trancazo en la cabeza. Se le podía notar con la suficiente vitalidad para entablar una cuasi-gresca tratando de rechazar la comida sin sus especies africanas.

Egdle y Grisel no quisieron interrumpir la amigable batalla por la dieta de Azab y se conformaron con darse un abrazo celebratorio.

Cuando el enfermero grandulón y todo sueco, acompañado por otros dos miembros de la tripulación, trajeron a Azab de regreso a su cabina, Egdle lo vio con toda su enorme negritud pero débil y escuchimizado. Ayudó a ponerlo sobre la cama y dijo que él se encargaría de su compañero de habitación. Y así lo hizo con vehemente camaradería por los siguientes días. Los desayunos, almuerzos y cenas, en los que se esmeraba en adivinar cuáles hierbas y especies eran las más adecuadas para condimentar la mejoría de su paciente, iban acompañados con las muy dificultosas idas y venidas al retrete y lecturas de poesía en voz alta. Azab lo miraba entre sorprendido y agradecido, pero sin decir mucho, sabiendo que dependía de Egdle para sobrevivir. Al final del quinto día de la metódica rutina enfermeril, a la cual se unía de vez en cuando Grisel, por fin Azab le dirigió la palabra.

—Debes cuidarte de los filipinos —dijo acomodando su cuerpote en la cama.

Con el paso de los días y la lenta mejoría de Azab, algo del peso de la culpabilidad inicial se había deslizado hacia un lado de sus preocupaciones, pero su rabia creció. Cuando ingresaba a la cabina ya no le llamaba la atención el olor, sino el recuerdo de la mancha de sangre que ya no existía. Esto hacía que Egdle apretara las mandíbulas y le volvieran esos deseos intensos de balancear las injusticias poniéndose del lado de los débiles, oprimidos y golpeados, como siempre.

Así había sido toda su vida, cuando quiso ser cura para rescatar las almas perdidas, cuando deseó ser abogado para que la justicia tuviera nombre propio, cuando intentó estudiar psicología para remendar dolores de antaño y recurrentes, y cuando por último, decidió que la ruta de la salvación para todos era la Revolución. No iba a cambiar ahora porque no estaba en tierra firme. Tendría que dejar para más adelante sus elucubraciones sobre la conquista de esa mariposa de luz llamada amor apasionado. Ahora su deber era vestirse de guerrero solidario.

Egdle no tomó la advertencia de Azab a la ligera. Tendría que cuidarse, no sea que le cayera un trastazo sátrapa a él también. Lo mejor era asegurarse de cerrar la puerta de la cabina con seguro y armarse de un garrote que colocaría junto a la almohada, por si acaso. No sería bueno llamar la atención de los filipinos, ni buscar la mirada acusadora, pero tampoco esconderse o mostrar miedo, ni desafíos, ni bravuconadas, ni mucho menos, mostrar debilidad. Evitaría andar solo en el barco, tendría que mezclarse con otros peruchos y demás viajeros, saludaría abierta y sonoramente, sin esperar respuesta de sus compañeros de cocina, y por último, un puñal militar estaría siempre debajo de su camisa.

Al acomodarse el cuchillo en la parte posterior de la cintura recordó una de las lecciones aprendidas en sus entrenamientos: un arma una vez expuesta a la vista del enemigo, no es para amedrentar, es para matar. Pero claro, él únicamente quería defenderse. En este caso la mejor defensa, según sus acuciosas lecturas del general Sun Tzu, era pasar inadvertido y ciertamente inofensivo. Pero al mismo tiempo, no dejaría de hacer lo que tenía que hacer, es decir, protegerse a sí mismo y a su ahora humanizado camarada de travesía. Con el rostro adusto y la mirada fija, repasó mentalmente su plan defensivo y concluyó enfrente del pequeño espejo: «*Bellum nec timendum nec provocandum*, (*la guerra no debe ser temida o provocada*), un chalaco *dixit*».

Lo que ya estaba escrito en el libreto de una pelea de minorías aisladas en altamar sucedió una de esas tardes, cuando Egdle regresaba a su cabina para seguir atendiendo a Azab. Tres filipinos, bajitos y agresivos, le cerraron el paso en un oscuro rincón del pasadizo. No había otra alternativa que sacar la garra y controlar la situación. Ellos tenían en mente hacerlo arrepentirse de haber cruzado la trinchera que dividía a las buenas minorías de las malas.

—¿Por qué proteges al negro mal agüero, si tú no eres como ellos? —le preguntó uno de ellos. De su respuesta dependía salir ileso o muy maltratado de esa situación.

Recorrió con mirada asertiva y firme a cada uno de los filipinos, anunciando así que ahí mismo estaba dispuesto a cargarse a más de uno y les contestó con voz suave y pausada:

—Porque mi tatarabuelo era africano y me enseñó a ser generoso con mi gente.

Midió mentalmente la distancia entre ellos y su cuerpo y se tensó para la batalla. Concluyó que había el suficiente espacio para contener el primer ataque, si este venía. Dibujó el segundo movimiento y vio su brazo derecho metamorfeándose con su puñal militar con un veloz desplazamiento que iba desde su espalda a la garganta del segundo posible atacante y que no se detenía hasta cruzar el pecho del tercero; de ahí en adelante todo sería caos y no sabía si sobreviviría.

—¿Conocen Cabo Verde? —de interrogado, pasó a ser interrogador—. De ahí vino me tatarabuelo con su generosidad africana. Yo no soy africano, pero soy generoso como mi tatarabuelo. ¿Saben lo que es ser generoso?

Los filipinos se desconcertaron porque ahora estaban en medio de una conversación y no sabían cómo regresar a sus objetivos malévolos.

—Todos los negros son de mal agüero —fue la respuesta del más agresivo de los pequeños filipinos.

—De todo hay en la viña del Señor, pero el africano que yo conozco es un alma de Dios que yo defiendo con mi... (iba a decir, «mi vida», pero se arrepintió porque sonaría a declaración de guerra)... mi generosidad, y si me disculpan, tengo que encargarme de su cena ahora.

Dio medio paso hacia ellos, repasando con su mirada el meollo del odio de sus posibles atacantes. Los filipinos ahora tenían interrogantes en sus cabezas. El perucho no los desafiaba, les explicaba que era buena gente, una especie de voluntario de la Cruz Roja o de Madre Teresa en altamar. No los condenaba por su ignorancia o los agredía con bravuconadas, por último, no parecía negro. El tipo explicaba sus buenas razones para hacer lo que hacía. Lo dejaron pasar no sin advertirle que se cuidara porque 'algo' le podría pasar.

Egdle dio unos pasos más pero no se contuvo y decidió rematar su operética salida de la posible trifulca con un final con fanfarria:

—Gracias por el consejo... Porque es un consejo, ¿verdad?

Complacido, pero todavía tenso, Egdle siguió el camino estrecho hacia su cabina. *Puta madre, de la que me libre*, se dijo.

Decidió no contarle nada de lo sucedido a Azab. Se acercaba el día del arribo a puerto seguro, donde cada uno seguiría su propio derrotero trazado de antemano, y no quería quebrar la alegría que Azab demostraba. Sentado junto a su cama, y aceptando ser parte de algo bueno, escuchaba atentamente lo que Azab le pintaba sobre África y específicamente acerca de Mali. Cuando el recorrido por el país con forma de mariposa devenía en una sincronización de belleza y magia, Azab juntaba las manos y agradecía a Alá. Egdle repetía el gesto y los dos reían con la jovialidad de dos adolescentes místicos.

Azab detuvo su mirada en las sonrisas de Egdle, como dudando si tenía el derecho de interrumpir el jolgorio que sus ocurrencias causaban en Egdle, pero no se contuvo y le tiró la pregunta a boca de jarro:

—¿Conoces qué es el Harmattan?

—No. ¿Qué es?

—Es un viento tan poderoso que te hace perder la cabeza. Un viento polvoso que pasa por Bamako, la capital de Mali, en el mes de marzo. Tu arribo a Mali es por esa época.

—¿Y?

—Tienes que cuidarte. Todos sabemos que durante el paso del Harmattan los estados mentales de la gente se alteran y les da por escribir poesía o tomar decisiones equivocadas y hasta recordar con dolor intenso los amores no correspondidos. El polvo del Harmattan es empujado por nueve vientos, iniciando su ataque cotidiano al atardecer. Es un batido de vientos que se aparece por los cuatro puntos cardinales. Los viejos que han sobrevivido este ataque por varios años saben diferenciar el sonido de los nueve vientos y sus presagios. Ellos cuentan que con tanto zumbido flagelante, producido por los nueve vientos encontrados, los fetos escondidos en las panzas de las madres se aterran tanto que un silencio incierto será la búsqueda permanente en sus vidas adultas. Hay quienes creen que estos susurros del viento les están sugiriendo alocados encuentros eróticos, de muerte y hasta de venganza. Durante el vociferante y polvoriento paso del Harmattan la gente se encierra en sus casas como si la naturaleza ordenase un cierrapuertas universal, mientras el Harmattan se encarga de eliminar la otra plaga bíblica: los mosquitos. Los que no pueden soportar la soledad y el aislamiento de tantos días serán castigados con la meningitis, que no es otra cosa que sus fantasmas internos gritando por su liberación, desgarrándoles la garganta.

—¿Tú crees en eso?

—Mali es África, no es cuestión de creer, sino de sobrevivirlo.

Egdle percibió que Azab no le estaba contando un cuento de brujas, sino compartiendo un secreto. Había que estar preparado para entrar en otro mundo muy diferente con o sin el Harmattan.

—Gracias Azab, lo tomaré en cuenta.

Casi al final de la improvisada tertulia, Azab puso en las manos de su amigo y salvador un collar hecho de semillas rojas y negras.

—Para ti. Para tu protección. En África, lo usan los guerreros como tú.

—Gracias —los dos rieron sueltamente, alabando a Alá con las manos juntas, otra vez.

Egdle buscó entre sus cosas y decidió desprenderse de uno de sus preciados libros. Para él, era lo mejor que podía ofrecer porque era como si se desprendiera de uno de sus dedos o una de sus costillas. Le alcanzó *El Cuaderno Verde del Che*. Lo abrió en la primera página en blanco y garabateó su firma y un lacónico: «*Para Azab (el viajero, en su idioma). Feliz retorno*».

—¿Deseas algo más antes de que me vaya a ver a mi amiga Grisel? En dos días llegamos al puerto, tú a tu vida de familia, ya sin largas y solitarias travesías, sin aves de mal agüero, ni trancazos en la cabeza; ella, al París de sus pinturas; y yo, al Mali de mi nueva vida.

—África, África... —el balbuciente Azab desplegó, otra vez, una sonrisa llena de blancura dental.

Egdle abrió el libro en la página cuarenta y dos y se lo entregó. Luego, salió de la cabina hacia la ducha, reteniendo en su memoria los ojos ávidos de Azab recorriendo con curiosidad las líneas del poemario como si los versos hubieran sido parte de su recuperación, una especie de letanía de nigromancia que le venía desde lejos para devolverlo a la vida. Para Egdle, su misión había llegado a un final feliz y se sintió satisfecho. *Enfermo que come y lee poesía, no muere*, pensó parafraseando un antiguo dicho de su madre. Al cerrar la puerta de la cabina pudo escuchar la voz pesada y gruesa de Azab dándole ritmo solemne a los versos de Nicolás Guillén en el *Canto Negro*: «*Tamba, tamba, tamba, tamba, / tamba del negro que tumba; / tumba del negro, caramba, / caramba, que el negro tumba / ¡yamba, yambó, yambambé!*».

Siete

En la ducha, Egdle se enjabonaba el cuerpo lentamente, casi acariciándose, pensando en la despedida con Grisel. No había podido conversar con ella mucho durante los últimos días y ahora ya no quedaba más tiempo. ¿Se volverían a ver? No importaba, toda repetición es una ofensa, diría el vals criollo. Había sido una suerte, un regalo de los dioses marinos, encontrarse con una chalaca como él, de piernas playeras y actitud abierta. Lo que compartieron durante la travesía fue apacible, familiar, como un afable largo paseo de dos buenos camaradas que se conocían desde siempre.

Recordó que durante todo ese tiempo había sido bonito esperar encontrar su rostro amable en las mañanas de meditación y lecturas e irse a dormir con ese mismo rostro campechano y jovial, para esperar encontrar lo mismo al día siguiente. Recorrieron juntos las calles de sus infancias, ciertamente diferentes, pero de alguna manera conectadas. Grisel le permitió ser su amigo y expresarse libremente, sin cálculos, ni manipulaciones. Todo se podía resumir en que había gozado ampliamente su compañía, sin que le impidiera admirar y relamerse con la visión de su cuerpo de mujer brava.

Se lo agradecería con un suave beso en los labios. Sí, sería algo íntimo, pero no tanto. No se trataba de robarle un beso, sino de hacerle sentir la cercanía de lo que ya las palabras no podían describir. O quizá mejor, un abrazo apretado y largo (se dice que si el abrazo dura más de veinte segundos, tu vida cambia) para que sus corazones se escuchen mutuamente y se digan a fuerza de un código de latidos, lo que en ellos guardaban celosamente; o quizá ambos, un beso suave y un abrazo largo, para que todo quedase grabado en la piel como una foto eterna, esa que el tiempo no podría maltratar. No, no haría discursos sobre la amistad o el futuro, solo gozaría de su presencia, su mundo de pinturas y su risa fácil lanzada al cielo que la ponía tan *sexy*, una vez más y para siempre.

(«¡*Duro recuerdo recordar, lo que las nubes no pueden olvidar por el camino de la mar!*», diría Guillén).

Después de una corta caminata por la cubierta del barco en la que reconocía rincones y conversaciones con Grisel, ya sin la tensión de hacía algunos días, y en que la fría brisa marina le alimentaba la sensación de que todo estaba en perfecto balance, se dirigió a la cabina de Grisel. La presunta armonía universal, esa que crecía en sus pulmones cada vez que visitaba una playa familiar, se le vino abajo al momento en que la puerta de la habitación se abrió para mostrar la sonrisa avezada de su anfitriona. Grisel vestía una camisa blanca llena de manchas de pintura que apenas le cubría un calzoncito que él no podía sino adivinar. Por unos segundos Egdle no se atrevió a entrar, sintiendo que el balance del que se creía dueño estaba a punto de tirarlo al suelo.

—Pasa, pasa, no te quedes ahí paradote… No tuve tiempo de cambiarme.

—Por mí no te preocupes… No encontré mi *tuxedo,* las flores están en camino y el vino…

—¡Yo tengo pisco!, huevón.

—No lo puedo creer, una despedida con pisco en medio del océano. ¡Te pasaste pa' Cuzco, mi querida Grisel!

—Es un mosto verde de uva quebranta.

—¡Salud, pues, por las mujeres que tienen un corazón chalaco y pisco!

Después del tercer pisco con hielo y limón, la cháchara era como antes. Iban y venían los recuerdos sobre el Callao antiguo y sus estrechas calles, todavía cubiertas de adoquines de piedra y adornadas con viejos mascarones de proa. La Punta, con su inexistente muelle de madera en el cual se podía almorzar sobre las olas. Chucuito y su pescado seco con palta y galletas con muchame. Y la Mar Brava, cuyo vociferante oleaje uno se acostumbraba a ignorar para poder conciliar el sueño y soñar mejor.

Grisel gozaba viajando por las calles que ella conocía por el nombre y que le habían sido negados durante su adolescencia en el Colegio Francés. Ahora, de la mano imaginativa de Egdle todos esos recovecos se le hacían más divertidos, amigables y menos terribles.

—Más pisco, Grisel, porque hay que saber tomar para los pies y no para la cabeza, como decía mi abuelo.

—¡Salud, chalaquito!

—Otra vez con eso.

—Tú sabes que es para joderte con cariño.

—Yo sé que me vas a extrañar como al cebiche de tu Chucuito, afrancesada.

—Ni te lo creas. Cebiche se puede conseguir en París.

—¿De veras?

—Sí, puedes conseguir ceviche en varios lugares. No importa dónde o con quién se coma, tampoco importa cómo se diga en francés (lo pides como un *lamelles de poisson cuit au citron vert oignons)*, pero cuando lo comes hasta parece que escucharas el himno nacional tocado por la Banda Republicana en el Estadio Nacional —le afirmaba—. El ceviche en París tiene la misión de re-peruanizarnos a pesar de la distancia —decía Grisel hablando de su experiencia de trotamundos. Conocía en París dos restaurantes peruanos, El Picaflor, cerca del Jardin des Plantes, donde la comida no era de lo mejor, pero que servía como un anexo de la embajada peruana—. Si me visitas, te llevo ahí. Encuentras cada perucho, que ni te imaginas. El otro restaurante es el Pachamanca, cerca de la estación del metro Rambuteau, a este voy menos. Hay otros como El Pulpo, Macchupichu, El Cóndor Pasa y El Chalán, a los que también visito para darme un baño de peruanidad de vez en cuando, a pesar de sus nombres que parecen sacados de un panfleto turístico y su menú descriollado. Los domingos, sin embargo, me gusta ir a un *bistro* cerca del Arco del Triunfo. Le Hide queda en la rue du General Lanrezac y tiene realmente una variedad increíble de auténtica comida francesa, que no es ni cara ni barata; y después puedes bajar la barriga subiendo y bajando los doscientos ochenta y cuatro escalones del Arco del Triunfo que está muy cerquita… Tienes que visitarme un día de estos. Tiempo tendrás, ¿no? París te encantará. Ahí caminas y caminas con la esperanza de perderte y encontrar rincones que parecen que hubiesen sido construidos para absorberte el alma. Es una ciudad para caminar sola, con un amante o con un amigo, pero para caminar. Perderse en París es un privilegio. Nosotros en Lima ya no podemos conectar la ciudad con la belleza. Te llevaría al *bistro* donde Lenin solía jugar ajedrez durante su largo exilio, al jardín de las pinturas de Monet en Giverny, donde el color y el perfume de las flores son tan intensos que desnudan tus sentidos al primer paso que das.

—Ojalá que pueda algún día… —interrumpió Egdle—. La agencia de desarrollo nos pide que trabajemos entre seis y ocho meses. Luego nos da tiempo para el 're-encauche'; se supone que el trabajo es sumamente intenso. Quizá en uno de esos 're-encauches' yo…

ᦉᦉ᧙

El París que Egdle conocía era diverso y no siempre romántico, alimentado por la vía indirecta de sus amigos intelectuales, compañeros revolucionarios, Ivette, la literatura y las noticias de archivo. Era el París de las historias de 1968 y sus consignas (*«Hay que desabrocharse el cerebro tantas veces como la bragueta»*), el París de Althusser y Poulatzas analizando las relaciones entre infraestructura y superestructura, el de los viajes clandestinos de algunos de sus amigos para estudiar el marxismo-leninismo-pensamiento Mao Tse Tung, el París de Ivette organizando bandas de niños hambrientos de la postguerra, el París lúgubre de Vallejo (*«Me moriré en París con aguacero…»*), ese París gótico descrito por Rilke en los *Cuadernos de Malte* y el paisaje urbano de soledad ambivalente pintado por Julio Ramón Ribeyro en sus *Prosas apátridas. («Esas viejas casas de París, en barrios descuidados y olvidados, sus altas fachadas grises, sus portones sucios, sus muros descascarados, sus escaleras sombrías. Uno imagina que no pueden cobijar más que la soledad, la vergüenza, la desesperación y la muerte. Y de pronto se abren de par en par los postigos de una ventana y asoma sonriente, abrazada, una pareja de jóvenes amantes»).* No todo en París es luz. Ahí también puedes morir de soledad y de hambre o comiendo muy bien, como le sucedió a un diplomático peruano que tuvo una trágica muerte en un accidente ferroviario.

Se cuenta que a la hora del almuerzo, treinta de los treinta y cuatro comensales en el carro-comedor, murieron masticando. El peruano, muy mal herido en París del 1900, salió del arrugado tren cantando una ópera y con la boca llena de manjares gálicos, dio unos cuantos pasos y se murió. ¡Qué muerte tan sibarita!

Qué bonita se le veía a Grisel con la alegría de sus ojos acentuando las imágenes de postal antigua. Egdle aprovechó una pausa en la que Grisel esperaba una reacción a sus narraciones para tomar su mano y ponérsela junto al corazón que latía con fuerte dulzura.

—Gracias, gracias Grisel por lo que me dejas... Te tendré siempre presente, esta hermosa amistad... París será, ahora y por siempre, tú. Gracias.

Se quedaron mirando atentos mientras Egdle todavía apretaba suavemente la mano de Grisel contra su pecho. Ambos sufrían la feliz coincidencia de una palpitación sincrónica. Sabían que estaban al final de un puente que terminaba ahí y que en las más puras de las realidades nunca más se volverían a encontrar. La distancia, ese hilo imaginario, les iría templando el deseo de verse de nuevo, hasta romperse en miles de chispas de recuerdos huidizos.

Ambos sintieron la necesidad de acercarse más íntimamente sin romper lo que habían creado durante su travesía. El microcosmos que el destino les regaló se les hacía todavía más pequeño. Grisel retiró la mano de Egdle con suma delicadeza y se recostó sobre la cama sin dejar de mirarlo y sin interrumpir el silencio que les rodeaba. Egdle se dejó caer a su lado y buscó poner su cabeza en su pecho; se abrazaron incómodamente. Entre el letargo y la semiconsciencia, Egdle, dejaba escapar palabras sueltas: «Grisel, mi cordillera andina, mi río profundo, mi Mar Brava, mi...», y la imaginaba caminando a lo largo del Sena con la traviesa gallardía de una paloma transeúnte. Todas sus descripciones de París cobraban vida y hasta le pareció verla enfrente de una centellante Torre Eiffel en busca del balbucear lento del Sena donde Grisel se mezclaba con otras tantas palomas de caminar coqueto. Entretanto, Grisel se escondía entre su medio abrazo y una estela azul-brillante que avidriaba sus ojos. «Solo se trata de vivir, chalaquito, solo se trata de vivir», repetía, arrullando su despedida.

De ángeles y superhéroes

Uno

En las antesalas del infierno que son los aeropuertos, la gente es maltratada con infinitas esperas, solamente para ser vejadas con peores castigos después. Aquí nadie te quiere ayudar y todos desconfiamos de todos. Vivimos un estado de permanente transición: no hemos llegado, pero tampoco hemos salido. Es como si deseáramos el paraíso (el recibimiento alegre y la cama confortable) desde el purgatorio. Pero no, los aeropuertos no son el purgatorio –donde debería haber ángeles para ayudarte en la transición– sino el vestíbulo de Lucifer con máquinas que te desnudan hasta el alma, cancerberos de todo tamaño y raza, inclusive los cargosos chihuahuas, que huelen tu nacionalidad, guardias pretorianas con toda la parafernalia de guerra que un humano puede cargar y nosotros, los rostros angustiados por la eterna espera.

Vengo torturándome con estos encuentros con las esperas interminables y las incertidumbres de los aeropuertos por más de tres años, desde que acepté ser consultor para América Latina, dejando la rutinaria tranquilidad de mi cátedra en la Universidad de Houston. Al principio, este trabajito era la propuesta ideal para alejarme de los remanentes viscosos y confusos de mi divorcio. Tomar distancia de mi cotidianidad era lo que el instinto de supervivencia me recomendaba. Era el tiempo de reinventarme, usando la distancia geográfica como una pastilla para el dolor que llevaba a cuestas. Ahora tengo mis dudas.

Después de almorzar en Le Grand Comptier, el único *bistro* francés del aeropuerto de Houston, con un menú decente y excelente lista de vinos, fui a confirmar mi vuelo al panel donde se pone la información actualizada de salidas y llegadas de los aviones. Esto es lo que uno hace rutinariamente, como quien busca su número de lotería que ha sido premiado con una partida y/o arribo a tiempo. Otra vez no salí sorteado, tendría que seguir esperando. Lo siguiente que uno hace es buscar el bar más cercano e intentar adormecer la espera. Me dirigí al Lefty Lonestar Grill que prometía cervezas *gourmet*. Escogí una mesa en un rincón del bar sabiendo que iba a tomar varias cervezas mientras leía la última edición de la revista *Etiqueta Negra* y no quería ser interrumpido, ni siquiera por los mozos. Esa era la manera de vengarme de mi mala suerte: tomando cerveza, leyendo literatura rápida, sin mezclarme con otros bulliciosos aero-transeúntes. Las horas pasarían por un muy estrecho gotero y yo tenía que estar preparado. Pedí una IPA (Indian Pale Ale) porque sabía que su siete por ciento de alcohol –el más alto de las cervezas comerciales– produciría en mí el efecto esperado: poder dormir en una silla del aeropuerto.

Muchos son los llamados y pocos los escogidos, pensé cuando anunciaron el último vuelo de la noche, que no era el mío. Estaba a punto de gozar de los efectos de las cervezas, cuando me llamó particularmente la atención la presencia, en el bar ya despoblado, de una guapa mujer de unos treinta años de edad, sentada a dos mesas de distancia de la mía y acompañada de un párvulo de dos o tres años. La mujer, bien vestida para los estándares norteamericanos, porque los que no viajan en trajes oscuros de negocios, viajan como si fueran de campamento, lucía una chaqueta de cuero marrón, minifalda floreada, malla negra, botas altas también marrones y una coqueta pañoleta de un amarillo pálido.

Sobre su mesa, una copa de vino blanco y muchas cositas para entretener al niño amenizaban sus movimientos. Sorbía su vino sin ningún apresuramiento, sin apartar la mirada del chiquito y desaparecía de mi vista cada vez se agachaba para seguir sacando cositas para solazar a su hijo. Iban apareciendo libros de cuentos, juguitos, cereal, galletitas y hasta un osito panda. La foto de Audrey Herpburn se me vino a la mente, por la manera que tenía arreglado su cabello, pero... ¿en qué película? Nuestras miradas se entrecruzaron breve y distraídamente y me atreví a levantar mi vaso de cerveza, ofreciendo un «¡salud!» caballeroso y a distancia. Su rostro dejó escapar una amable sonrisa cómplice y alzando su vaso de vino, contestó el gesto.

—*Cute boy!... and you are very well organized* —me apresuré a decir antes de que volviera a lo suyo.

—*Thank you* —y su mirada retornó al niño mientras sorbía el vino.

Al día siguiente, muy temprano, después de la frustrada partida y una noche sumamente incómoda por el suplicio de haber dormido en una silla, volví al mismo bar en busca de un café que sabía no iba a ser lo suficientemente cargado para mi gusto latino. Algo de mi soñoliento y crudo despertar en un aeropuerto se disipó cuando vi a la misma mujer de la noche anterior sentada en la misma mesa. Me recibió con un «buenos días» familiar, y hasta parecía contenta de volver a verme. Después de todo, éramos co-partícipes del mismo drama de espera.

—*Still here...like me!*

—*Yeap!*

Otra vez el gesto de salud, pero con café y a larga distancia, sin atrevernos a cambiar de mesa, me contó que estaba esperando a su esposo que venía de Zaire. Él era doctor, se veían poco, pero tendrían una segunda o cuarta luna de miel en las Bahamas, me dijo, mientras acomodaba elegantemente su trilogía de café, juguito para el niño y su conversación a distancia.

¡Ah! Ella no tiene una partida anunciada y espera como yo. La quedé mirando con un poco más de atención incisiva. La fotografía instantánea de su rostro amable y elegante entró en mi corteza cerebral cansada y se me ocurrió no creerle. *No existen dulces esperas en esta antesala del infierno,* me dije. *Para mí que esta mujer es uno de esos extraños personajes que viven en los aeropuertos. ¿Por qué no? Se le ve muy cómoda, fresca y adaptada en su supuesta espera.* Quizá esta mujer había alterado la ecuación nefasta en los aeropuertos y en vez de ser un transeúnte más tratando de arribar a algún lugar, agotándose en el intento como yo, había decidido hacer de su espera –quizá ficticia– un modo de vida. Ella, tan arregladita y elegante, había

logrado detener el tiempo y protegerse de la cruda realidad que el transporte aéreo incluye como parte del paquete, castigándonos con el deseo de la llegada. Ella tenía la excusa adecuada: estaba ahí haciendo antesala por el arribo de su esposo que vendría de Zaire, un príncipe azul o negro, que la llevaría a alguna parte, pero por ahora, se sentía más cómoda que todos nosotros porque no iba a ningún lado. *¿Por qué no?*, me insistí. *Es que es tan agotador esperar...*

Dos

Eran cerca de las tres de la tarde cuando me encaminé a la sala C del aeropuerto, la puerta de salida hacia Lima. Estaba abarrotada de viajeros: estudiantes, mochileros, ancianitas, ejecutivos asiáticos (difícil determinar de qué país, pero me imaginé China o Corea del Sur); por ahí resaltaba la presencia de un chamán selvícola y su esposa rubia, unos musculosos jóvenes de cabello corto, tipo militar, que pensé eran de la agencia antidrogas o *Marines,* y unos peruchos de mediana edad regresando a su tierra natal con muchos paquetes, tatuajes, cadenitas de oro y mucha alharaca; por último, una línea ordenada de cinco monjas con uniforme tipo pingüino, cerraba el variopinto contingente que viajaría a Lima. Mis ojos peinaron la presencia multitudinaria de mis compañeros de viaje admitiendo mi decepción. Nadie con quien compartir seis horas de encierro aéreo. Si tan solo tuviera la suerte de que por arte de magia me tocara sentarme con un ángel que me rescatara de esta antesala del infierno que no merezco o, en su defecto, como premio consuelo, poder sentarme en el avión junto a una señora muda que sea lo suficientemente gorda para usar su hombro grasoso como almohada, imploré a un dios desconocido.

Desde mi esquina adormecida por las demoras en el vestíbulo de mis pesares, nada me motivaba a abordar el avión, sino la inercia. Después de todo, eran solamente seis horas más, y ya habían pasado doce simplemente aguardando ese momento. La pesadumbre que me invadía hacia que todo me fastidiara doblemente: el maletín pesaba demasiado, como si estuviera cargando ladrillos y no una liviana computadora; los zapatos me apretaban los pies como grilletes de la Santa Inquisición; sentía la cara grasosa, la lengua seca y hasta ganas intermitentes de orinar. *¡Contrólate imbécil!*, le dijo el lado izquierdo de mi cerebro al otro lado angustiado. No pasó mucho tiempo después de mi oración profana al dios de los excesos, y a pesar de mi incredulidad y poca fe, cuando una figura joven, apartada de la muchedumbre, apareció de la nada, traspasando los límites de la inocencia infantil. *Parece un ángel,* me dije, *un ángel envuelto por sus propias alas.*

La joven miraba con curiosidad la gran sala llena de pasajeros ansiosos o aburridos, y no le incomodaba sonreír con apacible ingenuidad como si supiera algo que nosotros –comunes turistas en la tierra– ignorábamos. El deseo intenso de que esta bella aparición viajase en el mismo avión y me alegrase con su sola presencia fue absorbido, sin embargo, otra vez por el cansancio. ¡Qué ángel, ni qué ocho cuartos! Lo que necesito es una señora de gorda humanidad que me sirva de almohada clandestina. Sí, un buen hombro carnoso y rechoncho era el mejor deseo para este viaje de seis horas entre Houston y Lima.

Mis razones tenía para pensar así. Venía viajando a Lima, desde Houston, cada cuatro meses en los últimos tres años; y la incomodidad y rutina habían sepultado mi interés por viajar en avión. Sentía que estos se habían encogido, que habían puesto más asientos dentro del mismo espacio, o que simplemente, una epidemia de obesidad había invadido al mundo. No importaba tener una explicación racional, bastaba con sentir que viajar en avión era ahora muy incómodo, otra tortura más de la modernidad por la cual tenía que pagar buen billete.

Dentro del espacio milimétrico de los aviones, nunca podía estar cómodo. Sin ser muy largo, era imposible estirar mis piernas, era como viajar en cuclillas; sin ser muy ancho, mi espalda nunca descansaba sobre el respaldar por más que intentase estirarme hacia atrás como un chicle. Pero quien sufría de verdad era mi cuello, que no sabía dónde posar el peso de mi cabeza aturdida. La presencia de una compañera de viaje entrada en carnes para que mi cuellito pudiese hallar donde recostarse y con mucho disimulo descansar, era mi fantasía impertérrita.

Estos vuelos habían perdido el encanto de los años cuando viajaba menos, cuando el Aeropuerto Internacional de Lima estaba en otra parte y los *jets* eran novedad. A la incomodidad generalizada de los 'combis aéreos', se le sumaba ahora, la crueldad implacable de las azafatas. Supongo que mal pagadas y con muchas horas de vuelo, tal cual se les notaba en sus rostros cerúleos y maquillaje de saltimbanquis. Ya no eran las chicas de Pan Am con ternito apretado y tonguito, o la imagen de las coquetas azafatas de los novedosos *jets* transatlánticos en películas como *Boeing, Boeing* en 1965. Para ponerlo en términos crudos pero reales, las azafatas bonitas y serviciales habían envejecido y con ellas mis fantasías de esos años.

(Me parece raro recordar esta película gringa, cuando probablemente fue menos importante que otros *blockbusters* de la época como *El Doctor Zhivago*, *La Novicia Rebelde*, o *Repulsión*. Ese año también murieron Malcolm X, Winston Churchill y Abbott, el flaquito llorón de Abbott y Costello. Parece que estas películas y noticias no me impactaron tanto como la película de las *sexys* azafatas del aire lidiando con los alocados Tony Curtis y Jerry Lewis. Cosas de adulto tempranero).

Que se metiera en mi cerebro *Boeing, Boeing* antes de partir, no tenía nada de casual. Esa era una manera de decirme a mí mismo que no tenía –a estas alturas de mi vida– un referente fílmico que azuzara mi disminuida imaginación cuando de volar se trataba. Ahora las películas eran sobre terror y miedo: víboras en el avión, terroristas suicidas, aeronaves cayéndose con el presidente de los Estados Unidos, y hasta una mamá que perdía a su hijita en pleno vuelo... Solo tensión, desastres y horror. Frente a esta carencia de imaginario *sexy* y divertido para volar, no me quedaba otra que aceptar mi situación de prisionero-transeúnte, por unas cuantas horas, cada cuatro meses, anhelando una compañera tipo colchón en cada vuelo.

Con estos pensamientos en mente empecé la caminata penitente hacia el avión y a mi asiento, que siempre debería estar al lado del pasillo para poder ir al baño cuando la necesidad de la próstata lo demandase, o para dar pequeñas caminatas en los angostos pasillos del avión para hacer circular la sangre rebobinada por la presión aérea. Miré varias veces hacia atrás para discernir si aquel ángel vendría en mi vuelo, dudando ahora que fuese real su aparición. No la veía por ninguna parte, razón por la cual le asigné a aquel cuerpo joven la categoría de ángel efímero, pero ángel al fin, porque aquella aparición tenía una cara y cuerpo de ángel, con todo aquello que los ángeles deben tener y no tener.

Si ponemos atención, los ángeles no tienen nada de voluptuosos y lo tienen todo en dulce armonía. No usan demasiado maquillaje, confían en que su presencia será reconocida por la belleza simple de su sonrisa fácil, clarificada por un aliento de petunias recién cortadas. Su rostro afable estará adornado con una cabellera rubia y juguetona tal como son representadas en las estampitas españolas o italianas, ahora impresas en China. Su radiante cabellera aparecerá como plumitas doradas, desordenadas y con mechones desparramándose en una frente amplia que evidencia pensamientos precisos y diáfanos. De las líneas del cuello elegante hacia abajo, se desbordará una figura fina y sin geografías agrestes, aunque mi moderno ángel vistiese un pantalón negro de pana insinuando unos glúteos jóvenes y macizos, terrenalmente provocativos.

A la hora de abordar nuestro Boeing 757, la señora gorda de mis ensueños no apareció, pero sí la figura querubinesca. Viajaríamos juntos.

—Le toca el pasillo —dijo con dificultad.

—Sí, siempre escojo el pasillo. Buenas tardes.

—Me llamo Sarah.

—Mucho gusto. Soy Daniel. Doctor Daniel Cortez —me sentí robando el tono de voz de la famosa frase de James Bond.

Sarah venía de Fort Nelson, Canadá, un pueblito de unos cinco mil habitantes, localizado en la parte noroeste de ese país.

Era la primera vez que salía de su encierro frígido para visitar Lima por unos cuantos días.

—¿Y cuál es el motivo de tu visita a Lima?

—Voy a visitar a mi enamorado. Él está en una misión de buena voluntad de la Marina canadiense. Está recorriendo varios países de América Latina. Hace seis meses que no lo veo y me muero por verlo... Tú sabes.

—¡Ah!, qué bonito.

Empezamos casi al mismo tiempo con la rutina de los acomodamientos previos al despegue: libros, libreta de notas, audífonos, Ipod (el mío), Mp3 (el suyo), cinturón de seguridad, chicle para la tapada de oídos. Nos faltaban unas almohaditas. Apreté el botón con lucecita para llamar a la azafata. Esta se demoró una eternidad, hasta que apareció la prima hermana de la Sargento Pimienta. Apagó la lucecita, me miró con rabia y dijo a boca de jarro:

—Esta lucecita, señor, es para emergencias.

—Nuestra emergencia, señora, son dos almohaditas, por favor.

—*Okay* —espetó y se retiró sin más protocolo.

Su mirada hosca lo decía todo. *Claro, este perucho,* (haciendo alusión a mis facciones no precisamente nórdicas), *no sabe que como mesera-mucama del aire, no quiero que me moleste con sus caprichitos de segunda clase. Así que mejor lo paro desde el arranque, lo pongo así en su sitio o asiento de la ignorancia... ¡qué se habrá creído!*

Cuando llegaron las almohaditas ya había pasado una hora de vuelo más o menos. Sarah y yo no nos percatamos de la demora hasta el momento de sentir la presencia acusadora de la Sargento Pimienta. La conversación entre nosotros era fluida como la de dos viejos amigos que se reencuentran, pero todavía así, con ventanas y puertas que se abrían y cerraban para presentarnos como queríamos. Me enteré que sus padres estaban divorciados, que ella prefería usar el apellido Harris de su mamá porque se identificaba más con ese lado de la familia, aunque Goldsmith era su apellido legal. Su padre era un abogado relativamente exitoso con una nueva esposa y una nueva hija, más o menos de la misma edad que Sarah. Él le pagaba el viajecito y debería llamarlo apenas pisase tierra peruana.

—Creo que él quiere retomar su relación conmigo después de tantos años de separación. Cuando los padres se divorcian el efecto colateral nos cae a los hijos sin nuestro permiso y el vacío se convierte en nostalgia permanente y, claro, con una hija de su otro compromiso que me robó su tiempo... Bueno, ella no me robó nada, mi padre le dio su tiempo y a mí no —dijo mordiéndose medio labio—. ¿Qué pensarás de mí, tengo el cabello desarreglado, no crees? —dijo buscando cambiar el tema de la conversación, mientras sujetaba sus mechones dorados que casi le tapaban un ojo.

—Sí, estás desarreglada. Pero yo también —y una mutua sonrisa compinche precedió sus movimientos vanidosos tratando esta vez de sujetar su mechón con una trencita delgada y diminuta.

—¿Está mejor así?

—Sí —respondí con un gesto paternal de aprobación, mientras ella se colocaba los audífonos y yo los míos.

Cerré los ojos y me deje llevar por la tonadita de Green Day, *Wake Me Up in September* que fluía de mi Ipod. Apareció el rostro de Sarah muy cerca al mío enfrente del gran telón de mi modorra. Pequitas dispersas, mechoncito volando hacia arriba, naricita chiquita apuntando hacia el cielo, aliento fresco, una línea tenue de labios rosaditos. *Mi ángel conversador de belleza imperfecta*, pensé.

Qué diferencia con la peruanita de la misma edad con la que me tocó viajar hace cuatro meses. Me acuerdo que se movía con una nerviosidad enervante en el reducido cubículo de su asiento, mientras sacaba cositas de su cartera de neón y me miraba de reojo. Había terminado abogacía en la Universidad del Pacífico, «mejor universidad que la Católica...». Iba a abrir un negocio de no sé qué... su experiencia de tres meses en los Estados Unidos como *assistant manager* de un restaurante en las montañas de Montana le habían dado experiencia de trabajo capitalista... se sentía mejor preparada que su hermana menor y se lo demostraría a su padre... y más chucherías saliendo de su cartera cursi... Tan joven y tan tonta y ni siquiera era lo suficientemente gorda para mi descanso aéreo. Tantas horas de no compartir nada humanamente interesante, excepto que ella era muy especial y mejor que nadie, según ella. Llegué a la conclusión de que esta mujercita estaba jugando a ser joven, haciéndomelo notar y que su papel lo había extraído de una novelita barata que ella vivía con toda la estúpida rigurosidad posible. *Desagradablemente engreída, perdida en el desierto de su propia juventud*, concluí.

Salí de mi sopor cuando sentí los delicados deditos de Sarah punzando mi brazo izquierdo. Esperó que me quitara los audífonos y me despabiló con una pregunta que no esperaba.

—¿Cuántos años tienes? —preguntó sonriendo.

—¿Cuántos años crees?

—No sé, ¿mayor que yo?

Nunca antes me había preocupado por mi edad más allá de las visitas anuales a mi doctor. Él preguntaba, yo respondía y el médico terminaba la sesión asegurándome que estaba muy bien para mi edad. Y asunto concluido, yo era el mismo. Pero esta vez algo me impedía ser natural y honesto, pensé en mentir... y mentí con descaro. Le dije que tenía cuarenta y cinco.

—¿Y tú?

—Yo tengo diecinueve años.

—¡Ah!, diecinueve. Es bonito tener diecinueve. Yo he tenido diecinueve dos veces.

—Eres gracioso —dijo manteniendo su mirada y yo no entendía el porqué de su pregunta. Estaba a punto de volver a mi música, pensando que mi mentirita me ponía en la vereda de un abyecto viejo verde, a pesar de que yo solo quería gozar de la compañía de Sarah sin motivos ultramundanos de seducción o conquista. Sin embargo debo admitir que la vocecilla pre-histórica del bonobo hiper-sexualizado que llevamos todos los hombres en nuestro ADN, no dejaba de martillarme el cerebro escondidamente.

—¿Eres casado?

—Divorciado.

—¿Hijos?

—Dos, tengo dos hijos hombres.

—¿Eres feliz?

De las preguntas típicas de un censo, había pasado a las preguntas de una amiga de muchos años, las de mi psiquiatra o a las de una amante que te quiere bien. Me deshice de mis audífonos, tratando de no mostrar mi incomodidad y adopté esa actitud profesoral que tanto usaba cuando tenía que responder a preguntas difíciles en la universidad. Fijé mi mirada en el techo del avión, como quien busca encontrar las respuestas en un libro abierto y suspendido en las nubes, y respondí:

—La felicidad no existe. Solo existen momentos felices que son como las copas de un buen vino.

—A mí no me gusta el vino. Me encanta el champán.

—Mejor aún para la alegoría. Dentro de lo cotidiano con sus típicos momentos nebulosos y sin placer, hay que tener y sentir la necesidad de algo especial. No podrías desear locamente que cada una de las cuatro millones de burbujas, que tiene como promedio una buena botella champán, te invadan para liberar tu alma y tener tu momento feliz; si fuese así, estarías siempre borracha. Es decir, la felicidad son momentos deseados y realizados. No es que tengas que ser infeliz, pero como decían los romanos, «*Nulla dies maerore caret (ningún día carece de tristeza)*», por eso hay que crear esos 'momentos' especiales llamados felicidad. Yo he bebido mi sana cuota.

Después de esta mini docta perorata, no quería sentirme encajonado por más interrogantes que me empujaban a salirme mentalmente del avión y regresar a mi función de profesor distante y omnipotente entre las cuatro paredes recalcitrantes de mi estudio en mi casa vacía en Houston. ¿Felicidad?, ¿momentos felices?, ¿placer?, ¿qué carajo significan a mi edad? ¿Acaso no hice todo lo humanamente posible para ser feliz? Dos años desde mi divorcio habían creado la suficiente distancia entre ese personaje con sus respuestas preestablecidas y el de ahora. Ya se habían agotado todas las preguntas a las paredes que por varios años pintamos juntos mi ex esposa y yo, cantando las arias de Verdi. No tenía sentido buscar las razones de lo que ya no tenía remedio. La casa teñida de tanto placer y romance, ahora vacía, estaba impregnada de una quietud llena de rencor y no quería resarcir sus colores que se iban diluyendo con el tiempo y la distancia.

Decidí dar vuelta a la página y olvidarme de mis sentimientos culposos *a priori*, que me venían opacando la vena divertida de esos momentos. Cerré el debate interno entre el personaje maduro-acusador-culposo y el maduro-defensor-liberado, cuando me dije: «*Perro viejo, ladra sentado*» y le pregunté:

—¿Cuáles son tus planes en Lima? ¿Te espera tu enamorado en el aeropuerto?

—No. Él va a venir a mi hotel al día siguiente.

—Bueno, sería prudente, digo yo, que tuvieras un Plan B, si se da el caso que no llegue. Lima puede ser un poco peligrosa para una joven de tu edad —busqué acercarme a su atenta orejita y continué—: no te lo he dicho, shhhh...es un secreto, pero no solo soy mayor que tú, también soy un superhéroe.

—¡Ah!, un superhéroe... —y su sonrisa volvió a iluminar la oscuridad obtusa del avión y se dispuso a escuchar otra salida graciosa de su compañero de viaje.

—Si no llega, me llamas a este teléfono. Me preocupa que andes por ahí semi-perdida y sin mucho castellano —le dije saboreando el efecto de mis palabras.

—¿Te demorarías en llegar? —dijo aceptando el juego de la ficción.

—Tu hotel está en San Isidro, ¿verdad? Estamos cerca. Me demoro el tiempo que me toma en ponerme mi uniforme de superhéroe.

—¿Y cuál es tu superpoder?

—El sarcasmo y las fantasías.

De la penumbra que nos envolvía, aparecieron sus diminutos dientes, relucientes y parejitos, detrás de la carcajada sin reparos que lanzó hacia arriba, elevando su alma y su cuerpito a la categoría de angelito gozando plenamente. Sus ojos se achinaban y se le veía regocijarse con la idea de ser salvada por un superhéroe dentro de los recuadros de una revista de *comics*. El mundo de las historietas gráficas había logrado que todo sea permisible.

—¿Fantasías? ¿Las mías o las tuyas? Eres gracioso, muy gracioso.

—Tú sabes, los superhéroes hacemos lo que hacemos por amor... a la humanidad; y claro, no habría superhéroes sin chicas guapas que salvar. Lo mejor pasa entre las viñetas que no se ven en las historietas.

—Ja, ja, ja, ja. ¿Crees que llame la atención y esté en peligro por lo gringa que soy?

—Bueno, vas a llamar la atención por lo bonita que eres.

Seguía yo arremetiendo, seguro que la había llevado al mundo de las fantasías permitidas. Sarah dirigió su mirada al conglomerado de nubes que aparecían casi inmóviles en su ventana mientras su mente buscaba los superhéroes que ella conocía. Los de siempre: Superman, el Hombre Araña, Batman, Aquaman, Linterna Verde, la Mujer Maravilla, Átomo, Cazador de Marcianos, Avispón Verde, y los nuevos: Hielo, Fuego, Acero, Canario Negro, Tornado Rojo, Vixen. De todos esos, y otros que no podía recordar porque los miembros de la Liga Justiciera de América seguían aumentando, pensó que Aquaman era su preferido porque vivía en una eterna playa y que siempre le atrajo la Mujer Maravilla, por lo *sexy* que se le veía vistiendo una ropa de baño con la bandera norteamericana mientras se las jugaba contra los opresores de la época. De todas las armas de la Mujer Maravilla, mezcla de coqueta joyería y poder, como la tiara y brazaletes, siempre le llamó la atención el famoso lazo que podía arrancar la verdad y lo bueno de los malos; una especie de arma alegórica de los poderes de las mujeres sobre los hombres: el verdadero poder de las mujeres no siempre se puede ver, pero ahí está para cuando se le necesita. La Liga Justiciera de América había llenado su infancia pueblerina, y no muy lejana, con aventuras y deseos de aventuras, pero que ya hacía un buen tiempo los había reemplazado por *comics* para adultos de Manara, Luis Royo y Vittorio Giadino, que ella y su marinerito leían juntos.

—En Lima estamos acostumbrados a recibir turistas y también tenemos gente blanca y rubia como tú, pero todo depende del barrio en que te encuentres —añadí como si supiera mucho de sociología urbana.

Volvió a recostarse cómodamente en su asiento. Cada uno volvió a escuchar sus propios silencios. Sarah parecía complacida en su curiosidad de formato inocente y ego de mujercita; yo me seguía debatiendo acerca de si estaba o no jugando el papel del típico hombre maduro seduciendo a la jovencita. Por ratos me sentía disgustado conmigo mismo; y por otros, me relamía con los efectos de mis ocurrencias sobre Sarah. Cuando pude empujar otra vez hacia el fondo de mis pensamientos todo aquello que parecía acusarme, le pedí audiencia usando nuestro código secreto, es decir, tocándole el brazo con la minucia de un gatito querendón.

—¿Qué música escuchas?

—No es música. Estoy escuchando unas lecciones de castellano.

—Eso está muy bien. Pero mi experiencia me dice que tú necesitas un proceso de inmersión total, o sea, nada de inglés por un largo tiempo. Frasecitas y traducciones no te dan lo que necesitas para aprender un idioma. Necesitas el contexto cultural, la urgencia del idioma y la interacción humana.

—Suena complicado.

—Esa es mi experiencia. Ya verás que en quince días tu castellano va a mejorar en un cien por ciento, si no usas el inglés.

—¿Cómo dices «*I love you*» en castellano? —preguntó, supongo pensando en impresionar a su enamorado.

—Depende... Este es un buen ejemplo de contexto y cultura. En castellano no es lo mismo decir yo te amo, tú me gustas o yo te quiero, sin que haya consecuencias. Si lo traduces en forma literal puedes entrar en problemas. Todo depende del contexto, quién lo dice y a quién se lo dices y hasta el tono con que lo dices. Dime, por ejemplo, «*I like you*» en castellano.

—Tú me gustas —dijo tímidamente, buscando mi aprobación,

—Tú me gustas también —añadí esperando su reacción con una mirada impenitente.

—Suena bonito —dijo bajando la mirada.

La mini-clase de castellano había terminado por el momento. Regresamos a nuestros audífonos. Yo le había enseñado algo y le había tendido una trampita. Sarah cayó en ella con gracia y sin amilanarse. Ninguno de los dos nos sentimos alterados en nuestros libretos. Volvimos a hundirnos en nuestros propios pensamientos.

En las siguientes tres horas, el íntimo espacio de los tres asientos que nos tocaba compartir comenzó a recuperar la algarabía discreta de antes. El hilo de la aventura volvía a anudarse en el mismo sitio donde se había cortado hacía un buen rato. Todo era normal porque el alma no se asusta cuando sabe que es un juego de ficción lo que se está viviendo. Entramos de nuevo al dulce salón de clases en el que Sarah preguntaba «¿cómo se dice...?» y yo le contestaba poniéndole el contexto imaginado; ella repetía las frases, tomaba notas y se reía mucho de mis disparatadas sugerencias de contexto. Nuestra escuelita aérea y nocturna era ciertamente divertida y personal. Una diligente estudiante y un profesor totalmente dedicado a ella, creaban la intimidad necesaria para viajar en los vericuetos del aprendizaje del castellano, jugando y coqueteando.

El idioma –le decía– es comunicación y solo se adquiere en la práctica cotidiana. Mejorarás tu castellano si lo usas veinticuatro horas. Un profesor que se fue a estudiar a Francia, con muy poco francés, me decía que hay que rodearse permanentemente del idioma que uno quiere aprender. Durante el día, escuchas radio, ves televisión, lees libros, periódicos y revistas y hasta carteles; compras en ese idioma, vas al baño usando el idioma. Y en la noche, si no duermes con la radio puesta, consigues un amante para que te susurre el idioma en el oído.

—Qué gracioso.

Y así pasaban las horas en la escuelita nocturna en pleno vuelo. Sentía que al estar al centro de su atención podía robarle risitas y hacerle trampitas coquetas sin alterar la confianza que nos demostrábamos. Sarah gozaba –según yo– con este interludio, mezcla de galanterías, finezas y conocimientos, antes de llegar a los brazos tatuados de su marinero canadiense.

—Llego el momento de tu examen. Pídele a la azafata lo que tú quieras en castellano —le dije al notar que se acercaba la Sargento Pimienta ofreciendo tragos y refrescos.

—No, no me atrevo.

—¡Vamos, sí puedes! Respiras hondo y lo dices sin traducir.

—*Okay, Okay*... Quiero un jugo de naranja sin hielo, por favor.

Sus ojos se abrieron devorando el rostro de la Sargento Pimienta, quien no se inmutó y le respondió en el mismo idioma:

—¿Nada más?

—No, gracias.

—Y usted, señor, ¿nada más para su clase de idiomas?

Noté algo de venenoso en su pregunta casi neutral.

—Agua, por favor.

Esperamos a que la Sargento Pimienta se alejara de nuestros asientos para celebrar el momento ocurrido.

—Te felicito, pasaste con creces la prueba. Eres una estudiante aplicada, inteligente —pensé decirle bonita otra vez, pero me lancé un salvavidas.

Sarah no dejaba de sonreír, se sentía dueña de la escena. Miró hacia atrás, buscando la presencia de la azafata, y añadió:

—Y a esta, ¿qué le pasa?

—Muchas horas de vuelo y poca alegría. Tomemos un merecido descanso, ¿te parece?

A sabiendas que faltaba una ahora para aterrizar, cerré los ojos para prepararme para el *pandemónium* de la llegada, pero sin proponérmelo, una anticipada nostalgia se me acurrucó en el alma. Entre mi amodorramiento y la fatiga por las cinco horas de intensa convivencia aérea, me sobrevino la sensación de que en el juego que yo había creado también existía una trampa para el jugador maduro. De la inocencia de la ficción emergía un sensible deseo de ser más joven. No totalmente joven, pero sí menos mayor. Me dejé adormitar por un sopor inquieto y surgieron imágenes difíciles de apartar. Veía el cuerpo lozano de Sarah siendo aplastado por los ímpetus de su marino de góticos tatuajes. «¡Mierda! ¡Así no bestia, así no!». La veía confundida, buscando palabras en castellano para acicalar ese momento tan esperado, mientras que su manita feble se entretenía acariciando las líneas rebuscadas de los tatuajes del brazo de su amante. Sentía que todo su amor estaba concentrado en ese brazo 'popeyesco' y me desgarraba el alma que no tuviera ese momento de placer la música que yo le hubiera puesto con mis palabras.

—Señor, por favor, déjeme pasar al baño, por favor. Señor...

Abrí los ojos parpadeando y no muy seguro de dónde estaba. Los circulitos en blanco y negro sobre mis ojos se fueron desvaneciendo para encontrarme con el rostro de Sarah tan cerca del mío que hasta me pareció oler un aliento a petunias, sus palabras iban acompañadas de una sonrisa de Año Nuevo y sus manitas palmoteaban mi brazo con suavidad e insistencia. Mi desconcierto era total. Todavía me creía dentro de mi entuerto ensueño. Pasaron unos pesados segundos antes de que me diera cuenta qué era lo que quería Sarah. Eso, quería ir al baño en perfecto castellano.

—Sí, como no, señorita —dije levantándome y acomodando mis pensamientos para seguir el libreto y no evidenciar mi confusión, mezcla de culpabilidad y pena.

Sarah se alejó entre las filas de los asientos dando pasitos afiligranados sabiendo que la observaba. *Mujercita, mujercita al fin al cabo,* me repetí.

Tres

Al llegar a la inmensa sala de migraciones del Aeropuerto Jorge Chávez, y después de pasar el alborotado descampado de los equipajes, Sarah caminaba bien pegadita a mí, ya sin su sonrisa angelical. Yo trataba de hacer los siempre fastidiosos trámites de aduanas y equipaje de la manera más calmada y menos abrupta posible, para que Sarah no se asustara. Por fin estábamos por ser arrojados a la gran sala de personas que esperan al otro lado de las llegadas. A mí me esperaba un miembro de la universidad y a ella un empleado del hostal donde iba a quedarse. Entre la muchedumbre expectante divisé el cartelito: «Sarah Harris». Me dirigí hacia aquel. Le pregunté al hombre de ternito raído por su nombre y de qué hostal venía. «Aquí está su pasajera, la señorita Harris», le dije.

Regresé hacia donde Sarah me esperaba para indicarle que todo estaba bien y me encontré con la misma sonrisa de Houston, cuando vi por primera vez a mi ángel. Sentí ganas de abrazarla y desearle suerte y quizá tocar sus alitas vibrando como un picaflor un poco más grande. Como en otras tantas despedidas, los ojos se me avinagraron, me costaba horrores tragar la saliva agria, mis manos se entrelazaban complicadamente. Sarah me tomó de las dos manos, como cobijando panecillos calientes, puso su línea de labios sobre mi mejilla y susurró:

—Gracias… Si necesito un superhéroe, te llamo.

Sus pasos, ahora más firmes, la encaminaron hacia la noche húmeda de Lima con su promesa de efluvio de lluvia y cuando la distancia y la neblina engulleron su cuerpecito, la pesadumbre de otros tantos viajes con sus esperas, ya sin mi ángel, me golpeó la espalda hasta encorvarme, atosigándome la angustia varias veces, como quien presiona una tecla de piano que en vez de música solamente produce un ruido insípido, monótono y muy agudo.

El rompecabezas del amor

Uno

Nuestro juego

«El amor y la amistad crecen usando juegos».
—*El Libro del Buen Amor,* Arcipreste de Hita

Clara meneó su cabeza para reafirmar su negativa. No alzó la mirada. Sus ojos seguían asaltando con avidez la revista de modas que le mostraba un mundo antiguo y distante, lleno de vestidos largos, pedrería, tafetán y brocados. Le hubiera gustado comentarle sus hallazgos a Soledad, pero, como siempre, prefirió callar, dejando que su amiga estableciera el tema de la conversación.

—¿Estás segura? Es un vino francés de las viñas Cuvée Jeunes. Quizá prefieres un Sirah californiano.

Esta vez la voz sonó más cerca, encima de ella, como aquellos *coup de théâtre* a los que recurría Soledad con frecuencia para hacer notar su presencia. Clara no tuvo más remedio que subir la mirada y se encontró con que Soledad estaba ya parada frente a ella, extendiéndole una copa de vino tinto. Con desgano recibió la copa de cristal antiguo que rebalsaba un aroma nítido a frutas frescas. Admitiendo su derrota con una sonrisa complaciente a medio hacer, puso a un lado la revista. Desde la posición en la que estaba, casi engullida por los almohadones de pana, y mientras viajaba el pequeño cáliz de cristal hacia sus labios, las piernas firmes y separadas de Soledad se le presentaron con su característico color almendrado. Clara parpadeaba amistosamente aceptando la invasión del líquido en su paladar. Dejó la postura relajada y se irguió con lentitud para acomodar su primer sorbo de vino. El diminuto oleaje que se agolpaba en el fondo de la copa le brindaba una visión distorsionada de lo que aparecía enfrente de ella. Demoró el trayecto de su trago lo más que pudo, durante las micro-fracciones de segundos que tenía a su disposición, y ni el fruncir de sus ojos le ayudaron a descubrir más, pero sí a adivinar que detrás del grueso cristal, las piernas de Soledad salpicadas de vellitos aparecían firmes como dos estacas sosteniendo un cuerpo modestamente atlético.

—*C'est bon*? —interrogó Soledad masticando su francés de casetera, mientras daba media vuelta de bailarina para dirigirse otra vez a la cocina—. Cenamos en quince minutos. Te he preparado un conejo al vino ¡ri-quí-si-mo!, está para chuparse los dedos. La ocasión lo amerita. Y el sobre tendrá que esperar su turno. Así que relájate.

—*Okay* —respondió Clara buscando ver lo que ya se había imaginado, esta vez sin ningún recato—. *¡Yiiii!* Se te ve muy bien… ¿Cómo haces para mantenerte en forma?

—¡Ah! Mi secreto es la buena cocina, el buen vino, y si es gratis mejor, y sobre todo el amor intenso, hija —respondió Soledad mostrando desde lejos una mueca juguetona y autosuficiente.

Las dos mujeres soltaron sus acostumbradas y sonoras carcajadas de cuando se sentían cómplices de las mismas imágenes y, por fin, un jolgorio compartido se deslizó sobre los preámbulos de la cena. Las idas y venidas de Soledad a la cocina, las risas comadrescas que se expandían a lo largo de la salita, cada vez más bulliciosamente, y las copas de vino que se vaciaban en un santiamén, organizaban una conversación en la que se hablaba de todo y de nada, pero sobre todo, acerca del amor y los hombres. Clara se sentía cómoda dentro de esa coreografía de risas, vino, comentarios astutos sobre los hombres y ese olorcito a comida casi lista. Mientras tanto, los movimientos elásticos de Soledad, a quien no le importaba hablar de su cuerpo, ni mostrarlo a medio vestir, se iban aletargando a medida que la cena llegaba a la mesa.

—Tú también luces muy bien, chica —le tocó decir a Soledad.

—Conmigo no te metas, ¡la bonita de esta casa eres tú y ¡punto! Yo soy, diríamos... interesante, pero...

—¿No te has dado cuenta de las miradas angurrientas de los hombres en el restaurante?

Clara buscó otra vez la revista de modas entre los almohadones. No quería entrar en el tema. Soledad asomó su rostro desde el marco de la cocina y estirando sus cejas hacia arriba, volvió al ataque.

—Ay hija, parece que no conoces a los hombres. Ellos miran todo lo que se mueve y les provoca la imaginación. Ellos pecan con la mirada, nosotras hablamos con la mirada. Por ejemplo, cuando Junco te observa desde la ventana de nuestro cuarto, desperezándote en tu ritual saludo mañanero, me pregunto: ¿qué estará pensando? Yo te veo bonita y fresca como una mariposa matutina tratando de acariciar los primeros rayos de luz que bañarán tu cuerpo. ¿Te verá él así? Desde mi cama yo saludo la frescura de tus movimientos lozanos. Los dos nos despertamos a tu presencia matutina, pero los dos no te vemos igual. Yo pienso que él está pecando con la mirada.

—Mira, él es 'tu' guapo y, para decirte la verdad, es un poco extraño para mis gustos.

—Lo que quiero decir es que Junco se fija en ti, no me lo dice, pero lo piensa, y estoy casi segura que te imagina muy deseable.

La persistencia de Soledad acerca de lo bonita que era Clara le abrió su ego de par en par. Sintió que estaba siendo arrastrada a un terreno pedregoso donde se sentía alabada y melosamente sedada por tanta y tanta palabrería acerca de su cuerpo. Optó por asegurarle, otra vez, a Soledad, que el tema no le interesaba en lo absoluto y buscó el refugio de su revista. Sus dedos pequeños y afilados pasaban las hojas con cierta velocidad mecánica, mientras proyectaba la imagen de su cuerpo y el efecto que producía en los hombres que la miraban.

«¡Ah! el gozo de las miradas indecentes», diría Kundera.

Un gran espejo mental que detallaba su cuerpo en movimiento le dibujó las bóvedas pesadas de sus pechos anchos en la base y los siempre alertas vigías carnosos precediendo sus pasos desordenados; su talle de avispa que solía cinchar con gruesas correas de cuero negro, su rojiza cabellera, larga y fulgente, que inducía a adivinar su rostro, y el ajetreo de sus manos tratando de acomodar el cabello flotando sobre su cara. Sin embargo, como si alguien estuviese adivinando la satisfacción que estas visiones le producían, y la manera en que le hincaban la vanidad, empezó a acicalarse la batita blanca de seda y su atención recapituló en su medio vestir, haciendo que las imágenes de sí misma se esfumaran con cada ajustón al cinturón de la ligera prenda. Por un momento dudó, pero no se contuvo y decidió atacar para no verse acorralada entre sus propios embelesos y la locuacidad de Soledad.

—¿Es Junco buen amante? —inquirió con aire distraído.

Soledad sintió que le habían dado el santo y seña que estaba esperando. Regresó de la cocinita con la botella de vino y su copa, se sentó frente a Clara, adoptando una actitud de derviche o de gurú de plazuela, según quien mirase, le dijo:

—Eso depende.

—¿De qué? —se atrevió a preguntar Clara.

—Bueno, podemos medirlo, si de medir se trata, por la cantidad o la intensidad de orgasmos. Tú sabes, esos que te hacen doler el volver a la realidad o aquellos que te hacen sentir perdida en tu cuerpo.

—Te pones muy intensa con el vino —interrumpió Clara, dejando caer su espalda entre los almohadones verde limón y rosado estridente.

—Bueno, si quiero ser franca te diré que el asunto es siempre práctico. Es decir, con quién, dónde y por dónde —dijo Soledad con tono audaz.

—Te faltó hasta dónde —recaló Clara intentando ponerse a la altura de la conversación.

—Sí, pero es algo más que uno bien grande, hija, que dicho sea de paso, sí lo tiene y me toca, ¡ufff!, ahí donde nadie ha llegado. No te exagero. Yo le llamo mi *Star Trek*. ¿Sabes? ahora que estamos en el tema, siempre me he preguntado si don Juan Tenorio o todos los personajes similares de la literatura eran, tú sabes, bien... Es decir, no solo hablaban bonito sino que también tenían...

—Quizá, pero también podría ser que todos estos escritores h-o-m-b-r-e-s: Tirso de Molina, Juan Cueva, Byron, Dumas, Pushkin y otros tantos como ellos, estaban recreando sus propias fantasías —dijo Clara recordando sus cursos de literatura feminista.

—*Okay, okay,* no nos pongamos serias. ¡Salud! por el don Juan ese, pobrecito, que sabía hablar bonito y con una bien... ja, ja, ja.

Las carcajadas flotaban de ida y vuelta dentro de una avenida dicharachera, mientras el vino hacia su trabajo liberador para que Clara y Soledad desbordasen todo su ingenio de perversas quinceañeras. En una de esas, cuando las dos amigas lagrimeaban de la risa buscando la próxima frase devastadora sobre los hombres y sus mitos, un silencio cortante reordenó el bullicio de la picardía chillona. Soledad terminó su vino de un sorbo y se quedó mirando fijamente a Clara mientras que, casi arrullándola con sus palabras, extendía su mano para descansarla en su muslo derecho.

—¿Qué dirías tú si yo te digo que me gustaría compartir a Junco contigo?

—¿Conmigo? —un calor intenso le reventó en el centro del estómago a Clara y la obligó a moverse y buscar una respuesta de mujer mundana.

—Diría que suena interesante.

—Yo creo que es buen amante y Junco parece ser el indicado para algo un poco más duradero, pero yo quiero tu opinión.

—Si quieres mi opinión háblame de él, de lo que yo no conozco, pero no me pidas que me acueste con tu hombre.

Clara movía sus labios emitiendo sonidos que no le pertenecían. Su compostura era de una persona lista al debate, en tanto que la propuesta abrupta todavía retumbaba en su cerebro: «com-par-tir, com-par-tir».

—No entiendes. Esta intensidad que desplegamos en nuestros encuentros debe tener un origen, ¿no crees? A veces pienso y siento que esta manera de gozar sucede porque yo quiero que así sea. Yo soy la que provoca todo esto y Junco transcurre en nuestra relación amorosa como un velerito atado a los vientos de mi imaginación. Incluso en los momentos más intensos, los silencios de Junco a veces contradicen su docta y meticulosa entrega al placer. Los movimientos de su cuerpo me complacen como nadie, pero parece tan distante… como naufragando en una tormenta que nunca conoceré. ¿Estoy yo de veras ahí en el ojo de la borrasca que lo agita? O quizá soy para él el vaivén de una playita efímera.

—¡Qué playita ni qué ocho cuartos! ¿De qué estás hablando? Déjame decirte que todo eso que sientes es producto de los dos, ¡y punto! ¿No crees que estás filosofando demasiado sobre algo que supuestamente debería ser divertido?

—Bueno —dijo Soledad aceptando salir de la intensidad de sus disgregaciones.

—Tómalo así, como una diversión de las dos.

—¿De las dos?

—Sí, un juego de las dos —dijo Soledad palmoteando suavemente el muslo delgado y terso de Clara.

Las peroratas acerca de lo bonita que era Clara, de lo que Junco estaría pensando cuando la miraba, iban mermando las defensas amuralladas de Clara que ahora se dejaba arrullar con los piropos y zalamerías de Soledad. De vez en cuando, interrumpía Clara con un «no, no te creo. Pero si casi no habla». A juzgar por la situación, Clara ya había dejado su pose distante y alerta de los primeros momentos después de la inesperada proposición y se sentía ahora muy cómoda en el centro de la conversación de Soledad. Mientras tanto, la acústica de sus propios pensamientos con sonidos repetitivos hacía que aceptara con familiaridad inusitada: «un secreto de las dos», «un juego de las dos», «solo a ti te lo pediría», «com-par-tir, com-par-tir a Junco».

De cierta manera, no era la primera vez que Clara estaba envuelta en los juegos privados de Soledad. El hecho de ser compañeras de casa, de trabajar en el mismo restaurante por cerca de seis meses, la mutua simpatía y la cercanía de las edades, les había creado un mundillo aparte y con muy poco espacio para la privacidad. Clara aprendía, o creía aprender, mucho de la experiencia de Soledad. A ella no le importaba hablar de su eterna búsqueda del amante perfecto, entre otros monotemas en los cuales los hombres eran siempre domados, devorados, hechos melindres de sus apetitos. Al final, Clara veía en Soledad a una hermana mayor que sabía más de la vida y los vericuetos del amor.

Cuando el tema de los hombres arribaba a la mesa de desayuno o con las tacitas de té de rosas después del trabajo en el restaurante, Clara se sentía más mundana no obstante sus dieciocho años y su casi nula experiencia en los sortilegios del amor y el placer. Se podría decir que ella conocía más de los hombres debido a sus conversaciones con Soledad que por experiencia propia. Sin embargo, no solamente las conversaciones eran el instrumento de su educación sensualista: algunas veces Clara podía escuchar desde su cuarto los pormenores de las batallas campales que eran las libidinosas noches de Soledad y sus amantes. En realidad, Soledad nunca se acomidió a hacer sus noches de amor totalmente privadas. Por el contrario, si no era la puerta entreabierta que dejaba escapar desde su dormitorio los suspiros de locomotora y bufidos tremebundos de sus amantes, era la historia del día que empezaba con una lastimosa letanía y un suspiro ancho.

—¡Ah! los hombres, los hombres son como niños. Fíjate que...

Clara aceptaba esas historias como parte de los desayunos domingueros entre el jugo de melón, café con leche y panecillos de trigo. Algunas veces las esperaba con ansias, si es que en la noche anterior los sonidos se habían manifestado un tanto estereofónicos y con *sensurround sound* o simplemente un tanto diferentes y no había podido conciliar el sueño, preguntándose qué miércoles estarían haciendo. Otras veces, sin embargo, tantas y tantas historias de cuerpos y encuentros resultaban agrediendo su minúscula experiencia y en esos momentos deseaba ser católica o judía para sentirse culpable y tener una excusa para irse de la casa.

—Te conté acaso que una vez tuve un amante tan malo en la cama que cuando terminábamos de tener relaciones sexuales, yo corría a mi casa a masturbarme. Buena gente, bien plantado, decía que quería casarse conmigo. Yo lo llamaba 'mi Terminator'. Él pensaba que el apodo se debía a que era grande y fuerte. En realidad era porque siempre 'ter-mi-na-ba' antes, se venía como un quinceañero, el pobrecito… Cuando yo tenía quince años alguien me dijo que si te introducías un lápiz en la vagina y tratabas de aprisionarlo con tus músculos, no habría amante que quisiera dejarte. Ya te imaginas a la tontita de Soledad practicando con Crayolas de todos los colores y cuanto útil escolar hallaba para estos propósitos. Practiqué tanto que probablemente hubiera llegado a los Olimpíadas. ¿Qué tontas que somos no? Todo lo que hacemos para ser amadas y deseadas… ¿Qué si me acuerdo de todos mis amantes? No hace falta, tengo una lista de todos ellos con apodos y detalles. Te sorprenderías al encontrar algunos nombres que tú conoces. Un día de estos te enseño la lista, la tengo organizada como un catálogo de biblioteca… ¿Mi peor experiencia? Bueno, yo trato de olvidarlas, ¿sabes? No es bueno para la salud mental, el ego. Nunca olvidaré, sin embargo, el día que me atraganté con el pene regordete de Juan. Me atoré y vomité sobre sus bolas. Pasó justo cuando él eyaculaba, el pobrecito abrió los ojos y pensó que se las había reventado. ¡Qué despelote!… Y tú, Clara, ¿cuál es tu peor experiencia?

—¿Yo? Yo nada. Todavía no la tengo.

Súbitamente, con la fuerza de una estampida de caballos salvajes, imágenes desordenadas se apelotonaron en la puerta de la memoria de Clara, quien pestañeaba de manera entrecortada, tratando de contenerlas. Su rostro no cambió de expresión, pero su angustia interior crecía como si alguien de repente le hubiera pedido la vida.

Ese día se sentía irremediablemente sola y no quiso esperar a que alguien la llamara para dar un paseo por el Distrito Federal. Se aventuró a explorar la ciudad con la alevosía de una gringa, quería conocer el Palacio de Bellas Artes. De seguro ahí conocería a alguien interesante. No sabría decir con exactitud de dónde apareció esa sonrisa chiclosa y esa mirada cruel en el fondo de las palabras coquetas. Poco después, su vida cambiaría una eternidad a medida que el destartalado Volkswagen se desplazaba al encuentro de su peor experiencia en uno de los tantos cuartuchos de azotea perdidos en el marasmo del D. F.

Únicamente le importaba sobrevivir, el silencio era cómplice de su derrota y pesadas nubes eléctricas aplastaron su desnudez haciendo restallar sus huesos con látigos de acero que le abrían zanjas de odio. Aceptó como nunca su endeblez y el miedo la asaltó inmovilizando todo, no pudiendo ir más allá del terror que emanaba de la profundidad de sus células en esa mísera pocilga. Nunca pudo limpiarse lo suficiente de aquel encuentro fortuito con la violencia sexual; a pesar que estuvo vomitando por un mes, día y noche, mientras su cuerpo se hinchaba como queriendo transformarse en otra cosa diferente para no llamar la atención.

Detener el desagüe de la memoria era como restañar la sangre perdida en una guerra cruel con el tiempo y sus fantasmas. Sintió la garganta seca y se apresuró a humedecerla con más vino, la lengua le pesaba como un ladrillo, en tanto que una diminuta insinuación de lágrima se desprendía y rodaba casi imperceptiblemente sobre su mejilla derecha. *¡Ay! cómo me cuesta caminar con este cuerpo que ya no me pertenece,* se le escuchó murmurar en la profundidad de su memoria, esa maldita caja que nos secuestra la alegría cuando le da la gana.

—Clara, tengo una idea loca desde hace tiempo. Mira —dijo Soledad, levantándose y dirigiéndose a la pared más próxima sobre la que arrimó su cuerpo en forma de cruz.

—Aquí pondré una foto tuya hecha por el más sofisticado y reconocido fotógrafo de Santa Fe, creo que Schlensiger es quien está de moda ahora. Un gran póster en blanco y negro, por supuesto, con mucha textura, de un granulado fino, la geografía de tu escondida sensualidad agreste se insinuaría en el pulso de las venas, al estilo de Saudek y hasta quizá mostraría el perfil de tus venas agolpando toda tu vitalidad de hembra joven.

—Ya, ya para, detente ahí no más, parece que en vez de vino te hubieras tomado un barril de gasolina, por lo acelerada que estás.

—Sería inmensa para que todo el mundo la vea y pregunte quién es esta mujer.

—Para de una vez, no ves que me pongo colorada, ¿qué quieres? ¿Exhibirme en una galería?

—Pero tontita —dijo Soledad rompiendo la crucifixión en la pared y tomando el rostro de Clara entre sus manos flacas como quien trata de cobijar delicadas avecillas.

—Solo tú no te das cuenta de lo bonita que eres.

Los ojos pequeños, verde-azulados de Soledad parecían traspasar la esquiva mirada de Clara. Sus manos descendieron del rostro a los hombros de Clara para percatarse que sus pezones rosi-claros se asomaban curiosos detrás de la cortinita de la batita de seda blanca. Clara sintió cada palabra frente a su rostro como en un *close up* perfecto, los labios delineados de Soledad se abrían y cerraban tan cerca de los suyos que su aliento de vino se confundía con el de ella y hasta podía oler el rosa-té de su tez embriagándola por dentro.

Trató de romper su propio embeleso acomodándose la batita otra vez, pero se mantuvo así, sin anticipar los nuevos movimientos de Soledad. Por más extraña que pareciera la escena,

Clara la consentía con una mezcla de tensión sensual, arrullo maternal y feminismo.

Manos de mujer, caricias de mujer, son como las mías, no me invaden. Dos mujeres hablando de sus cuerpos, mi cuerpo, en nuestro propio espacio, de nuestras cosas, de esas ganas. No me asusto, pero quiero asustarme, el vientre me late impertinente, quiero sentir todo esto con la lentitud de un vuelo hacia la luz de lunas infantiles, que toda esta tensión detenga el ritmo cotidiano de las cosas y lo aburrido que me parece estar metida en mi cuerpo. ¿Qué estoy esperando? Sí, hay que dejarse hacer, se dijo.

Soledad podía sentir la fuerza y el calor de sus palabras desparramándose en la credulidad de Clara. La fisicalidad de la coreografía que corroboraba su dominio de la escena con sus manos, ahora descansando en las caderas de Clara, la envalentonaban, le hacían querer aprisionar más su atulipanadas carnes. Sabía que la escena no iba a durar por mucho tiempo y, con la meticulosidad de un relojero suizo o un experto en explosivos, pronunció con la más zalamera de las voces:

—Clara, pequeña, ya llegó Junco, nuestro juego, nuestro secreto.

Dos

Encuentro con fuga

«¿Qué vendes, oh joven turbia, con los senos al aire?
Vendo, señor, el agua de los mares».
—Federico García Lorca

A Clara, a diferencia de Soledad, le faltaba la sofisticación y mundanidad que le hubieran permitido curar todos sus temores y pesadillas, exponiéndolos al mundo. Nunca en su vida podría haberse imaginado haciendo, dejándose hacer y luego contándolo todo, lo malo, lo terrible y lo deseado, a alguien que no fuese ella misma y mientras dormía. Con frecuencia, Clara soñaba que era perseguida y asediada por hombres y mujeres sin rostros y con voces de opereta. Otras veces, su sueño o pesadilla empezaba en una larga calle de paredes frías, descoloridas y descascaradas, de las cuales se desprendían formas humanas que querían olerle el sexo y podían casi tocarla con su aliento arracimado. Se veía siempre tratando de escapar de ese callejón de violadores olfatorios. Tenía que huir de ahí, llegar al final de la calle y fugarse al campo, no dejarse consumir por todo ese vaho entre sus nalgas y su pubis, tenía que huir así, desnuda como estaba, y esconderse entre las bellotas de Salinas, las flores de Santa Rita y las calabacillas silvestres que aunque le punzaban la piel no le agradecían como esos carajos oledores. Ahí en el campo sabría esconderse, tomar distancia del enemigo, caminar de noche, casi invisible, a través de las vegas, sin ser reconocida por los perros guardianes. Nadie la molestaría. Ahí podría respirar ensanchando su pecho y gritar su clímax confundido con el bramar del río de sus juegos infantiles. Ese mismo río que ahora descendía de las montañas con fuerza incontenible, pausaba su alocado descenso para bañar su cuerpo que quería marchitarse y esconderse. Nadie le robaría nada. La luz de la luna recortando su silueta desnuda, los grillos saltando a su paso incierto, lo coyotes cantando su satisfacción, serían su coro griego personal e íntimo.

A la mañana siguiente, Clara sabía que su energía normal no la acompañaría a despabilar sus huesos. Se despertaría lenta y sombríamente, acompañada de ese líquido pegajoso entre sus piernas. No entendía nada. Por qué siempre estaba huyendo desnuda y húmeda como una versión pornográfica y femenina de *Indiana Jones,* y luego, ese cansancio que la ataba a la cama por varias horas. Quizá si se atreviera a contar sus pesadillas, estas desaparecerían así como vinieron.

Pero, ¿qué iba a contar? ¿Acaso de su huida permanente y sin ropa? ¿De su peor experiencia trasijada en el cuarto oscuro de su memoria? ¿Valdría la pena contarle a Soledad acerca de su primer amante? Ni recordaba su nombre. Apenas se acordaba que era mayor que ella, que gozaba de la cocaína, que tenía un Corvette rojo en el que a ella le gustaba lucirse alrededor de la plaza de Las Vegas y sacarles pica a sus amiguitas de colegio. Seguro que la envidiarían por su osadía, demostrando así que no solo era una de las primeras de la clase sino que también era deseada por los hombres que sabían de la vida. Lo que tenía que pasar, pasó, sin previos mariachis, ni flores, en la colinita detrás de su casa, junto al árbol que tantas veces la hizo sentirse arriesgada y mataperra apenas unos tres años atrás.

Cuando Clara visitó tiempo después el árbol que la cobijó de las embestidas de su primer amante, se fijó que su nombre no había sido tallado en la corteza marrón y ranurada de su árbol, tal como alguna vez se lo imaginó. El desaliento la empujó a buscar algo de sí misma entre tanta huachafería escrita, pero nada, únicamente las cicatrices del tiempo en la piel del árbol y el paso de la modernidad, que había terminado por desacralizar su primer nidito de amor con basura y desperdicios que le provocaron náuseas. *Nada que recordar, pues,* murmuró cuando bajaba la colinita. *Que me dolió y que era tiempo de partir... quizá si hubiera podido mirarle a los ojos mientras... Bueno, cuando tenga mi casa la rodearé de docenas de árboles de duraznos con mi nombre y si tuviera otro amante, le pediría su mirada primero, ¿por qué no?* Definitivamente mejor era callar y escuchar. Aprender de los que saben vivir, aunque mientan algunas veces, así era más seguro. ¿Qué diría? Todas sus historias carecían de sofisticación y la hacían sentir estúpida y frágil.

Por su parte, Soledad era la reina del desparpajo. No le importaba contar sus historias de niña mala, exhibirse como una libertina ave fugaz y ahora le proponía compartir a Junco. ¡Vaya si tenía descaro!

Soledad, al exponer los vericuetos de su sensualidad sin tanto trámite, en cierta forma se exorcizaba cada vez que le daba la gana y le hacía sentirse en ventaja y preparada para todo. Esa era su forma de terapia en donde ella descargaba sus demonios —a veces con gracia— en los oídos y espaldas de su público femenino.

Según las propias versiones dadas por Soledad a Clara, cuando apenas ella cumplió dieciocho años, no esperó mucho después de que muriera su abuela, para emprender el tan ansiado viaje a México para perder su virginidad en un contexto internacional, que era la mejor forma para no ser señalada como mujercita fácil por sus masculinos-cara-con-granitos pares de su pueblo. Se quedó por allá unos cinco meses coqueteando con cuanto *Latin Lover* se le puso al paso, llegando a consumar su primer acto carnal en La Sierra Madre de Oaxaca, con Juan, uno de los tantos bisnietos de Benito Juárez. Convirtió así su primer encuentro con la sexualidad en un acto de integración regional en el que las gringuitas, como Soledad, se desprendían del tutelaje de las malas lenguas, cruzaban la frontera y se tiraban un polvo con un mexicanito convertido en la viva representación de lo esotérico sin complicaciones. Por obra y magia de los bordes limítrofes establecidos, un mexicanito desnudo, con la verga marrón y listo a emballestarse, era la encarnación del azteca *homo eroticus profanus et facilis*, mientras que el mismo mexicano en este lado de la frontera (el norte) devenía simplemente en un mojado violador. Soledad reprodujo así no solamente un hábito de emancipación femenina, sino una tradición que desde principios del siglo XX los norteamericanos venían ejerciendo cuando visitaban 'el borde', para eludir las prohibiciones sexuales del protestantismo, tomarse unos traguitos de más y soñar con poseer un pedacito de ese paraíso que no entendían y siempre añorarían.

—Cuando los recuerdos de mis días con Juan me invaden como si hubiera sido ayer, no puedo dejar de pensar en su ceremonioso cuerpo cuadrado sobándose sobre mi espalda, sus dedos regordetes y ásperos estirándome los pezones y ese contraste de pieles revolcándose en hotelitos de mala muerte. Es como si a mi sexualidad le faltasen los tacos y la cerveza para ser de veras placentera y o quizá sea la necesidad del borde, la frontera.

Si Soledad hubiese nacido en la casa de los Rochester en New York, y no en Illinois, probablemente lo mismo hubiera pasado, pero en Inglaterra, Francia o Suiza, con un gringuito como ella. No habrían sido las carnitas, los tacos y las cervezas Tecate, pero se acordaría de los vinos Beaujolais y la ópera de

Viena, o quizá ni se acordaría, ¿quién sabe? Pero el asunto es que ella se acordaba y nunca quería olvidar y desde esa época llevaba una vida casi pública, demasiada ligada al placer para ser anglosajona, diría un observador de las culturas híbridas.

Cuando vivía con su abuela en las campiñas de Tuscola, Illinois, Soledad contaba las horas para su liberación. Sabía que tarde o temprano tenía que dejar esa casa victoriana llena de oscuros recuerdos, silencios abominables y ceremonias anodinas. No es que viviera mal o que la viejita la torturase, sino que muchas reglas, poca diversión y siempre entre mujeres, le estaban constantemente quitando el color a su vida joven y a sus implacables calenturas.

El mundito organizado por su abuela, protegido por inmensos matorrales de maíz que rodeaban la casa, le compelía a desear conocer «el mundo tal y como es y por mí misma», le aseguraba a sus amigas, en vez de mirarlo a través de la rigurosa y monótona rutina impuesta por la matriarca. Desde que cumplió los quince años, el aburrimiento la sofocaba sin piedad durante todas las estaciones y la ausencia de varones en la casa, debido a la protección ejercida con efectividad marcial por su abuela, se volvió rápidamente insufrible. La viejita sus razones tendría, pero nunca las explicitó, para ver en los hombres, no al diablo, sino a sus hijos, o sea a los sátiros, con colita de chivo y todo. Por lo tanto, la presencia masculina en la casona siempre se limitó a lo mínimo humanamente posible.

En la casa de la abuela, todo estaba limpio y ordenado y no había hombres para contradecir o buscar un arreglo diferente del que había impuesto la anciana. Era como si la señora hubiese querido recrear un mundo perfecto el cual ella misma no conocía, pero que le daba la tranquilidad necesaria para transcurrir dentro de él, haciendo y deshaciendo reglas, rutina y limpieza. Años más tarde, Soledad confesaría a Clara que nunca odió a su abuela, pero que no la quería porque «todas las personas anales son iguales, quieren arreglar y limpiar su mundo porque saben que fuera de él todo es caos, todo es real y absolutamente impredecible».

Su abuela no era mala, pero nunca había sido feliz, y por eso se encerraba en sus reglas absurdas y manías cotidianas, siempre con miedo, enferma desde su nacimiento o quizá desde antes. La abuela vivía viendo el milagro de su existencia desmoronarse a medida que Soledad preparaba su partida hacia su liberación.

Una de sus manías imperturbables –que Soledad detestaba– era la de revisar el periódico del pueblo todas las mañanas con una estrategia bien pulida. El rito sucedía entre el jugo de naranja y la manzanilla con leche que le ayudaban a controlar su estreñimiento. Su atención saltaba del titular de la primera página, (*«Sears suspenderá indefinidamente la entrega de su famoso catálogo»*) a los pronósticos del tiempo (*«Días lluviosos con poco sol»*), y de ahí, a la página que reportaba los difuntos del día anterior. (*«Paul Kimsey, (68) hijo notable de esta localidad...»*). Era una metódica tarea que nunca dejó de cumplir, ni siquiera el día de su muerte, y que siempre terminaba con un suspiro y comentario breve: «Qué vida esta, ya ni en el clima se puede confiar; y para remate todos se están yendo». Su mirada luego se perdía en algún horizonte distante e invisible y se podía adivinar que al no encontrar su nombre en la lista se resignaba a vivir un día más, arrastrando sus fobias.

La situación se hacía cada vez más pesada y densa para Soledad, y mucho del ardor entre las acarameladas piernas no solo la hacía correr, sino volar con la imaginación buscando su liberación final. En todas sus fantasías se veía rodeada de hombres cortejándola y muriendo por una de sus caricias perversas, y en el fondo de la escena, veía a su abuela vomitando plegarias para salvarla del infierno.

La oportunidad ansiada apareció con un relámpago que cocinó a la abuela con tacita de porcelana inglesa y todo, no permitiéndole terminar de leer su nombre entre los obituarios de ese día. Soledad tuvo que asumir su función de única heredera y tomar decisiones sobre miles de detalles en muy poco tiempo. La decisión más puntillosa fue la pertinente al funeral de su abuela. Decidir sobre el asunto la hizo madurar unas cuantas leguas y le sirvió para que nunca volviese a sentirse culpable de sus actos y decisiones en la vida.

La abuela probablemente nunca se dio cuenta de lo que del cielo venía, o si le prestó atención fue por unos milésimos de segundos que probablemente confundió con un mensaje de Dios hacia ella. Lo cierto es que el rayo que la pulverizó dejó sus cenizas esparcidas en el portal frente al campo de maíz. ¿Cómo, pues, enterrarla? ¿En una urna? ¿En un cajón? Quizá enterrarla no era lo correcto, sino más bien, esparcir las cenizas en los sembríos que la abuela tanto amaba. La decisión de Soledad arribó a la mañana siguiente, después de recorrer la casa abriendo ventanas, cortinas y puertas: esparciría las cenizas en los campos de maíz y enfrente de la casa colocaría geranios rojos y un cartel que leería: *«Vigilantia pretium libertatis»* (la vigilancia es el precio de la libertad).

El día del funeral el calor era insoportable en un verano que se alargaba tercamente, y los pocos vecinos que vinieron a darle el último adiós a la doña sudaban la gota gorda esperando el momento en que las cenizas emprendieran su nuevo viaje hacia las mazorcas creciendo altivas en las hileras de los maizales. A media mañana, Soledad apareció en el umbral de la casa portando una urna de madera de color rojo y ribetes dorados, hecha en China. Vestía un trajecito de verano muy coqueto, de color naranja, recién comprado; caminó con la solemnidad de un avezado acólito hasta llegar al borde del plantío. No miró a nadie ni dijo nada, su respiración se agitó cuando abrió la cajita china sobre su cabeza y dejó caer las cenizas. Por esos azares del destino o del clima, una ventisca desparramó las cenizas en la cara de Soledad, que alcanzó a decir: «Mierda, déjame ir».

Al día siguiente, todo Tuscola comentaba sobre la terquedad de la abuela que nunca se resignó a dejar partir a su nieta y la fiesta que Soledad organizó antes de largarse a México. Soledad invitó a sus amiguitas con las cuales solía jugar *cricket*. Todas vinieron con sus faldritas blancas y sus más níveas blusas, pero en vez de té helado, esta vez tuvieron *whisky* de maíz, tortas de chocolate y *rock and roll* de los años felices. Era, según Soledad, una fiesta de despedida, porque dos días después se iría a conocer el mundo, pero también un homenaje a su abuela, que tanto le gustaba verlas jugar *cricket*. «A los muertos no se les llora, ¡se les baila!», gritó cuando ya el alcohol estaba haciendo sus efectos en las jovencitas del villorrio. Acto seguido, las falditas se movieron al ritmo del *rock* de los años sesenta y los palos de *cricket* sirvieron para agredir a enemigos imaginarios, montar caballitos inexistentes, caricaturizar fálicos andares o simplemente para no caerse de tanta risa, *whisky* y copulaciones imaginarias.

Tal y como lo había planeado, le bastaron dos días para encargarle la casa a una tía lejana (esas a las que uno llama 'tía' porque las conocemos desde siempre), poner las antigüedades en un almacén del pueblo e irse a México, dispuesta a ser mujer.

Tres

Aparece Junco

«Creo que siempre es preferible la neurosis que la estupidez».
—*Azul*, Rubén Darío

De regreso a los Estados Unidos, Soledad se quedó en Santa Fe, Nuevo México, por pura casualidad. Su Buick de los años cincuenta dio su última milla en esa ciudad que encontró muy parecida a su fantástico 'México lindo y querido'. Ahí es donde decidió residir y emprender la búsqueda del perfecto amante, tratando así de completar el arduo rompecabezas del amor, pero esta vez, en su propio idioma.

Rápida y fácilmente, Soledad se amalgamó al ambiente de Santa Fe, ciudad de unos setenta mil habitantes, fundada por los españoles en 1610 y que se preciaba de albergar tres culturas históricamente en conflicto: la indígena, con más de catorce tribus con sus respectivos dialectos; la hispana, con cuatrocientos años de permanencia después de la conquista y con muy poca nueva migración; y la anglosajona, siempre desconfiada de lo que no entiende.

La 'Ciudad Diferente', como se le suele llamar en los panfletos turísticos, está rodeada por las montañas Sangre de Cristo y Jémez que dispersamente se cubren de piñones y juníperos para darle a la ciudad un aire acogedor y protegido de tanto desierto a su alrededor. Durante el invierno la ciudad se llena de turistas japoneses y alemanes; y durante el verano –época de la Feria Artesanal Indígena, la Feria Artesanal Hispana, la Feria Internacional de Artesanía y la Quema de Zozobra– la ciudad absorbe una cantidad enorme de turistas de toda estirpe, los cuales llegan a sumar en ciertos momentos hasta tres veces más que la población local. En cambio, durante los meses de enero y marzo, Santa Fe, como capital del Estado, es el centro de las comidillas políticas de Nuevo México y los turistas son reemplazados por políticos y cabilderos de toda calaña.

Un mes después de su arribo a Santa Fe, Soledad tenía ya donde vivir. Algunos de los muebles antiguos que había guardado en Tuscola le sirvieron para agenciarse de una suma respetable de dinero que luego invirtió en el alquiler y arreglo de una vieja casita de adobe, techo a dos aguas de calamina, con dos dormitorios y patio trasero. Su nuevo hogar estaba ubicado a quince minutos del centro de la ciudad, en la Villa Histórica de Tesuque, un pueblito de unos novecientos habitantes entre las montañas y el río del mismo nombre.

Su búsqueda de trabajo la llevó al Pink Adobe –ubicado en la calle Old Santa Fe Trail. Los caseros del restaurante se jactaban de sus treinta y cinco años de actividad ininterrumpida y por la fusión ingeniosa de la gastronomía francesa, africana y nuevo mexicana, amén de lo que se decía de su dueña, doña Concha de la Cruz y Bellau.

La clientela del Pink Adobe era variopinta, según las estaciones bien marcadas por el clima de Santa Fe. Atraía una muchedumbre de turistas, pintores, escritores y esnobistas, durante el verano, entre ellos, aquellos gringos que se habían convertido a una religión hindú que les permitía ser diferentes usando turbantes blancos y manejando sus Mercedes Benz, porque tan importante era para ellos la buena comida como su contacto con la divinidad a través de sus cabellos escondidos. Atraía a senadores, diputados y cabilderos al final del invierno y principios de primavera, no solo por estar ubicado muy cerca al Congreso, sino porque la política, el buen comer y la magia negra iban muy bien juntas, según el decir de doña Concha de la Cruz y Bellau.

De esta matrona se decían muchas cosas, algunas ciertas, otras exageradas, pero todas ellas curiosas. Se decía que era hija de un zambo de Nuevo Orleans con una francesita sobrina del vampiro Lestat que se enamoró de ella hasta la última gota de sangre. Algo de cierto habría en esto último, porque doña Concha era la misma cara pintada por más de treinta y cinco años y no parecía envejecer sino a partir de las cuatro de la mañana, con el último trago de su famoso cosmopolitan al cual no le ponía vodka, sino pisco peruano. Se decía también que en realidad no era cocinera sino bruja de magia negra (qué otra magia podría practicar con semejante padre y con el reconocimiento de doctos y plebeyos de que la única magia que verdaderamente funciona es la de color oscurito). Bastaba ver la cantidad de gatos negros disecados colgando de las vigas del restaurante para inflamar la imaginación supina de sus comensales. Sin embargo, no todo era habladurías. Doña Concha usaba sus conocimientos de numerología y astrología para manejar el restaurante en sus más mínimos detalles: la organización del menú del día, la selección de los vinos, la vajilla y hasta la contratación del personal.

Soledad consiguió su puesto de mesera hablándole a doña Concha de la Cruz y Bellau de su búsqueda permanente del amante perfecto y del amor como un acertijo guiado por los movimientos astrales. De igual manera, Clara fue contratada porque en sus pupilas doña Concha creyó ver a Nefertiti y porque su signo era Cáncer y todo esto en conjunción potenciaría la inclusión de hierbas egipcias y cangrejos en el menú los días de luna. Doña Concha se dijo a sí misma: «Una cangreja bonita portando cangrejos al estilo egipcio, bajo un techo de gatos negros iluminado por la luna de cuarto menguante. Esto es lo que el restaurante necesita».

Cuando Clara y Soledad se encontraron en el Pink Adobe, ya el libreto estaba escrito. Las dos jóvenes contratadas por tener cierta afinidad zodiacal devinieron en compinches, en cómplices, casi hermanas y compañeras de casa. Ambas tuvieron que mentir sobre sus respectivas edades para poder servir licores a las mesas y esto las acercaba más porque desde el principio tenían ya un secreto que compartir.

Clara venía de Las Vegas, una ciudad un poco más chica al norte de Santa Fe. Esta era famosa por sus historias de bandidos y balaceras durante la segunda mitad del siglo XIX y su arquitectura victoriana en medio del fin del mundo. Alguna vez Clara comentó que su abuelo solía compartir su comida y fogata con el famoso Billy the Kid, el cual era conocido por los lugareños con el sobrenombre de 'el Chivato' o el 'Güerito Bandolero'. A Soledad le encantaban esas historias y la frescura pueblerina de su nueva amiga y decidió adoptarla inmediatamente como su hermanita menor que venía de un pueblito con historias diferentes, pero al fin y al cabo, un pueblito.

Soledad le llevaba un año y medio de edad y había llegado dos meses antes al restaurante y se dedicó a enseñarle a Clara los protocolos de cada servicio con la vehemencia que la caracterizaba. El truco consistía, según Soledad, en ser complaciente, rápida y misteriosa al moverse entre mesas y sillas. Nunca visualizarse a sí misma como una simple portadora de platos, copas y botellas, sino como una danzante que se desliza entre miles de obstáculos para saciar la urgente necesidad de los comensales. «Hay que hacerles sentir que ellos son muy importantes. Imagínate que eres una delicada avecilla blanquinegra (por lo del uniforme), con unas alas muy pesadas, cuya misión es saciar el apetito de otros pájaros hambrientos que no pueden volar. Pero, eso sí, si te tocan, mándalos a la mierda. Muchos de estos emperadores de provincia con tanta y tanta política, se creen por unos meses dueños del mundo y confunden el buen servicio del restaurante con sus fantasías de la amante servicial-esclava. Así que cuídate».

No pasó mucho tiempo para que entre consejos y vencejos compartidos en la cocina del restaurante, las dos jóvenes se decidieran a compartir la vieja casita de adobe que Soledad alquiló en Tesuque. Soledad y Clara pusieron toda su imaginación a trabajar para combinar algunas antigüedades heredadas, plantas tropicales que duraban muy poco, artesanía tercermundista, principalmente de Cuzco y Oaxaca, pequeñas piezas de cerámica de San Ildefonso Pueblo, una que otra máscara africana, y por supuesto, en una esquina de la salita, dentro de una urna de cobre, su infaltable tierrita santa de Chimayó, que las protegería de todo mal.

La casita rústica, erigida hacía unos setenta años, cuando el adobe no era cosa de lujo sino una necesidad de los agricultores hispanos de esa zona, aparecía destartalada en la parte exterior, pero fresca, informal y acogedora en su interior. La decoración daba la impresión de un desorden premeditado que mezclaba lo serio y oscuro de los muebles antiguos con los vivaces colores de la artesanía tradicional y las matas exóticas. La rutina de las paredes de yeso blanco había sido quebrada con cuadros que representaban escenas de mercados, fiestas populares y acuarelas agrícolas; todas estas pinturas con un trazo como hecho por niños prodigios, descansaban simétricamente entre las dos ventanas que daban al jardín trasero.

Fue en el Pink Adobe donde Soledad y Clara conocieron a Junco, quien al principio no era para ellas sino una sombra más entre los parroquianos consuetudinarios del bar del restaurante. Coincidiendo con la apertura del ciclo legislativo, cada noche, Junco asistía a su propio ritualístico hábito de tomarse dos o tres *single malt* añejados por dieciocho años, con el hielo en vaso aparte, en la misma mesa o la más cercana a 'su mesa'. Junco bebía sus tragos con detenimiento sibarita y aire eterómano, luego se paraba lentamente y bañaba el recinto con una mirada vidriosa y una sonrisa quebrada que parecía arrastrar penas; poco después, su figura larga y aquijotada se diluía en la noche.

Tanto Clara como Soledad se acostumbraron a su inofensiva y habitual presencia, de tal forma que comenzaron a necesitarla para romper las tediosas noches bajas de clientela. Después de dos meses de servir lo mismo, al mismo sujeto, en la misma mesa, era casi como mirar el reloj y ser copartícipes silenciosas de una ceremonia ajena. Lo poco que hasta el momento conocían de Junco, lo habían aprendido por boca de él, en momentos diferentes, pero en el mismo preciso orden. Junco estaba solo, pero hasta ahora no había encontrado la soledad absoluta; era escritor, pero a pesar de tener muchas historias que contar y poemas que escribir, no podía escribir, (uno es lo que uno hace; no lo que uno dice que hace, así que podemos concluir que no era escritor, pero que quería serlo); que no tenía nombre humano; y que, por último, no podía amar porque presagiaba el silencio después del placer como un sepulcro inhabitable. Cuando ellas compararon las versiones concluyeron que el tipo estaba loco y que si no tenía nombre, ellas lo llamarían Junco, por lo flaco, mustio y estirado hacia un costado, como una caña.

En una de esas tardes en que el sol se inflamaba en el horizonte y se resistía a desaparecer tiñendo las pesadas nubes con descontinuadas pinceladas rojas, naranjas y violetas, casi violentamente, presagiando una tormenta, Soledad y Clara mataban el tiempo arreglando servilletas y acomodando vasos y copas dada la escasez de público. No era el ritmo de trabajo al que ya estaban acostumbradas y lo atribuyeron a que el receso de la legislatura estaría devolviendo a los políticos y cabilderos a sus pueblitos, a sus mujeres y menjunjes de chile verde y calabacitas. Si bien ellos se iban, siempre quedaba como ejército de reserva la oleada de turistas que preferían visitar Santa Fe durante la temporada baja del turismo, cuando todo es más barato. Pero por alguna razón, estos tampoco aparecieron esa tarde. No se escucharon las risotadas alharaquientas de los texanos, ni las preguntas absurdas de los neoyorquinos acerca de los bandidos e indios como si hubiesen aprendido la historia viendo las películas de John Wayne; tampoco aparecieron los californianos buscadores de gurús y chamanes, ni los alemanes, ni los japoneses tratando de mezclarse con los indígenas, el último vestigio de una raza pura, pero inteligente, porque hablan inglés desde chiquitos, según ellos. Los habituales parroquianos lugareños, sin embargo, sí habían llegado como siempre.

—Esta ciudad es un chiste barato, ahora solamente vienen pelagatos que no quieren gastar. Compran papitas fritas y chucherías. Pero arte, ni hablar. Cuando me mudé de Chicago para acá, hace dieciocho años, había menos gente, pero más dinero para gastar en *high art*. Ahora todo se está blanqueando con turistas pobretones. Alguien va a tener que crear otro mito exótico en Santa Fe o nos jodemos.

—¿Quién es este calvito gritón? —interrogó Clara.

—Es Tavlos, el pintor griego. Él creó la iconografía del coyote aullando a la luna, Sonny Boy, que identificaba a Santa Fe por un buen tiempo, parece que ya pasó de moda, pero buena plata le dio.

—Para mí, si me permite el señor Tavlos, es la peste…—era Rubén Rosenberg que sobándose su blanquecina barba iniciaba su disquisición de la noche, como tantas otras noches, antes de irse a cerrar su tienda de artesanías—. Ha espantado a todos —continuó—. Ya han muerto cerca de cuarenta indígenas en Gallup, ocho en Albuquerque, tres en Cochiti y uno en Dulce. Pareciera que la peste se estuviera acercando a Santa Fe. Leí en los diarios que empieza con un simple dolorcito de cabeza y termina haciendo botar espuma por todas partes del cuerpo. Dicen que la originó un ratoncito silvestre que anda suelto por ahí.

—Puede ser la peste, puede ser la economía de este país o quizá todo ese ruido de tambores en la plaza asustando a la gente —dijo Tavlos con tono molesto mientras pedía otro Ouzo con hielo.

—Ah, esos son las ocho tribus Pueblo que han venido a vindicar sus derechos de soberanía. El gobernador está medio asustado, no los ha querido recibir. Lean, aquí lo dice, en el panfleto: *«Ocho Naciones Pueblo, ocho lenguas, un destino, un único enemigo: el gobernador, Reinaldo King».* Y aquí firman el comunicado los gobernadores de los indios Nambe, Pikuri, Te-Tsu-Ghe, Po' Swae Geh, Powh-Ge-Oweege, Khap P'O y los Tua-Tah —interpuso Adib Koury, el dueño de la más antigua tienda de ropa en el centro de Santa Fe.

—¡Qué carajo!, los pocos turistas que tenemos dudarán al ver un indígena y no sabrán si es un artista, un vendedor ambulante de joyas, un radical en pie de guerra o un portador del virus. ¡Qué desastre, estamos jo-di-dos! —remarcó Tavlos mientras hacía señas para que le sirvieran su tercer Ouzo con hielo.

—Pero, señor Tavlos, los indios de aquí no solo son atracción turística. Son gente de carne y hueso, con necesidades, problemas y derechos. Permítame decirle que el viejo gobernador debería por lo menos darles una audiencia. ¿De qué tiene miedo? ¿A la peste? ¿O es un caso de imbecilidad política? Mucho tiempo de gobernador debe causar estas reacciones poco inteligentes —volvió a interponer el señor Koury con su consabido manerismo de sabe-lo-todo y haciendo gala de su nombre árabe: Adib, bien educado.

La plaga venía atacando con más severidad a la población indígena. Su propagación, a paso de ratón, era lenta entre la población no-indígena. Por lo menos así lo entendía oficialmente el Gobierno Federal, que ya había mandado un equipo de expertos en inmunología para determinar las causas de la epidemia. La enfermedad comenzaba con un simple estornudo, falta de visión (cosa que el gobernador sufría desde hacía varios años) e intensos dolores de cabeza que hacía ver arañas de todos los colores y tamaños, para, por último, fulminar al enfermo con una fiebre altísima que causaba severas convulsiones y un derrame apocalíptico de baba blanca. Todo este padecimiento se producía en unas escasas veintidós horas, aunque los casos más tenaces duraban veinticuatro.

El hecho de que atacara a los indígenas era por lo demás alarmante ya que doscientos de ellos estaban aquel día en la plaza mayor de Santa Fe reclamando sus derechos de soberanía y la eliminación de los impuestos a sus artesanías. El miedo al contagio, el tan-tan-tan de los tambores de cuero y los guturales *eyaaayayas* de sus voces acentuaban el nerviosismo del octogenario gobernador que se veía entrampado entre el contagio, una sublevación indígena y la posibilidad de perder la reelección. Para algunos residentes de Santa Fe, acostumbrados a la imperturbabilidad de los indígenas y su presencia decorativa, lo que estaba sucediendo era el preámbulo de la revancha indígena por todo lo que los anglos e hispanos les habían hecho desde el famoso encuentro-descubrimiento-conquista del siglo dieciséis.

Aquella versión en boca de las viejitas más castizas y católicas, esas que buscan sus apellidos hispanos en las banderas que rodean la plaza en los días de la Fiesta de Santa Fe, o en los comentarios sardónicos de los dueños de galerías de arte y promotores del turismo, era una explicación muy huérfana de sentido de los acontecimientos, un producto del complejo de culpa histórico que hace que se atribuyan al otro bando sus propios fantasmas. Sin embargo, el propio gobernador se hacía eco de aquellas habladurías y había dicho en una conferencia de prensa que él no creía que los tambores y danzas fuesen para invocar la lluvia y las buenas cosechas, así que, por si acaso, llamaría a la Guardia Nacional. Su histerismo y tozudez eran obvios. Él no creía que la soberanía reclamada era algo aceptable (a pesar de haberse establecido en la Constitución de Nuevo México), ya que su bisabuelo llegó a ser lo que fue gracias a que cualquier problema de ese tipo lo resolvía abaleando a los indígenas.

—Yo no soy un experto en asuntos de los indios de Nuevo México —dijo Tavlos en tono humilde y más calmado—, yo admiro su arte, uso sus diseños y mitos como base para mis pinturas, no los entiendo mucho, pero a mí se me hace que estas danzas no son de guerra, son danzas para invocar el balance del universo. El jefe de guerra de la tribu tiene la misión de rezar por la armonía en todo lo que nos rodea, lo que vemos y lo que no vemos. Cuando hay conflictos, esa es su tarea.

—Cualquiera que sea el motivo, el resultado es el mismo: no hay turistas, no hay políticos, no hay clientes, no hay dinero, y yo necesito dinero —interrumpió Clara.

—Vamos, Clara, no te pongas así. Esto es temporal. Si se pone peor, a lo mejor hasta somos noticia. Con la ayuda de la tele y los periódicos, el negocio vuelve a la normalidad. Santa Fe es una ficción que siempre hace noticia. Mira, tómate un tecito de albahaca santa y lavanda, te relajará y hasta puede ser que hoy salgamos temprano —Soledad le alcanzó una tacita de té que Clara aceptó ensimismada en su ofuscación por la falta de sus acostumbradas y nutridas propinas.

El gobernador King se sintió un tanto aliviado cuando las primeras persistentes gotas de lluvia empaparon Santa Fe. Empezó como un ducha alegre y terminó siendo una verdadera tormenta que calaba hasta los huesos. Las danzas y tambores no eran, después de todo, para invocar su muerte física, aunque su muerte política ya estuviera *ad portas*, sino para atraer la lluvia. Para los gobernadores de las Ocho Naciones Pueblo, las lluvias en Santa Fe solo podrían entenderse como un signo de los tiempos y el jefe del Consejo Indígena rubricó su decisión de posponer la protesta para mejores tiempos. Había que regresar a sus respectivas reservaciones, porque «quién iba a aguantar tanta lluvia en medio de la calle cuando había que mejorar los campos de cultivo».

—Es tiempo de regresar, hermanos, la naturaleza, nuestra madre protectora nos ha hablado y mojado la protesta. Nuestra lucha continúa por otros medios más secos.

Ya bien entrada la noche, Junco apareció en el Pink Adobe, todavía con escasa clientela, hecho un estropajo, pálido, con la mirada opaca, más delgado y tronchado que nunca. Buscó la misma mesa de siempre. Pidió mediante gestos su acostumbrado trago y lo bebió de la misma manera, degustando lo aromático de la malta añejada en barriles de cedro. Esta vez, sin embargo, su brindis era acompañado por relampagueantes escalofríos que le estremecían todo su cuerpo enclenque. Les fue imposible, tanto a Soledad como a Clara, desatender la escena que Junco producía en su mesa. La ropa mojada hasta la última fibra, las sacudidas estridentes y sus esfuerzos por permanecer ignorado invocaron la compasión y la curiosidad de las dos mujeres.

Fue Soledad, sin embargo, en uno de sus viajes de regreso de la cocina, la que se acomidió a dejar un mate hirviendo sobre la mesa de Junco, casi sin detenerse. Junco miró con desconfianza el brebaje humeante sin atreverse a mirar la partida fugaz de Soledad. El humo del líquido le dibujó un cuerpo de mujer zigzagueante y de un mataperico se lo bebió todo. Su reacción fue ambivalente: por un lado, el calorcito de la bebida lo reconfortó y detuvo el temblequeo en un santiamén; por otro lado, su mente le pronosticaba que su batalla por ser ignorado enfrentaba una derrota total y rápida.

Envalentonada con la aceptación del brebaje, Soledad llamó a Junco haciéndole señas para que se acercara al fogón de la *kiva* que languidecía como parte de la decoración del restaurante. Junco dudó por unos instantes, pero finalmente aceptó la invitación cediendo paso a su necesidad de secar su ropa. Se levantó, alargando su figura más de lo usual, a la vez que se cobijaba la garganta con los harapos del cuello de la camisa mojada. Cuando arribó al sitio indicado, quedó mirando a Soledad como un lobato acorralado o una oveja con mal de rabia, se sentía indefenso, con ganas de odiar, pero sin fuerzas para oponerse a las atenciones. Todo esto venía transcurriendo dentro de confusos soliloquios, señas y miradas expectantes. Ese dominio de la escena por parte de Soledad, tan caritativa como impertinente, le cosquilleaba suavemente el clítoris, como si ella fuese la encarnación de la caridad sexualizada de una monja de vida airada.

El ser buena, bondadosa, servicial, la hacía sentirse necesitada; el que esto sucediera con un casi perfecto desconocido le daba un carácter gratificante a sus acciones a la vez que le permitía intuir el desenlace. Soledad le devolvió a Junco la mirada con una sonrisa melosa y obviando su confusión y lobreguez volvió a sus quehaceres. Sin embargo, sabiéndose vencedora de una gresca de personalidades, no le dio la misericordia que merecen los vencidos y mantuvo su atención abierta a los movimientos aletargados del hombre. No era para nada raro que Soledad hiciera cosas guiada solamente por su intuición. Lo nuevo era el manejo de la situación, como si ella supiera de antemano el final del cuento, como si la velocidad con que escribía en su cerebro el libreto fuera un truco, porque ella ya sabía el desenlace de la historia.

Soledad había absorbido todo lo estrambótico de Junco desde su primera visita al Pink Adobe, detectando en lo poco que dijo un terrible deseo de necesitar a alguien sin pedirlo. *Esta vez*, se comentó a sí misma, *todo será diferente. No más piezas sueltas que auscultar. Junco, tú me necesitarás, es un hecho. Así como eres tronchado, largo, bonito y casi moreno, seré tuya cuando reposes, cuando duermas, cuando sueñes, cuando estés lejos o cerca. Así me necesitarás, así me llenaré de ti.*

Mientras Junco seguía ensimismado en el laberinto de sus pensamientos, las dos amigas hicieron planes para el final de la noche. Llevarían a Junco a la casita, le secarían la ropa mojada y le retornarían el alma al cuerpo con un buen guisado de papas, cerdo y chile rojo.

—¿Y luego? —interrogó Clara.

—¿Luego? El luego no existe, todo es presente y está bajo control. Yo me encargo de eso. Su necesidad es un rompecabezas ya armado.

—¿Qué te traes entre manos, Soledad?

—¿Entre manos? Nada. Quizá entre… ja, ja, ja, ja… Déjamelo a mí, yo sé lo que hago.

Lo curioso de la decisión no residía en que Soledad invitase a alguien a la casita de Tesuque, sino en que ese alguien era un casi desconocido con manías raras, un tipo extraño con el cual había intercambiado unas cuantas frases incoherentes, señas, silencios, quizá algunas miradas sospechosas. Soledad reclamaba la simbólica interacción como el reprimido clamor de Junco por ella. Clara no se atrevió a contradecir a su amiga y retornó a su preocupación por la escasa clientela en el restaurante que no le permitiría ganar lo que necesitaba para ahorrar lo suficiente.

Parte de la noche Junco la pasó casi inmóvil, apenas haciendo lo suficiente para beber su trago y seguir con el rabo de los ojos los movimientos gráciles y despiertos de Soledad sirviendo la cena a los pocos comensales. Los usuales ataques de nostalgia que le atravesaban el alma y le agredían en cualquier lugar o momento se hicieron presentes cuando ya no sentía los escalofríos. La melancolía lo petrificaba, le crispaba el parpado inferior, haciendo más vidriosa y rojiza su angustia que crecía con la probable abrupta aparición de una huérfana lagrimita que él sentía como si estuviera abortando una pepa de palta por la ranura del ojo izquierdo. La energía que ya lo abandonaba la concentraba en contener el único signo de su dolor, la lágrima abortada y su curso forzoso hacia la intemperie. En todos esos años deambulando en el laberinto tridimensional de sus penas, su clamor de soledad absoluta y angustias predeterminadas, la realidad solo existía para evitarla y la memoria para petrificarla. La fórmula que había aprendido era simple: mantenerse estático de tal forma que el mundo no se enterase de su dolor, lo compadeciese o le espantara su demente soledad-compañera.

Con tanta aflicción a cuestas, un hombre común y corriente se habría doblado hasta vomitar su alma en pena. Pero Junco, que se había convertido en un trujamán del mimetismo, sentado ahí, estirado hacia adelante, sorbiendo su *single malt* con dos cubitos de hielo en vaso aparte, avizorando el aterrizaje forzoso de su húmedo signo de tormento, tumefacto de pensamientos negros, se esforzaba por parecer una estatua de provincia en un pueblo fantasma.

Al final de la jornada, después de repartir el pocito de escasas propinas y de recibir la tradicional bendición profana de doña Concha con el último cosmopolitan, tres siluetas abandonaron el restaurante atravesando apuradamente las líneas puntillosas de la lluvia santafeana que a veces se convertían en verdaderas olas empujadas por ventarrones traicioneros.

Iban muy juntitos, apoyándose uno con otro, como tres viejos amigos. Durante el trayecto a Tesuque, Clara apretaba los billetes en el bolsillo de sus pantalones húmedos y de vez en cuando volteaba a ver la cara miserable de Junco. Soledad, en cambio, fijaba su mirada en la cortina de lluvia que se abría al paso de su pesado Buick 1957; en su rostro, una sonrisa mordaz se dibujaba, con la convicción de que quizá en esa noche por fin colocaría la última pieza que le faltaba al rompecabezas que ella había empezado a armar. Junco, en cambio, ajeno al libreto de una u otra, seguía sumergido en su rigidez, cabizbajo y meditabundo, dejándose llevar.

Cuatro

Las piezas que faltaban

«Todo se iguala en la sombra.
Y yo me había transformado en una planta oscura más
entre otras enredaderas. Incluso mi voz,
que se levantó hacia ti como otra mano,
se convirtió en una sombra más de ese jardín».
—*Los Jardines Secretos de Mogador*, Alberto Ruy Sánchez

Dos meses y medio pasaron antes de que Junco dijera algo con sentido y uno más, antes de que murmurase algo claro después del orgasmo. A Soledad no le importaba sus incoherencias y sus medias verdades, tan retaceadas que parecían mentiras universales. Clara optó por ser la amiguita a distancia, siempre amable y risueña y a quien no le preocupaba comunicarse con él más de lo necesario. La presencia de Junco en la casita de adobe se había convertido en familiar y necesaria para las dos mujeres. Soledad sabía lo que hacía, Clara confiaba en Soledad, y Junco se dejaba llevar.

Las dos jóvenes veían ahora a un Junco limpio y afeitado, todavía tronchado, pero con movimientos gatunos, con su sonrisa apretada, pero todavía taciturno. Se sentían confortables alrededor de un hombre de quien no conocían sino pedazos sombreados de su historia y con quien no tenían que interpretar ningún papel especial, ni siquiera esconder su media desnudez camino al único baño de la casa. Cuando alguna vez se encontraban corriendo al baño al mismo tiempo, llevados por los azares del tránsito de tres personas metidas en sus propios quehaceres y ritmos de vida dentro de una cajita de adobe que era la casita donde vivían, ninguno se espantaba de lo que veía o se apresuraba a esconderse. El que llegaba primero simplemente desaparecía a hacer lo que tenía que hacer y el resto descorría sus pasos sin ningún apuro.

Siempre se ha dicho que si los amigos de ambos sexos no son capaces de manejar los avatares de compartir el uso del baño, se corre el peligro de que se conviertan en enemigos; pero si algún orden se logra, estos pueden también devenir en amantes. Cuando se administra la ecuación del pudor se trasgrede con simplicidad una de las puertas más sensibles de la condición humana, aquella que está ligada a las únicas funciones humanas que pueden ser terriblemente eróticas u horriblemente nauseabundas. Al respecto, Junco las había sorprendido con una pregunta a boca de jarro, una de las primeras noches de su estadía:

—¿Quieren que levante la tapa cuando voy a orinar?

Las mujeres se miraron sorprendidas por la claridad de la expresión tan inusual en Junco, pero también por lo obvio de la respuesta.

—¡Sííí, por favor! —respondieron al unísono.

En esa oportunidad, Junco, sin añadir más, volvió al baño de donde había salido minutos antes mientras en sus pensamientos pasaba la letanía de una antigua amante que le hizo limpiar treinta veces el baño hasta que aprendiera a no gotear orina en la tapa: «cochino de mierda, ¿qué quieres?, ¿que me siente en tu meada y que luego hagamos el amor? ¿Que huela a pichi, que me acuerde de esto cuando estás dentro de mí?». *Pichi, semen, pichi, semen... igualito es, con la verga*, se repetía Junco para sí mismo mientras limpiaba el baño. Después de esa pregunta y la respuesta a coro, Soledad y Clara nunca tuvieron que ocuparse más de la limpieza del baño o de administrar las reglas de pudor. Todo se sucedía con la naturalidad de una familia y hasta mejor todavía.

Cuando Junco se quedaba a dormir, de vuelta de uno de sus cortos viajes a no se sabe dónde, se levantaba muy temprano con la claridad anunciada por las primeras batallas aéreas de los picaflores que abundan en el valle de Tesuque. Les preparaba el desayuno con frutas de la estación, papitas, primero sancochadas y luego doradas en aceite de oliva, salteadas con calabacitas, chile verde de Chimayó, apio, pimiento rojo y chorizo. El café aparecía primero enfrente de las soñolientas caras de Soledad y Clara preguntándose si en la otra historia que no conocían de repente Junco había sido un famoso chef al cual un oprobioso día se le quemó el agua, convirtiéndose en lo que era ahora. Por último, cuando ya estaban más peinaditas y todo, el aroma del pan fresco les aceleraba la gran batalla del maquillaje frente al espejo. Cuando todo estaba listo y a su disposición, Junco partía a buscar alguna otra tarea que hacer con una tenacidad de hormiga alemana.

Lo podían ver en el jardincito cortando dalias, margaritas y tulipanes o acicalando las rosas de encaje, separando las malas hierbas de las buenas, eliminando quirúrgicamente a los persistentes insectos. Si como cocinero era bueno, como jardinero era excelente. Había logrado cultivar una rara especie de higo que cuando se deshacía en el paladar hacía babear de gusto a las dos mujeres que celebraban su gozo con aplausitos. Desde su llegada, Soledad y Clara no solo tenían menos que hacer en la casa sino que nunca tuvieron que contratar a un plomero, a un pintor, a un albañil o a un electricista porque mucho antes de que ellas se diesen cuenta del desperfecto, Junco ya se había encargado de arreglarlo.

En suma, Junco desaparecía y regresaba, las atendía como un esclavo, no hablaba casi nada y bufaba como un toro en agonía en sus noches y a veces tardes de placer con Soledad. Todo era perfecto. Soledad lo mostraba en público cuando iban a la ópera o al Teatro Lensic, lo acariciaba cada vez que se le daba por aparecer enamorada y mostrar que era dueña de su macho cabrío y luego le contaba a Clara los pormenores de sus encuentros con Junco.

—Esta vez, lloró como un niño después del orgasmo y pronunció nombres de lugares. Algo así como Mazatlán o Morazán. Se puso a temblar.

—¿Morazán? Eso queda en El Salvador.

—Cuando sale de la casa con una ruma de papeles en blanco y le pregunto a dónde va, él me contesta: «Por inspiración». Cuando le pregunto cuándo va a regresar él me dice: «Cuando se acabe». Pero, ¿sabes lo que hace todo el día en la calle? Se sienta en la plaza, en frente del portal del palacio del gobernador, con sus papeles en blanco y un cartel que dice: «Poemas de amor y penas a pedido». Y la gente, los turistas, y hasta los indígenas que venden su joyería de plata en la plaza, le compran poemas. ¿No es gracioso? Es un poeta de a dólar, pero a mí nunca me ha escrito nada.

—Hace tiempo que yo quería preguntarte: ¿Tú lo amas así tan extraño, tan raro?

—El amor es un rompecabezas, Clara. Cada vez que te encuentras con alguien que te gusta, una piecita es arreglada en este tablero que te puede durar toda la vida. No importa si es un digno abogado o un poeta de a dólar. Lo que importa es sentir cuánto te necesita porque es ese engrudo el que pone las piecitas del juego muy juntas. Todos mis amantes, aún los más casuales, me han necesitado de diferentes formas, sea en los segundos de su placer o en su búsqueda íntima por resolver su propio rompecabezas. Junco se desgarra en las noches conmigo, me hace sentir que no importa qué lejos esté su mente, su cuerpo me necesita, no importa cuantas palabras pueda poner juntas para expresarlo, su cuerpo lo delata. Su necesidad de mí me hace perderme, darme, imaginar para que me necesite más. Es por eso que siempre vuelve, es por eso que hace todo lo que hace aquí en la casa. Él es la respuesta que le faltaba a mi vida amorosa, a la que siempre he visto como un acertijo. Uno nunca sabe nada al principio, uno obtiene las respuestas al final. Creo que yo soy su tabla de salvación, la que lo empujará a ser el poeta que quiere ser. Hoy escribe por unos dólares, mañana quién sabe, un libro.

—Pareces tan segura de todo esto.

—Bueno, todavía hay algo que tengo que averiguar.

Los días empezaron a sentirse cada vez más secos y calurosos en Santa Fe. El viejo y testarudo invierno ya se había retirado, cediendo su paso a una primavera inusualmente lluviosa, y ahora el verano empezaba a desvestir a la gente. Ya se habían olvidado de la peste (el Gobierno Federal ubicó al ratón silvestre que portaba el maldito virus cerca de Gallup, a tres horas de Santa Fe, y ordenó su destrucción inmediata, cosa que estuvo a cargo del Departamento de Salud y Bienestar Social y no de la

CIA, como algunos dijeron). También se habían olvidado, o preferían no recordar, la lluvia tempranera que enlodó la ciudad y la protesta de los Indios Pueblo. Poco a poco, el Pink Adobe entró en su curso y se reiniciaron los ciclos de turistas y lugareños esotéricos, seguida por políticos y cabilderos, seguidos por turistas y más gente local. Clara se preocupaba menos por el dinero, y por lo tanto, tenía más espacio psicológico para pensar en otras cosas. Pronto le llegaría la respuesta de la Universidad de Notre Dame y tenía que estar preparada para lo que seguía: planes de mudanza o continuar en lo mismo.

Mientras tanto la armonía creada en la casita de Tesuque mantenía su curso. Clara miraba a Junco con curiosidad, explorando sus movimientos, y cuando no, buscaba ansiosamente una excusa o un defecto que le permitiera odiarlo amigablemente. No obstante sus intentos, en la medida que Junco seguía atendiéndolas y manejándose sin invadir sus espacios, con esa distante y silenciosa amabilidad a prueba de todo, sus esfuerzos por distanciarse de su presencia enigmática, le resultaban vanos.

Por su parte, Soledad insistía en hacer notar la presencia de Clara a Junco. No se cansaba de repetir lo bonita que era, cuánto la admiraban en el restaurante, que iba a ir a la universidad, que caminaba como modelo, que no tenía mucha experiencia pero que de seguro era buena en la cama, que uno de estos días haría una fotografía para ilustrar su sensualidad joven, que era una mujer con futuro porque sabía pensar y tomar decisiones. Junco asentía sin decir nada y de vez en cuando bañaba a Clara con una mirada de pies a cabeza para enlistarse otra vez en sus propios pensamientos de hilos sueltos.

Aquella tarde calurosa, como tantas otras en Santa Fe, en las que los vecinos abren todas las ventanas para refrescar las casas sin aire acondicionado, Junco encontró a las dos amigas departiendo en medio de la salita, ligeramente vestidas, aguardando que el sol terminara de desvanecerse con todo su esplendor rojizo y quemante. Si bien desde su casita no podían ver la puesta de sol en todo su resplandeciente forcejeo con las nubes multiformes, el reflejo de aquel se extendía a las colinas de enfrente, tiñéndolas de un rosado estridente. Esa singular visión de atardecer santafeano les permitía no solo intuir la batalla multicolor en el horizonte opuesto, sino que la vez les brindaba la oportunidad de esperar la nítida aparición del planeta Venus y la uña de gato en que se había convertido la Luna en su cuarto menguante, mientras degustaban sus copas de vino.

Clara había recibido esa misma tarde la tan esperada respuesta de la Universidad de Notre Dame y sin abrir el sobre se había sentado a esperar la cena ojeando una revista de modas. Soledad le quería celebrar la respuesta de la universidad, que ella daba por seguro, sería positiva. Le había sugerido que abriese el sobre cuando el sol desapareciese del horizonte, de esa manera las buenas noticias arribarían en una larga noche llena de expectativas y la luz del sol no interferiría con la brillantez de su rostro feliz.

—Este momento hay que detenerlo lo más que se pueda. Es importante para ti. ¿Qué tal si cambiamos el vino por una copa de champán? ¿Un Grue Nuevo Mexicano o Prosecco Veneziano? La ocasión lo amerita.

El sobre todavía cerrado yacía en medio de ellas y cuando hablaban de los futuros planes académicos de Clara, era como si le estuviesen hablando al papel. Cualquier cosa que no le obligase a hablar en público o a escribir demasiado, había enfatizado Clara, quizá Psicología o Servicio Social.

Junco, en lugar de buscar algo que hacer como siempre, se tiró entre los almohadones y las quedó mirando a las dos sin ninguna expresión. Se quitó la camisa de seda negra que se le venía pegando a la piel por el calor y las ganas de no sudar. No encontró otro lugar mejor para depositar su camisa que la mesa donde estaba el sobre de la Universidad de Notre Dame. Clara y Soledad se miraron como aceptando que Junco no sería partícipe de la razón del jolgorio, la cenita y las copas de vino. Apareció un pecho flaco, chato y lampiño, la insinuación de sus costillas y un estómago inexistente. Sus brazos huesudos que terminaban en unas manazas de panadero se dirigieron a descansar detrás de su nuca. Soledad se aproximó para darle la bienvenida de una risueña gatita, no sin antes terminar de balbucear algunas palabras cerca del oído de Clara. Le dio un beso tierno en los labios y acabo montándose sobre él. Lo cabalgaba lentamente a la vez que su lengua jugaba con sus parpados, con su nariz, con los lóbulos de los oídos; sus dedos apretaban intermitentemente sus diminutos pezoncitos de angelito. Junco puso las manos en las caderas de Soledad, ayudándole a continuar su vaivén. Clara observaba muy cerca, sentada sobre sus rodillas, como un disciplinado acólito, sorbiendo la champaña de a poquitos, absorta en la visión de los cuerpos que entraban ya en los pormenores de su accionar libidinoso. *¿Por qué no?*, comenzó a reflexionar. *Soledad goza sin miedo de gozar. Junco goza como un moribundo jalando su alma. Yo los escucho y hasta me da envidia. ¿Por qué no? ¿Acaso ella no me lo pidió? No hay celos entre amigas, me ha dicho. ¿No somos acaso una familia? Algo puedo aprender de cómo gozar sin remordimientos, sin tener que dar algo a cambio.*

Tantas veces había escuchado o imaginado aquellas escenas que ahora las sentía como una repetición, y por un momento se sintió sumamente privilegiada que le dejaran respirar el mismo aire pesado y entrecortado de su erotismo público. Su trance era acompañado por unas sonrisitas androides, que fue interrumpido cuando Clara se encontró con la mirada de Junco, detrás de la espalda ahora desnuda de Soledad. La mirada de Junco la petrificó por un segundo, la clavó al suelo y la hizo percatarse de su propio cuerpo dentro de aquel círculo imaginario de suspiros; sin embargo, no apartó la vista sino que, desafiante como nunca, puso en la mente de Junco sus pezones erguidos todavía cubiertos por la tenue elasticidad de la batita de seda. Soledad seguía cabalgando a Junco como una amazona silvestre apretando el desenlace, sentía todo lo que debía sentir entre sus piernas y se esforzaba con una sofisticación budista en mantener todas las voluntades eróticas en su lugar.

No había nada que le produjera más placer a Soledad que el manejar los ardores sensuales de sus congéneres hasta el punto donde ella quería llevarlos. Según ella, admitiendo su papel de sacerdotisa profana, la seducción no puede darse sin manipulación, sin el ejercicio desnudo del poder. Se trata, en última instancia, de la consumación del dominio porque se conoce las debilidades o los deseos de los otros, y si se sabe nutrirlos, hacerlos germinar, y ultimadamente, hacerlos florecer en una entrega desalquilada, entonces, el placer se convierte en un Prometeo capaz de cambiar formas y satisfacer a todos, tanto al que manipula, seduce y ejerce el poder, como a quien o quienes se han adscrito al juego sin saberlo. Soledad se embardunaba con esas emociones, sintiéndose el centro de aquella trinidad a punto de estallar, y su única desenvuelta preocupación consistía en no romper el círculo concupiscente antes de lo necesario. El momento de la impía ofrenda estaba cerca.

Soledad se desmontó satisfecha con los resultados de su arte y volteándose hacia Clara le terminó de sacar la batita; y como ofreciendo a un dios griego una oración imaginaria, levantó los pechos erguidos de Clara presentándolos en toda su plenitud a la mirada felina de Junco. Clara lo sintió como un acto liberador que la hizo descender del pedestal en que se había ubicado desde del arribo de Junco. *Com-par-tir...Com-par-tir,* fueron los últimos pensamientos ordenados que tuvo, antes de abandonarse a sentir su cuerpo entre las pieles de los amigos-amantes que se alargaban como ramas estranguladoras que devoraban su hambre y la rodeaban con la tenue elasticidad de dos alas de ángeles torturando su implacable calentura.

A la mañana siguiente, la fuerza del sol reventaba en la ventana del cuarto de Clara que se desperezaba sin quererse despertar. Sus pupilas achinadas se entreabrían y cerraban sin informarle con claridad dónde estaba. El fulgor de los rayos solares creaba unas bolas oscuras que ella trataba de alejar con las palmas de las manos, en tanto que una brisa tenue movía las prendas de seda que se desparramaban laxas desde los cajones de la cómoda. El etéreo aleteo de las blusas en púrpura viva y rosado salmón le permitió reconocer que estaba despertándose en su cuarto. Sus manos se deslizaron de la cara a su cuerpo y al pasar por sus pechos sintió un escozor que su memoria residual atrapó como la imagen de un higo gigante a medio partir succionándole las cúspides de sus senos. Todavía incrédula, pasó su mano izquierda sobre su pubis babeante, y lo pegajoso de su textura la acabó de convencer y despertar. Estaba en su cuarto, en su cama y había copulado con Soledad, no, quizá al principio, pero sobre todo, con Junco.

Se encaramó de un sopetón reconociendo el desorden de su cuarto, para volverse a tirar en la cama con el antebrazo cubriéndose el rostro. «¡Soledad, hija de puta!¿ Por qué te fuiste?, nos dejaste solos. Junco, eres una bestia exuberante y hasta murmuraste mi nombre». Poco a poco las escenas en cámara lenta se suscitaron ante los ojos cerrados de Clara.

Cuando ella ya no podía sino dejarse querer siendo parte de una erótica sacrosanta trinidad, Soledad había hecho una retirada inexplicable sin siquiera voltear para dar su aprobación o su desaprobación. Simplemente se fue a dormir y hasta quizá a imaginar cómo Clara podría gozar como ella. Viéndose con nueva amante, Junco levantó el cuerpo menudo de Clara con una suavidad que no le permitió a ella discernir si estaba volando de deseo o es que realmente estaba siendo transportada de la salita a su dormitorio. Ahí Junco lloró de placer cuando se quería hacer chiquito y como jardinero nómada escarbar y entrar en la tierra de su cuerpo inexperto. Clara, naufragando y sin libreto que seguir, se dejó llevar tras las olas de caricias que la vehemencia de Junco provocaba. Su íntimo jardín florecía abierto a las algas por las cuales trepaba su deseo en una cuesta que ella subía y descendía para acercarse al clímax. Los murmullos carrasposos de Junco y sus labios fríos y secos hallaron los fluidos que Clara dejaba escapar como prueba de su abandono. Los cuerpos se juntaban, se separaban, se escondían uno dentro del otro, los dedos eran obscenos, las manos muy grandes para decidir donde no entrar y por fin, el desgarrado grito de Junco que llegaba a su presagiada playa, al silencio interrumpido por dos relampagueantes sacudidas de su cuerpo y al viento de su voz que sonaba como un alarido enervante y grumoso: «¡Clara-aa...Cla...Cla...Clara!».

Era domingo, no había prisa en levantarse, y Clara decidió enfrentar la realidad poco a poco. Comenzaba a poner juntas las piezas de su propio rompecabezas. Tanta agua había llegado al cántaro de su voluntad que se dejó llevar dócilmente a una situación a la que por sí misma nunca hubiera llegado. Sin embargo, nadie la forzó esta vez. No hubo violencia de ningún tipo, ni física, ni mental, ni negociaciones arcaicas; únicamente la seducción, que es el arte de doblegar la voluntad desde adentro. Había algo más, quizá una mentira o una trampa que Soledad desmadejó y que la hacía sentir desavenida, pero quizá aquello no era sino el factor catalítico necesario para transgredir las últimas barreras de su propio racionalismo. Esa trampa, como lo quería ver ahora, era otra pieza más del enigma y tenía que ver con la fantasía.

«Compartir a Junco» era la frase clave de esa fantasía, el código secreto que a ratos sonaba tan cristiano, tan de su casa, tan inofensivo como excitante. Compartir su vitalidad y su desasosiego en busca del placer. Ahora ya sabía a qué atenerse. Había recuperado su cuerpo entregándolo, pero para llegar a eso, recurrió a una fantasía en la cual la realidad debería ser transgredida amigablemente. En ese proceso sin tiempo definido, embardunar la fantasía de colores amistosos fue muy importante, tal vez lo decisivo para que esta se convirtiera en algo menos arcano y peligroso. Después, una vez domesticada la duda con imágenes privadas, una audacia casual le abrió las puertas a la vehemencia y al abandono. Si ponía todas las piezas juntas, ella sabía que no amaba a Junco, pero que él y Soledad, su amiga, le ayudaron a encontrar la vía para recuperar su cuerpo. Cuando llegó el momento, sus miedos se deslizaron por el tobogán del deseo, dejándola libre.

Del mundo misterioso y complicado de Junco no aprendió nada. Sabía por experiencia propia que era cierto que sus silencios después del amor eran largos e inquietantes, por lo tanto, era superfluo tratar de sacarle una sílaba de sus oscuros pensamientos o tratar de conocerlo más. Prefería verlo como siempre, como el amante de su amiga que fue parte de su fantasía (creada por Soledad, hay que admitirlo); y que le ayudó con creces al desbroce de sus pesadillas antiguas.

Cinco

Mutis

«Signos claros, cuadro perfecto de una fortuna irremediable
que hace pensar que el diablo procede siempre
de modo irreprochable».
—Las Flores del Mal, Charles Baudelaire

Cada pieza del rompecabezas fue puesta como le acomodó a cada uno. Poco después de la partida de Clara a la costa este para proseguir sus estudios en Notre Dame, cuando no podía ya esconderse más en sus silencios, Junco hizo un mutis permanente y desapareció de la vida de Soledad tal y como había llegado, es decir, intempestivamente. Se dice que regresó a las montañas del departamento de Morazán, donde sucedió la masacre de El Mozote, en busca de la voz que perdió allá durante los años de la Guerra Civil Salvadoreña. Soledad se quedó en Santa Fe cobijando enamorados en desgracia a los que ella veía como los posibles perfectos amantes, imperfectas criaturas que ella moldearía con su poder de hembra exquisita. Clara continuó su amistad con Soledad vía el milagro tecnológico del Internet y se cuidó mucho de no visitarla durante sus años de estudiante, para evitar nuevas tentaciones. Sin embargo, de vez en cuando, un enorme y jugoso higo negro con mini-dentaduras que babeaban se le aparecía para morderle el deseo y le hacía a ratos sonreír y a ratos temblar.

El obituarista de San Juan

A Liliana Elisa

«Contrario a lo que todo el mundo cree,
un obituario no es un honor.
Es más bien el testimonio de una vida
que ha cambiado de alguna manera nuestro mundo».
—Tim Bullamore, obituarista

Uno

Había visto tantos muertos juntos, cuando apenas tenía diecisiete años, que escribir sobre la vida y artes de otros difuntos,
le parecía una tarea ácida y tormentosa. La propuesta insistente
del director del diario lo agobiaba porque le cortaba sus aspira-
ciones de emprender una tarea un poco más digna dentro del
periodismo local, pero también porque el mismo hecho de que
se lo propusiera le traía toda una amalgama de imágenes que
nunca había logrado arrinconar totalmente en su memoria, una
vez acabada la Guerra Civil Española.

¿Qué podía decir de todos esos muertitos, como los llamaba
el director del diario, que nunca conoció y con los cuales no
tenía un ápice de identificación, excepto compartir el mismo
territorio llamado San Juan?

Sus muertos de Madrid eran revolucionarios y jóvenes, como él; y en tres años de guerra civil, habían sido su única familia anónima, una generación de seres que se fue desmembrando
raudamente, hasta dejarlo solo, como un árbol semi-quemado y
árido en un valle de recuerdos nebulosos. Todos y cada uno de
ellos eran 'sus' muertos, los que nunca tuvo tiempo de llorar lo
suficiente y que ahora llevaba colgados en el alma como ador-

nos de un árbol de Navidad trágico. De ellos sí podría hablar, y hasta quizás escribir cientos de elegías, porque de ellos había aprendido que la muerte se torna heroica únicamente en la memoria.

Con la perorata de lo importante que era para la salud mental del pueblo tener una buena memoria de sus muertos, sin mencionar que los obituarios eran un ingreso adicional para el diario en las épocas de pocas noticias frescas, el director de *La Nueva Estrella*, le insistía con vehemencia que el oficio de obituarista era el trabajo adecuado y digno para el profesor de español de San Juan.

—Mire Ruy —le dijo—, usted es un hombre creativo, que domina el idioma, y las referencias que me ha dado el director de su escuela, son excelentes.

—Se lo agradezco profundamente señor Huidobro, pero escribir obituarios no es mi especialidad.

—Si lo piensa bien, usted es la persona más indicada para este trabajo que requiere de un buen estilo en el lenguaje, pero también, mucha credibilidad y compasión. ¿Quién más que el maestro de español de nuestra escuela que ha visto tanto de la muerte? No me diga ahora que no ve la importancia de esta tarea en las vidas de nuestros ciudadanos o es que ¿le tiene miedo a los muertos?

—Miedo no, desconocimiento sí —dijo Ruy.

—En eso consiste precisamente su trabajo, en hacer de la muerte de un desconocido algo digno de recordarse. Déjeme decirle algo más, poco importa cómo murieron los habitantes de San Juan, sino cómo vivieron; y en eso consiste su tarea, en escribir una buena y breve reseña biográfica de un buen ciudadano de este pueblo.

—En la España que dejé, era importante no olvidar la forma en que murieron miles de compañeros, porque sabíamos de antemano que vivieron en la miseria.

—Pero ni estamos en España, ni todos aquí son pobretones. Esto es San Juan, Nuevo México, y hasta los más pobres quieren que sus muertitos sean recordados de manera especial —insistió el director.

Le contestó que lo pensaría. A la salida de la oficina del director, Ruy miró de reojo el espacio que le sería asignado si aceptaba el trabajito. El escritorio de caoba, todavía vacío, le pareció desproporcionadamente grande y solemne.

La luz del medio día lo cegó por unos instantes y le hizo detenerse en el umbral del edifico de adobe. Se restregó lo ojos mientras se repetía: «Yo no puedo escribir sobre muertos que no conozco». Con pasos lentos y un hormigueo en el estómago, se encaminó al único restaurante de San Juan, ubicado en la plaza central, junto a la alcaldía. Al entrar, hubiera preferido ser ignorado por los bulliciosos comensales que lo saludaban. Ubicó su mesa en un rincón asoleado que miraba a la plaza a través de un ventanal amplio.

—¿El caldo de siempre, profesor? —se apresuró a preguntar la joven mesera.

Ruy asintió con la cabeza. No podía organizar sus pensamientos y el fastidio del estómago lo tenía ahora en la garganta. Cuando la mesera trajo el caldo, le agradeció con un murmullo y una sonrisa a medio hacer. A pesar de su dispersa atención, Ruy pudo percatarse que la sopa de chile verde con maíz y pedacitos de res venía siendo aderezado extraoficialmente con la punta de uno de los dedos de la mesera dentro del plato. Sin apartar su mirada del dedito que ahora se alejaba con la mesera de cuerpo grácil y vivaz, por fin tuvo un pensamiento claro. *Te chuparía todos tus deditos.* Siguió con la mirada el *mutis* de la mesera y el espectáculo de sus caderas alejándose lo llevó a un cuartito oculto de su memoria. *Así caminaba Ana.*

Ana, y como ella, miles de jóvenes madrileños, hacían su vida llevadera en las trincheras de Madrid, intentando una normalidad que no existía. La rutina de guerra los llevaba de los parapetos a sus magras casuchas y viceversa, sin posibilidades de alterar la densa ecuación de rabia, sobrevivencia y muerte. Mientras pocas cosas dependían de ellos, ya que el juego terrible de la guerra se decidía en otras partes del mundo, muchos tendrían una vida intensa pero corta. En el caso particular de Ana, sus diecisiete años transcurrían sin las melancolías propias de su edad, ya sin más lágrimas, ya que todo lo había llorado desde que las balas falangistas fusilaron a sus padres por ser autoridades elegidas por voto popular. Ana únicamente vivía para liberar Madrid casa por casa, calle por calle, hasta lograr salvar la ciudad entera, y de ahí, imaginar otras ciudades liberadas.

La mesera volvió a presentarse ante Ruy con la acostumbrada manzanilla mezclada con Osha. Otro «gracias» distante y luego la indiscreta mirada a las caderas despidiéndose. Terminó su té a grandes sorbos, pagó la cuenta y se dispuso a salir con la misma parsimonia con la que había llegado. Desde la puerta del local notó que la plaza comenzaba a llenarse de gente. No quería volver a su habitación en el albergue, sabía que en la soledad de aquella oscura alcoba otros fantasmas se le colarían y entonces le sería imposible tomar una decisión sobre la propuesta que le había hecho el director de *La Nueva Estrella*. Pensó primero en dirigirse a la barbería de don Arturo García. Aquel local era siempre un buen escondite donde no tenía que hablar sino escuchar. Don Arturo le contaría por enésima vez acerca de su abuelo, el barbero; acerca de su padre, quien también fue barbero, y que para seguir la tradición ahora él y su hijo eran barberos. «Mi abuelo aprendió a cortar el pelo mirando a los apaches; y a cobrar, lo aprendió de los españoles», era su consabido comentario gracioso. La familia había cortado tanto cabello que podrían llenarse con facilidad todos los colchones del Hotel Plaza de San Juan, le comentaba con orgullo. Le aconsejaría que se cortase el pelo cada tres semanas para parecer decente, pero si se sentía importante, como los ciudadanos eméritos de San Juan, tendría que cortarse el cabello cada semana para lucir elegante en la misa dominical. Y por enésima vez, Ruy tendría que decirle al buen barbero, que él no iba a misa. La idea de tener que escuchar lo mismo y contestar igual no lo llegó a convencer de caminar hasta el refugio habitual. Prefirió quedarse en la plaza.

El invierno estaba ya retirándose perezosamente de los alrededores de San Juan; y aunque las tardes eran todavía opacas, se notaba que la primavera quería asomarse de puntitas con bocanadas soleadas, lo cual los vecinos aprovechaban para dar una vuelta por la plaza. Los tenues rayos solares que escuetos llegaban entre los bloques de nubes oscuras, incentivaban el bullicio que acompañaba siempre el anuncio de una nueva estación. El alboroto mayor provenía de las muchachitas del pueblo que invadían el cuadrilátero limitado de la plaza en busca de las miradas esquivas y coquetas de los jóvenes del sexo opuesto, en medio de risitas agudas y caminatas circulares. Los más adultos preferían sentarse en las bancas del parque y conversar sobre la guerra en Europa, los últimos adelantos tecnológicos en la agricultura y los dimes y diretes de la política local. Curiosamente, la misma guerra que les arrebataba a sus hijos, les traía la tecnología para ser más productivos sin ellos: los tractores, primos hermanos de los tanques de guerra. Era tiempo de jubilar a los caballos, habían escuchado, y adquirir el famoso tractor International Harvester Farmall, de cuatro caballos de fuerza, impulsado por gasolina.

Ruy buscó una banca vacía y al no encontrarla se sentó en la vereda sobre sus libros de texto para proteger sus sentaderas del frío. Con perezosa distracción sus ojos empezaron a diseccionar cada elemento de la composición de alegría y bullicio en que se había convertido la Plaza de San Juan. Iba tomando fotografías mentales de lo que se le aparecía: niños jugando a las canicas y alborotando a los perros callejeros; algunas mujeres sentadas junto a la pileta que chorreaba su agua recién descongelada; muchachas con vestidos domingueros en un jueves que le parecía tranquilo, sino fuera por la decisión que él tenía que tomar y los fantasmas que se le agolpaban en la puerta de su memoria.

—Buenas tardes profesor —escuchó decir a un grupo de doncellas entre quince y dieciséis años, cuando pasaron delante de él por tercera vez.

ೞೲ

Las mismas voces de cristal, los mismos contoneos sediciosos y los vestidos de fiesta se desprendían apresuradamente del tranvía que traía su cargamento de alegría y amor a las trincheras en Madrid. Con ellas llegaban cartitas, gazpacho, chocolate y hasta pedazos de queso manchego y una que otra apreciada botella de vino de Rioja. En Madrid asediada y bombardeada, sobre todo a las seis de la tarde, la juventud pretendía en cada crepúsculo, una vida normal, y por ello a veces morían haciendo lo que tenían que hacer. Los combatientes que habían sobrevivido las derrotas de otras ciudades y las atrocidades de otros frentes, morían a la salida del cine pensando en el beso por venir; los amantes todavía yacían en el último, eterno, abrazo. Todo tenía la apariencia de normalidad contagiosa hasta que el humo negro de las bombas les enturbiaba la alegría del atardecer, para empezar el mismo rito de sobrevivencia y muerte al día siguiente.

Ruy se inmiscuyó otra vez en el espejo de la memoria y se remontó al pasado. Estaba sentado en la plaza de San Juan, Nuevo México, pero en su memoria las calles de un Madrid asediado, empezaron a mostrarse.

Yo esperaba encontrarme con Ana, vistiendo sus pantalones bombachos y gritándonos groserías. Eso me alegraba. Un día más con nuestra Artemisa madrileña y soez era un buen día en medio del caos. La miraba desde lejos, cuando ella corría de un lado a otro repartiendo pertrechos e insultos. «¡Disparen carajo, disparen! ¡Viva la República! ¡Me caso con el más valiente, coño!», resonaba su voz corajuda.

Un día, recuerdo, la vimos regresar del frente, empuñando su bayoneta todavía ensangrentada. Venía temblando, agotada, no dejaba de maldecir y repetir: «¡No pasarán, hijos de la gran puta, no pasarán!». Mis compañeros y yo la recibimos coreando su nombre, la rodeamos en un círculo frenético y lanzamos todos los improperios y blasfemias que se nos venían a la mente. Ana gritaba con nosotros, llorando. Nos inspiraba con su belleza pringada de sangre enemiga –otros españoles como nosotros– y con sus diecisiete años de rabia, era nuestra pequeña diosa de la guerra que quería cazar un futuro diferente, ella sola, si la dejábamos.

Durante nuestro tiempo en la trincheras de Madrid me hubiera gustado hablar con ella de cosas simples, pero nunca tuvimos la oportunidad. Ella estaba en todas partes, ahí donde la necesitaran, y yo esperaba cada día verla para sentir que todo andaba bien. Si no era una orden militar, era una directiva política proveniente del caos ideológico que era el Frente Popular lo que nos separaba. Siempre de arriba para abajo, de prisa, con una vehemencia imposible de detener. Ana a veces se atrevía a darme un guiño desde lejos o un beso volado, pero nunca se detenía a decirme algo que yo soñaba sería muy especial. La vi por última vez antes de que yo partiera a Francia. Asumo que murió en la guerra porque nunca he podido enamorarme otra vez y en cosas del amor me siento como un viudo empedernido.

Dos

La orden de abandonar Madrid, lo pescó desprevenido. Al principio Ruy sospechó que era un malabar de su tío Jacinto Hernández, miembro de la Comisión Política del Partido Socialista Español, que intentaba una vez más salvarle la vida. Sin embargo, conforme fueron pasando los días y ya en medio de las preparaciones logísticas de su salida, sus sospechas se fueron disipando. Según el plan, comunicado escuetamente a Ruy a principios de febrero, tendría que cruzar medio España ocupada por las fuerzas falangistas, hasta arribar a la frontera con Francia y de ahí, embarcarse lo más pronto posible a México. Para la primera parte de su periplo se le exigía viajar sin armas, vestido de seminarista y acompañando a un cura.

En enero de 1939, las ofensivas del Ebro y de Extremadura habían sido un desastre total para el Frente Popular y las fuerzas falangistas ya habían capturado Tarragona y Barcelona y se hablaba de fusilamientos masivos, desbande total y deserciones, ante lo cual la dirección política del partido decidió que era el momento de preparar una retirada táctica global que le permitiera continuar la lucha fuera de Madrid y España. A esas alturas se trataba de reagruparse, fortalecer la moral y abrir otros frentes ante el avance falangista que ya tenía bajo su poder Toledo, Ciudad Real, Jaén, Almería, Murcia, Alicante, Albacete y Valencia. Es decir, más de la mitad de España estaba fuera del control de la República.

Como parte de las directivas de repliegue, Ruy se encargaría de apoyar las tareas de organización y propaganda de los exiliados en México. Le dieron una semana para prepararse en los azares de la trayectoria clandestina. Debía dejar Madrid encaminándose hacia la sierra de Guadarrama, buscar cruzar el río Ebro en dirección a Caspe; entraría a Bujaraloz y de ahí seguiría el curso del río Puigcerdá para finalmente llegar a La Junquera. Al cruzar la frontera, los socialistas franceses lo contactarían en Perpiñán para embarcarlo a México desde la costa Atlántica.

En cada ciudad debería contactar a sus enlaces, los cuales le facilitarían el paso al siguiente punto en su itinerario. Su preparación consistía en memorizar los lugares y el sistema de claves y contraseñas necesarias para establecer contactos seguros con sus correligionarios, así como aprender a comportarse como un verdadero seminarista en santa peregrinación. Una lista con nombres y direcciones de combatientes exiliados en México fue escrita con tinta invisible –una combinación de agua de arroz y jugo de limón– que aparecía cuando se calentaba el reverso del papel. Entre las líneas imperceptibles se escribió con tinta corriente una oración a la Virgen de Monserrat pidiéndole que los librara de todo mal, especialmente de los comunistas hijos del demonio. Ruy viajaría con el padre Mauro Díaz, un cura regordete y cachetón, mitad mexicano, mitad español, miembro de la congregación Sagrado Corazón de Jesús.

Ruy y el cura se reunían cuatro horas cada día para ensayar y repetir las contraseñas que cambiaban según el lugar. Lo que más le costaba a Ruy era meterse en el papel de seminarista, convertirse en el Sancho del padre Díaz.

—Tienes que ser menos preguntón en público, más servicial a mi investidura. Debes cambiar esa mirada recia y acuchillada. Bajar la cabeza si la gente te mira, especialmente si son soldados o mujeres. No puedes transmitir ese rencor que se te sale por los ojos, ni esa mirada golosa hacia las jovencitas. Si te miran a la cara, baja la cabeza y sonríe con dulzura, como si acabases de descender de un tren proveniente del cielo o si quieres, mejor aún, como si estuvieras pujando para hacer caca.

—Ja, ja, ja... Eso sí será fácil, padre, porque a la primera que sospechen me ensucio los pantalones.

—En serio, Ruy, tienes que almidonar tu andar. Caminar con sotana no es fácil. No pongas las manos en los bolsillos, ponlas atrás o adelante, como soportando el peso de tu arrepentimiento. Cuando duermas, olvídate de la guerra, piensa antes del sopor en cosas bonitas, arrúllate si quieres con canciones de niños, eso te ayudará a relajar tu rostro ceñudo en la mañana.

De todas las recomendaciones, esta última fue la única que Ruy no pudo asimilar fácilmente. Nunca conoció a sus padres y nunca tuvo canciones de cuna familiares y la rabia en su rostro no era una pose fortuita sino que venía desde muy dentro de su pecho y era la misma fuerza que lo había mantenido vivo durante los últimos tres años. Cada compañero desaparecido en el Frente de Madrid encendía una chispa de odio que le hacía desear ser inmortal para apaciguar su pena en nuevos combates. De su rostro ya no se desprendían lágrimas, pero se notaban los surcos endurecidos que le agrietaban su piel joven y lisa.

—Repasemos. Vamos a Francia a recoger el agua bendita de Lourdes que nos servirá para bendecir a los soldados de la patria y curar sus heridas físicas y espirituales.

—Esta es la promesa que le hicimos a la Virgen de Montserrat y al obispo de Sevilla —interpuso Ruy.

—Peregrinos somos y el Señor está con nosotros. Ave María Purísima. ¡Viva España! —terminó el padre Díaz y buscando entre sus papeles interrogó a Ruy:

—¿Cuál es la contraseña en Caspe?

—Nos ponemos a rezar el rosario en latín en la puerta de Santa María la Mayor. Alguien se acercará al rezo y en la parte de las letanías, en vez de decir *«Mater Purisima»*, decimos: *«Mater Espagnolissima»*. El contacto deberá decir: *«Mater Corpus Hispanae, ora pro nobis»*.

—¿Y en Bujaraloz?

—Nos ponemos a rezar el rosario en la Iglesia de Santiago el Mayor. Nuestro contacto se acercará con una *Biblia* bajo el brazo izquierdo. Yo le debo preguntar en latín: *«¿Quid libro portas?»* , él deberá responder: *«Liber potestatis»*. Padre, ¿usted cree que con tanto rosario podamos ganar la guerra?

—No sé, pero estoy seguro que la Virgen sabe que es un truco, Ruy —dijo el padre encogiéndose debajo de su sotana.

La relación entre ambos devino cada vez más sincrónica, como correspondía a un cura y su acólito. Ruy aprendía a comportarse como un santurrón en ciernes y el padre Díaz a ser un conspirador avezado; y un halo de mutua confianza los animaba a buscar la partida.

La noche anterior a su periplo, Ruy pidió permiso a su Comando para pasear por las calles de Madrid y despedirse de la ciudad que lo había cobijado por tres años. Sus pasos un tanto premeditados lo llevaron a la trinchera del lado norte, esa que escondía más amor que odios, con la esperanza de encontrarse con Ana. Entre la penumbra divisó el perfil alerta de Ana. Se acercó casi gateando entre los parapetos y desde su posición tuvo todo el tiempo del mundo para absorber la figura agazapada de Ana en todos sus detalles de mujer. Verla por última vez le dio una sensación mezcla de tranquilidad y pena. Ana lo miró de reojo, sin perder su postura alerta con su fusil en ristre. Le arrimó un cigarrillo mugriento, aceptando así su presencia amigable en esos momentos de guerra. A la primera bocanada Ruy se percató de que no fumaba, pero lo aceptó como el símbolo de un beso, ese que tanto había soñado y deseado. El papel mojado del cigarrillo se le pegó en los labios e intentó saborearlo pensando que era lo más cerca que podría estar de la saliva de su diosa guerrera. Pedacitos de tabaco negro deambularon en su boca y el humo caliente se le metió fuertemente produciéndole un minúsculo vahído que interpretó como remedo de éxtasis. Cuando le devolvió el cigarrillo, no dejaba de mirarla y su mente fotografiaba ávidamente el rostro agreste de Ana.

—Gracias, compañera —dijo, mientras se relamía el beso ficticio con sabor a tabaco morisco.

Se disponía a perderse en la oscuridad angosta de la trinchera, cuando Ana le regaló una sonrisa llena de flores detrás de su mirada fiera. Ruy levantó el puño cerrado y cortando el silencio de la noche espetó:

—¡Viva la Revolución! Compañera, no se deje matar, nos dolería mucho.

—¡Ana, me llamo Ana y la muerte es mi prisionera de guerra, ¡coño!

Así te voy a recordar para siempre, pensó Ruy, *altiva, desafiante, mujer de miles de rencores y la dueña de mis caricias por venir.*

Tres

Su estadía en México, gracias al apoyo militante del Gobierno de Lázaro Cárdenas, no amainó su deseo de continuar la lucha por la República por otros medios. Sin embargo, aprendió muy rápido que no todos los exiliados mantenían la fe en la causa con la misma vehemencia que él. Muchos compañeros habían perdido ya el apasionamiento por la Revolución y se contentaban con sobrevivir en México, prendidos de un desmirriado tufillo revolucionario, necesario para seducir a cuanta fémina internacionalista se les paraba enfrente. Para ellos, el Tánatos de la guerra había sido reemplazado por el Eros inflamado por la distancia y la nostalgia. Todo lo habían reducido a ganar las pequeñas batallas amorosas que justificaban su razón de existir en exilio; se trataba a esas alturas de evitar morir sin amor, porque ya se habían divorciado del amor a la causa revolucionaria. Ruy, mientras tanto, persistía militantemente en sus tareas de propaganda y nunca tuvo tiempo de cambiar de fantasía y menos de fijarse en otras damas circulantes. Esto era poco entendible por las mujeres de su entorno y sus compañeros de exilio porque sabía conversar bonito y tenía un rostro agradable.

Los contactos con la dirigencia política, fuera y dentro de España, se hacían, con el paso del tiempo, cada vez más lentos y casi inexistentes, hasta cuando la derrota fue obvia. En Oaxaca, donde residía, Ruy recibió una copia del último parte de guerra firmado por el general Franco que daba por terminado el conflicto. Sucinto y milimétrico, todavía ajeno a la grandilocuencia del futuro dictador, el parte decía a la letra:

«En el día de hoy, cautivo y desarmado el Ejército Rojo, han alcanzado las tropas nacionales sus últimos objetivos militares. La guerra ha terminado. El generalísimo Franco. Burgos, 1° abril de 1939».

¿Así se acaba una guerra? ¿Nada más...? ¿Y ahora qué?, se dijo, mientras miraba el documento como su condena oficial al exilio.

Las últimas órdenes del comité central del Partido Socialista le encargaban mantener la moral alta, levantar y publicar un catastro de héroes de la Revolución con los nombres, lugares y fechas de los fallecimientos. Desde diversas partes de España, e inclusive desde otros países, le llegaba la información que él acumularía en enormes folios. A cada nombre, si tenía la información, Ruy le añadía una frase que denotara que el fallecido en cuestión, era algo más que un combatiente muerto. Por ejemplo cuando encontró el nombre del padre Díaz, escribió: «Reverendo Juan Díaz. Murcia. Mayo, 1940. Párroco de los pobres, Cristo español-mexicano, avezado conspirador». Por lo general añadía lo que primero se le venía a la cabeza, al margen de que conociese o no al occiso, o sino, simplemente se refería en forma escueta a las circunstancias de su muerte. «Andrés de León. Ingeniero. Madrid. Febrero, 1939. Una explosión de alegría revolucionaria bañó de esperanza nueva todas las flores sin cementerio». Ese ejercicio casi literario nacía de la necesidad, según él, de recordar a los compañeros como seres humanos útiles para la Revolución y no como meros difuntos o víctimas. Él no creía en mártires.

Sus fuentes de información eran muchas veces los nuevos exiliados y cuanto internacionalista recalaba en México. Los interrogaba con la docta actitud de alguien que está escribiendo una historia para ser contada. Siempre con la misma pregunta: «¿Cómo murió el compañero?». En uno de esos encuentros semi-clandestinos, le tocó entrevistar a un miembro de la famosa Brigada Lincoln. El hombre había estado en el Frente de Madrid y tenía nombres frescos que añadir a la lista de defunciones. Ruy revisó los nombres, buscando como siempre el nombre de Ana, y al no encontrarlo sintió que el mundo, a pesar de la hecatombe revolucionaria, estaba en orden, o al menos le aparecía menos caótico. El brigadista al notar su tensión lo miró curioso, sin ánimo de juzgarlo, pero tratando de adivinar sus pensamientos.

—¿Busca algún nombre en especial, compañero?

—No —mintió Ruy.

—Compañero Ruy, a estas alturas usted y yo sabemos que no tener una causa por la cual luchar es no tener rumbo en la vida. Nos sentimos deambulando como fantasmas dentro de una historia prestada, esperando algo que sabemos nunca va a llegar. Quizá lo que usted está haciendo tiene sentido ahora, pero… ¿después qué?

Ruy miró al brigadista, sorprendido de que abordara ese tema; y no supo qué decir.

—Yo, por ejemplo, he escrito una novela sobre lo que vivimos en España. Me ha ayudado doblemente. Primero, he conseguido dar un orden fáctico a todo lo farragoso que fue nuestra lucha. Entiendo ahora mejor lo que queríamos, por qué lo queríamos y a qué se debió nuestro fracaso. En segundo lugar, he pintado con la ficción las mejores caras de nuestros héroes, de tal forma que aún los menos heroicos aparecen como seres humanos de carne y hueso, con defectos y cualidades, con un gran corazón, incluso con sus contradicciones. Todo esto me da la tranquilidad de seguir viviendo, porque el mundo sabrá, de otra forma y desde adentro, cómo murieron nuestros compañeros, por qué pasó lo que pasó y cómo se podría reeditar nuestra gesta, sin tanto dolor. Me atrevería a robarle una frase a Calderón de la Barca y decir: *«Vence más el que sin sangre vence»*. Quizás así podamos ganar la batalla por la historia.

—¿Tiene título esta novela? Quizá pueda leerla algún día... En mi caso, creo que como profesor podría hablar a la juventud de lo que pasó y de repente...

—Si a usted le parece bien, lo puedo recomendar para una escuela de Nuevo México en los Estados Unidos. Están buscando un profesor de español en la escuela de San Juan. Ahí podría empezar una nueva vida, alejado de todos nuestros mitos.

Ruy repitió la última frase en su cerebro, casi masticándola: «Alejado de nuestros mitos».

—¿Y mis muertos... qué? —interrogó alzando la voz.

—Esos viajarán con usted, compañero Ruy. Siempre viajarán con usted.

Cuatro

A sus veinticinco años, con un título de profesor de español y con muchas ganas de iniciar una vida más normal de la que había tenido hasta aquel día, Ruy arribó a San Juan, un pueblecito de diez mil habitantes, al norte de Santa Fe, Nuevo México. Lo primero que le llamó la atención fue la geografía agreste del desierto rodeado de montañas frescas y esa luz brillante que hacía que todo se viera más claro y nítido. Su otro hallazgo fue la mezcla de castellano cervantino y anglicismos que los pobladores usaban en sus coloquios familiares, además de la cantadita que siempre acompañaba a las expresiones de admiración o rechazo. Cuando alguna vez les mencionó esta forma peculiar de expresarse, los pobladores lo miraban extrañados. «Iiii… ¿De qué cantadita está hablando profesor?, nosotros no somos mexicanos». Después de siete meses, Ruy ya no percibía el tonito cantado que él mismo dejaba deslizar en sus conversaciones.

Su posición privilegiada de maestro de español le había abierto muchas puertas y facilitado la aceptación de una población reticente a tolerar la presencia de foráneos. Al principio, sin embargo, tuvo que pagar el precio de su inserción en un mundillo atrofiado por las tradiciones y la desconfianza de todo lo que fuese nuevo y moderno. Ruy llamaba la atención silenciosa de los residentes de San Juan, ya sea por su manera de vestir –siempre de negro– o porque hablaba de cosas que no les eran familiares o porque esperaban a un profesor más entrado en edad y con manerismos solemnes. No obstante, en muy poco tiempo, Ruy se ganó la confianza de los lugareños demostrando que podía ser un profesor muy dedicado. «Me tratan ustedes como jamón de pata negra», les había dicho, para agradecerles las deferencias y aceptación.

El idioma casero de los pobladores de San Juan, como tantos otros del norte de Nuevo México, seguía siendo el español, aunque mal hablado, con mezcla de anglicismos y arcaísmos. Ruy se esmeraba por traerlos a un español más educado y del siglo XX que pudiera sobrevivir a las arremetidas culturales del inglés. Se percató rápidamente que el bilingüismo (y en algunos casos, el trilingüismo) era una necesidad histórica de los habitantes de San Juan y se dedicó con ahínco a sacar a la calle el español de las cocinas y las conversaciones con las abuelas. Con esto en mente, y dado su entusiasmo por la literatura, formó el Club Cervantes, donde se reunía lo mejorcito de los intelectuales de San Juan para desenredar la literatura del Siglo de Oro español. No le fue difícil ponerlo en marcha, a pesar de lo adormitado que le parecía el pueblo frente a las innovaciones.

En una de estas reuniones del Club Cervantes, el director de la escuela de San Juan le presentó al director del diario *La Nueva Estrella*. El señor Huidobro, hombre práctico y de buen olfato para los negocios, vio en Ruy al obituarista que necesitaba. En cambio, Ruy esbozaba su paso por el periódico como una extensión de las clases que dictaba. Había pensado en una columna literaria, en otra sobre temas de cultura en general que abordara los mitos y leyendas hispanos y un crucigrama para que la gente se ejercitara en el vocabulario español. Incluso se imaginaba haciendo un periodismo de investigación que le permitiría desenredar los entuertos políticos de un pueblo acostumbrado al patronazgo de sus gobernantes, enraizado más en los vínculos familiares que en las alianzas ideológicas. Por eso su desaliento ya lindaba con la depresión frente a la propuesta del señor Huidobro. No solo no tendría acceso a todas esas páginas codiciadas, sino que tendría que lidiar con los muertitos de San Juan que él decía desconocer.

Tenía ya una semana y tres días pensando y dando vueltas al asunto hasta que por fin salió del invernadero de sus pesares y dudas y le dio una respuesta favorable al director del diario. Tomaría el puesto de obituarista.

En San Juan las noticias volaban más rápido de boca en boca que en su versión impresa y ya todo el mundo sabía que el nuevo obituarista de *La Nueva Estrella* sería Ruy, el profesor de español. «Ahora sí vale la pena morirse», había dicho una octogenaria para celebrar esa noticia antes de que pudiera oficializarse su contratación con una nota en la edición especial del domingo. A nadie le afectó tanto la noticia como al cura, quien recibió la nueva de boca de su propio sacristán, que a su vez había recibido la noticia vía su hija, que trabajaba en el diario como secretaria del señor Huidobro. El cura ya conocía de las ideas materialistas-socialistas del 'profesor rojo', tal como lo llamaba a escondidas. Veía a Ruy con desconfianza no solamente por su confesa ideología demasiado moderna para un pueblo como San Juan, según sus propias palabras, sino porque representaba una competencia a su educada erudición. El sacerdote López Lavalle temía que Ruy le socavara su autoridad en el manejo de los asuntos del alma y del español. «Cuando estos rojos se cansan de usar las espadas, recurren a la palabra. Es más difícil recuperarse de estas heridas», insistía el cura a su adicta feligresía. Otra vez, dos españoles se enfrentaban por cautivar las almas y mentes de un pueblo.

En efecto, ya muchos vecinos no venían a sentarse a jugar dominó con el cura y a dejarse impresionar con sus opiniones grandilocuentes acerca del mundo más allá de los límites de San Juan, sino que preferían ir a las charlas y conversaciones sobre literatura española. Ya no lo frecuentaban trayéndole huevos frescos, mantequilla cremosa o su preferido, el queso de cabra, a cambio de escribirles sus cartas familiares y de negocios. Preferían ir a donde el profesor de español porque nunca les aceptaba nada y no se metía en sus asuntos personales. El profesor escribía las cartas tal y como ellos las querían, es decir, afables pero no melodramáticas si eran para un familiar; firmes y directas, si eran de negocios; en tanto que las cartas al Gobierno estatal o federal, siempre las preferían un poco barrocas en la parte de los saludos y presentaciones del firmante.

Cuando llegó la hora del sermón dentro de la misa dominical, el cura Hugo López Lavalle, tan españolito como Ruy, pero todavía con fuerte acento castizo como prueba de su superioridad europea, no se aguantó y se las tomó en contra del nuevo obituarista, sin mencionar su nombre. No quedó claro a sus feligreses cómo es que pasó de la resurrección de Lázaro, que era el tema central de la homilía, a la necesidad de recordar a los muertitos de San Juan de una manera cristiana y piadosa, porque al fin y al cabo, «no somos nadie para juzgar al prójimo. Esta es tarea de Dios», había dicho. ¿Cómo hizo ese malabar de oratoria para adjudicarle a Ruy la presunta labor de juez de almas? Nadie lo supo, pero fue claro que era su manera de detestar al nuevo obituarista en público y en olor a santidad.

Ruy se enteró de las declaraciones del cura y lo tomó con humor, contentándose con decirle a su interlocutor que lo que le preocupaba al intermediario de Dios en la tierra era que él se convirtiera en una especie de agente de inmigración que debería aprobar o desaprobar las entradas al cielo, al purgatorio y al infierno. «Ese no es mi trabajo», dijo. «Yo me ocuparé de decirle a la gente qué es lo que vale la pena recordar sobre el difunto, y punto. Yo no tengo una línea directa de comunicación con Dios; la tengo con la gente del pueblo. Además, el queso de cabra me cae mal, me causa flatulencia». Ya para el lunes en la mañana, el pueblo sabía que la guerra por la memoria de los muertitos de San Juan era una guerra a muerte entre el obituarista y el cura.

Sentado en su nuevo escritorio de caoba, con las manos sosteniéndole la cabeza, Ruy leía con impaciencia antiguos recortes de periódicos para darse una idea de cómo empezar a escribir los obituarios. Lo que leía le parecía insulso, un mero trámite burocrático para informar que alguien se había muerto, seguido por el recurrente detalle acerca de los deudos. No había diferencias en la manera de redactar el comunicado acerca de los difuntos, salvo que se pagase un poco más y entonces se le añadía algunas líneas comentando las obras realizadas en vida: si había sido militar, las batallas en las que participó; si fue abogado, los casos que defendió; si fue ama de casa, los hijos y nietos que crio; si fue maestro, la cantidad de niños que instruyó.

Todos hacemos algo en esta vida, pero qué es lo que hace a estas personas especiales y diferentes, dignas de ser recordadas por la comunidad, se preguntó, empujando los recortes al filo del escritorio. *Su ausencia es significativa para los que los conocieron, para nadie más. ¿Para qué, pues, publicarlo en el periódico? Si quieren un documento necrológico, eso es lo que haré.* Volvió a jalar los recortes al centro del escritorio y se puso a escribir.

«El día 26 de enero, a las diez de la mañana, dejó de existir el ciudadano don Roberto de la Cruz y Ordaz, a la edad de 75 años. Le sobreviven su esposa doña Josefina, sus hijos de su primer matrimonio Juan Carlos, Martín y Eusebia. El rosario se realizará el día 27 a las 10 a.m. en la Iglesia de la Santa Cruz. La misa de cuerpo presente se realizará el día 28 al mediodía. Que descanse en paz».

«Ya está, ya informé que este viejito se murió. Sin faltas de ortografía y ocupando muy poco espacio, ¿qué más quieren?».

Verificó el nombre varias veces, le adjuntó el recibo pagado y lo puso en la canasta metálica, listo para ser llevado al jefe de redacción. Sin embargo, una cachetada de honestidad principista le hizo recapacitar y poner el papel en el cajón del escritorio.

Yo no puedo escribir un obituario sin conocer a la persona, se dijo. Acto seguido, como perseguido por un demonio creativo, buscó la dirección de la casa del occiso y se dirigió a ella, seguro de encontrar algo más que un nombre y una fecha que reportar.

La casa del ahora difunto quedaba muy cerca de la plaza, en la zona de las residencias de la gente importante de San Juan, ya sea por su posición económica o por pertenecer a las más antiguas familias hispanas, esas que se creían descendientes de los conquistadores. Al llegar, notó el acostumbrado taciturno ajetreo de personas entrando y saliendo de la casona, algunas portando flores y otras con viandas de comida: tamales rellenos de carne de puerco y chile rojo, enchiladas, tortillas recién hechas. Le llamó la atención la presencia del jefe de la Policía parado en el umbral de la puerta con una cara mal agestada y no portando otra cosa que su libreta de apuntes y su lapicero. Se disponía a entrar en la casa, pero tuvo que cederle el paso al señor Huidobro, que salía apresuradamente. Se saludaron en voz baja y escuchó a medias la pregunta corta y directa del director del diario: «¿Lo terminó?». Ruy se apresuró a responder: «Está en el horno, en el horno».

Del fondo de la casona, la viuda de don Roberto apareció rodeada de otras llorosas señoras. No era la persona que Ruy esperaba. Su demacrado rostro, con unas ojeras como sábanas viejas debajo de los grandes ojos negros y un austero vestido sastre color gris, no podían esconder su juventud y la belleza de sus formas contundentes.

—Señora, soy Ruy, trabajo para el periódico local. Soy el obituarista. La acompaño en su dolor.

—Gracias, gracias por venir.

Se quedaron mirando en silencio por una fracción de segundos sin decir nada.

—No quisiera importunarla, pero...

—Está bien. Tome asiento, por favor.

—Tengo la misión de escribir el obituario de su esposo y quisiera que...

—Entiendo su interés. ¿Qué le puedo decir? Mi esposo era una magnífica persona, muy amoroso, muy emprendedor. Lo que pasó no es culpa de nadie, ni siquiera de él, ya se lo dije al jefe de la Policía. Fue un accidente y yo quisiera que se le recuerde como la persona que fue toda su vida y no se mencione lo que sucedió en las últimas veinticuatro horas. Todo fue un accidente.

—¿Un accidente?

—Sí, un accidente. Si así se puede llamar a un hecho que ha alterado nuestras vidas de manera fortuita. Algo que no esperábamos.

—Señora, perdone, ¿cómo murió don Roberto?

La joven viuda amarró sus manos con fuerza sobre su falda, a la vez que se le veía apretar sus mandíbulas, y lanzando un seco suspiro dijo:

—Se le escapó un tiro a su escopeta de retrocarga. Esto, por supuesto, no todo el mundo lo sabe y no puede publicarse. Sería doblemente horrible. No sería justo para la memoria de todo lo que hizo en su vida.

—Entiendo. No se preocupe. Gracias por su tiempo.

Ruy se paró con lentitud, le cubrió las dos manos apretadas con las suyas y salió de la sala de la casona. En su mente trataba de hilvanar todo lo que su demonio creativo le estuvo dictando. Un envejecido hombre de negocios, con una hermosa esposa mucho más joven que él, muere por mano propia.

A la salida se percató que en el estudio de la casona un equipo de trabajadores movía muebles y cuadros y se las agenciaba para limpiar el recinto con una meticulosidad vehemente. Se imaginó que ahí había sucedido el accidente. Volvió a mirar de reojo la habitación y pudo observar grandes manchas oscuras en la alfombra y más pequeñas en las paredes. Ensimismado por lo grotesco de la escena, no se dio cuenta de que uno de los trabajadores salía apresurado del recinto, portando un balde lleno de un agua morada y casi se lo lleva de encuentro. Atinó a esquivarlo.

—Disculpe. ¿Mucho trabajo?

—Sííí. Una escopeta de retrocarga da más trabajo que una pistola. Pero nos pagan más por la limpieza, señor.

No tuvo que imaginar mucho para entender lo que el trabajador describía. Esas partículas de sangre y carne, esparcidas sin trayectoria definida, ya las había visto antes, durante su campaña en Madrid. Sintió esa misma sensación de impotencia de cuando veía rostros amigables y cotidianos convertidos en miasmas revueltas con polvo y barro. *¡Carajo! Otra vez se me cuelgan los fantasmas*. Un leve vahído lo invadió y lo empujó a salir de la casona lo más pronto posible. No sabía adónde ir ahora con esa sensación, si a su cuarto del albergue o a seguir caminando sin rumbo fijo. Sus pasos indecisos lo llevaron enfrente de la estación policial. Le quedaba algo más por saber. El capitán Agüero, parado en la puerta de la comisaría, lo miró displicente y lo saludó sin mucha cortesía.

—Viene por lo del muerto, ¿verdad?

—Buenas tardes capitán, una pregunta si me permite. ¿Cómo murió don Roberto?

—Eso es estrictamente confidencial.

—No soy un curioso malsano, ni periodista, soy el obituarista. Dígame qué pasó, por favor.

El capitán lo quedó mirando casi queriendo traspasar su cuerpo con esa mirada de malgastado sabueso y decidió abrir su cofre de secretos policiales.

—Pensamos que don Roberto, en realidad, intentó matar a su esposa y a su amante, a quienes encontró con las manos en la masa y sobre la mesa del comedor, pero se arrepintió en el camino y se mató. Así de simple, un suicidio por causa pasional.

—¿No fue un accidente, entonces?

—Bueno, el accidente fue encontrarlos en plena acción amatoria porque todo el mundo sabía de esta relación, menos el occiso, por supuesto. Los tres vivían bajo el mismo techo, pero tenían cuartos separados. El amante era un ex novio de la señora que fungía como agente vendedor y comprador de alfombras nativas para las tiendas de don Roberto. Parece que era un buen vendedor de alfombras, pero también un excelente vendedor de ilusiones para convencerlos de vivir en la misma casa. Pudiera ser también que al aceptar esta situación anómala, don Roberto quería mostrar el poder que tenía sobre su joven esposa. No sabemos. Ya está hecho, no hay crimen, no somos nadie para juzgarlos. Hay que dar vuelta a la página. Aquí no hay crimen, le repito, solo un viejo con dinero que se cansó de pretender que era feliz, una mujer muy joven y ardiente, un amante ahora sin empleo y muchos chismes.

—¡Ah! Suicidio pasional, ahora lo entiendo. Gracias.

Ruy tomó nota de las últimas palabras del capitán y añadió más información respecto a la vida vehemente de don Roberto: trabajó desde muy joven en el rancho de su padre en Lourdes, al sur de San Juan; luego en las minas de cobre de Tyrone hasta que las cerraron en 1921; luego se fue a California para trabajar en las redes ferroviarias y de regreso a Nuevo México abrió sus dos tiendas de artesanías indígenas, una en Santa Fe y la otra en San Juan. A pesar de su poco conocimiento de las culturas nativas, tenía buen olfato para reconocer las piezas que podían convertirse en objetos de colección: vasijas de cerámica de San Idelfonso, alhajas de plata de los indios zuni y las mantas hechas a mano y de colores naturales de los comanches y navajos.

Era una buena época para vender el exotismo de la región que ofrecía la experiencia de la última frontera, el aire puro de las Montañas Rocosas bueno para la recuperación de los tuberculosos, una luz apoteósica que inspiraba a pintores y fotógrafos itinerantes, y lugares misteriosos como Taos, a donde llegaban de Europa famosos escritores, pintores y psicoanalistas. La imagen del buen y noble salvaje se había estado propagando en Europa con los libros del escritor alemán Karl May y las artesanías de los nativos americanos eran codiciadas como parte de ese ambiente que podían ahora comprarse en la comodidad de las tiendas bien organizadas y pintorescas de don Roberto. Se había casado dos veces. La primera, con una lugareña mitad apache, mitad hispana, que le dio tres hijos. Ella fue su brazo derecho en la organización de sus tiendas hasta que murió, después del tercer embarazo. En plena prosperidad económica, se casó por segunda vez con su joven empleada, treinta años menor que él, quien le puso los cuernos a domicilio. Sus tres hijos vivían en California y probablemente recibirían otra historia de su muerte. Con esta información y todavía con el malestar apretándole el estómago, regresó a la redacción del diario y se dispuso a editar su primer obituario.

«A sus setenta y cinco años y con voluntad huidiza, don Roberto de la Cruz y Ordaz decidió poner fin a sus álgidas pasiones y descansar. Cuando el cuerpo se va, los errores quedan; algunas veces se exageran, otras se esconden, pero ahí están para desempedrar el camino que seguimos recorriendo.

Sin duda, la belleza que necesitaba para seguir viviendo se desvaneció; y con ella, las ganas de seguir soñando y despertando otro día más. Su ausencia nos deja callados, sollozantes, incrédulos, pero algo de lo que hizo en su larga vida nos tocará el hombro cuando necesitemos un aliento extraordinario para seguir soñando y despertando con vehemente intensidad, tal como lo hizo él.

Le sobreviven su esposa doña Josefina, sus hijos de su primer matrimonio: Juan Carlos, Martín y Eusebia. El rosario se realizará el día 27 a las 10 a.m. en la Iglesia de la Santa Cruz.

La misa de cuerpo presente se realizará el día 28 al mediodía. Que descanse en paz».

Al día siguiente de la publicación del obituario, los feligreses de línea dura, los más allegados al cura López Lavalle, querían saber su opinión, pero él se mantuvo a la defensiva, prefiriendo no opinar demasiado ya que «hay que ser humildes ante los designios del Señor», repitió hasta el cansancio, tomando el camino de la humildad como táctica política. En realidad, no quería decir mucho hasta que tuviese bien claro cómo enfrentar el problema canónigo que el obituario le creó. No había que ser muy inteligente para darse cuenta que en el texto Ruy mencionaba el suicidio pasional, sin deletrearlo y hasta casi poéticamente. ¿Cómo pues abrirle las puertas del cielo a un alma cuyo último acto humano fue pecar en contra de la vida? Aún más, ¿cómo dedicarle una misa a un personaje tan importante, sin despertar sospechas que se estaba haciendo una excepción a un ciudadano emérito, frente a un acto execrable? ¿Qué mensaje espiritual le llegaría a los feligreses? ¿Qué hacer?, se preguntaba casi leninistamente el cura, mientras preparaba su contraataque, escondiéndose en la humildad católica.

En un pueblo en que la gente podía morirse decentemente y sin grandes sobresaltos, ahora se atrevían a hablar del muerto y su muerte y hasta se inició un debate público sobre lo que debería de recordarse o no recordarse sobre don Roberto. Es decir, se discutía su lugar en la memoria colectiva. Esto, por supuesto, tuvo un efecto positivo en el incremento de la demanda por *La Nueva Estrella*, que de fuente información tardía pasó a ser la fuente del debate público. El señor Huidobro no felicitó a Ruy, como hubiera requerido un protocolo profesional, dado el impacto del primer obituario. Únicamente se limitó a proyectar sus ganancias y la posible expansión del tiraje del diario, mientras se regodeaba con la misma cara del viejito ricachón de Monopolio dentro de su oficina. *Si esto dura un año, la circulación del diario podría expandirse a los pueblos cercanos y hasta a Santa Fe y Taos*, pensaba mientras se afilaba la punta del bigote inexistente.

La misa de cuerpo presente, tal como le correspondía, por ser don Roberto considerado un ciudadano importante de San Juan, atrajo a un centenar de personas del pueblo y alguna veintena de Santa Fe y sus alrededores. El cura López Lavalle no podía quejarse de la popularidad de aquel evento religioso, donde él era otra vez el centro. Su sermón empezó donde lo había dejado la última vez que abrió la boca públicamente: «Hay que ser humildes ante los designios del Todopoderoso, no somos nadie para juzgar al prójimo». Pero realmente agarró carne cuando en vez presentar la voz condenatoria de la Iglesia sobre el suicidio (pasional o no) y al número cinco de la Tabla de Moisés en su versión resumida y católica: «no matarás», dirigió toda su artillería argumentativa a exculpar al occiso, mediante la argucia de que habría que estar loco para ir en contra de los mandamientos de Dios. «¿Quién en su sano juicio puede ir contra la propiedad del Altísimo? Nosotros no nos pertenecemos, pertenecemos a nuestro Creador», dijo.

Con esto último, le daba un pase gratuito al cielo a don Roberto, pues su decisión de matarse se había hecho sin 'el sano juicio', o sea, el viejito había perdido la chaveta, por lo tanto, era más inocente que un recién nacido después del bautizo.

El padrecito les había tendido un puente a los feligreses para que se acordaran de las buenas obras caritativas que don Roberto hizo en vida y les instó a orar para que se le abrieran de par en par las puertas del cielo, en caso que Dios con su infinita sabiduría, tuviese de repente un lapso en su infinita memoria. Por obra y magia de su verbo bien educado y una mediana inteligencia, el cura López Lavalle embarcó a sus católicos en el camino de salida de don Roberto y les hizo suya la tarea de buscarle un lugarcito en el paraíso.

—¡Oren, recen, imploren! —resonó en la concurrida iglesia.

El curita no mencionó para nada el pecado número seis: «no cometerás adulterio», conocido por otros como el pecado de la carne fresca con dueño y que involucraba a la ahora viuda. Ella estaba viva todavía y tendría tiempo de resarcirse de sus majaderías pasionales. Al término de la misa, el pastor de almas salió al atrio de la iglesia a despedir a la muchedumbre, satisfecho de su malabar de oratoria y sintiéndose reconectado con la población. Se dejaba besar la mano, acariciaba las cabecitas de los niños y saludaba a cada miembro de su rebaño por su nombre, si lo reconocía. Cuando le tocó su turno a la sollozante viuda, le dio un abrazo paternal que era el símbolo del perdón público, no sin antes parpadear para esconder sus pensamientos: *Puta, puta...*

Mientras toda esta coreografía sucedía en la puerta de la iglesia y cada persona tomaba su propio derrotero en cuanto a la muerte de don Roberto, Ruy se hallaba preparando el siguiente obituario. Había llegado a la redacción a media mañana, después de preparar sus clases para el lunes, y acomodaba los papeles en su escritorio de caoba que ahora le parecía un ataúd sobre el cual escribía sus esquelas necrológicas. El contenido del sobre de manila le informaba acerca de una mujer de cuarenta años, soltera, Rocío Romero. Buscó la dirección de la casa y se dirigió a buscar la historia de la muertita con la misma convicción de su primer obituario, es decir, pensando que algo conocería de esta persona para poder escribir sobre ella.

La casita de adobe, con jardín frontal bastante bien cuidado, y uno más chico pero igualmente acogedor en la parte posterior, estaba cerrada con llave y no había nadie para atender la presencia inquisidora de Ruy. Las primeras impresiones, sin embargo, ya estaban dadas: la difunta no tenía familiares o amigos preparando el funeral y su casa modesta no iba a llenarse de viandas y flores. Al interrogar a los vecinos sobre la vida de Rocío Romero, la mayoría respondió que la buena mujer era de pocos amigos, dedicada a su trabajo de enfermera en el Hospital de San Juan y que no era de ahí, sino de una ciudad un poco más grande, Albuquerque. Datos adicionales: vivía sola, estuvo en la Guerra de Europa como enfermera voluntaria y nadie se explicaba su soltería, porque fea no era y siempre parecía amable y risueña.

En el hospital, la información era también escueta: buena trabajadora, muy puntual y ordenada. No tenía amigos, novios o amantes conocidos, se empeñó en apuntar la gente del hospital.

¿Causa de su muerte? Paro cardíaco, le dijeron. Ruy apuntó en su libreta de notas: «su corazón se cansó de latir solo» y luego se dirigió a la sala donde mantenían el cuerpo en un ataúd blanco, acompañado por un aparato floral del mismo color, enviado por el sindicato de trabajadores del hospital.

El cajón blanco y solitario en una sala de paredes pulcramente pálidas lo conmovió. Todo parecía tan aséptico y sin emoción. *Cajón blanco, ¿eso quiere decir que murió virgen?*, se preguntó. *¿Cómo saben ellos?* Se sentó en una silla al costado del ataúd. *¿No hay nada que decir? ¿Cómo quieren recordarla?*

En su Madrid beligerante, no todos sus muertos fueron llorados y enterrados como se debía y en otros frentes, miles de combatientes fueron llevados abruptamente al olvido cuando se construyeron mausoleos, gigantescas cruces y signos falangistas sobre sus cadáveres aún frescos. No bastó su muerte sino que tenían que ser humillados con el olvido. Con el tiempo, sus deudos recorrerían sus pasos por las trincheras y las fosas clandestinas y, con sus lágrimas postergadas, les darían humana sepultura. Sin embargo, esta buena ciudadana que se mezcló cotidiana y apaciblemente con los habitantes de San Juan haciendo su trabajo con dedicación espartana, no tenía a nadie para depositar ante su féretro un adiós lloroso. ¿Quién fue esta mujer y por qué murió sola? ¿Tenía sentido ahora un obituario de estadística necrófila?

La ansiedad de Ruy aumentaba conforme pasaban los minutos sentado junto al féretro. Nadie venía. No quería dejar el lugar porque sentía que él era el único que podía acompañarla con algo de dignidad en su última morada de soledad. De repente, se le iluminó el rostro con una idea que lo sacó de su meditabunda ansiedad. Se le ocurrió que si entraba en la casita de la difunta algo podía aprender acerca de ella, porque las cosas inertes 'hablan' si uno sabe preguntar. Se paró intempestivamente, miró el ataúd, y murmuró: «No te dejaré sola».

Ruy tuvo que forzar la endeble cerradura de la puerta trasera de la casita de adobe para poder entrar. Lo austero del arreglo de la casa y la ausencia de cuadros y fotografías en las paredes fue lo primero que le llamó atención. En segundo lugar, lo impecable que estaba el hogar de la difunta. Cada cosa, por pequeña o insignificante, tenía un lugar o espacio asignado cercano a su función utilitaria. Concluyó que Rocío era una persona que se manejaba con rutinas preconcebidas y que, probablemente, no tenía mucho que recordar o no quería recordar porque la ausencia de cuadros y fotografías así lo demostraba. Podría ser también que nunca pensó quedarse en San Juan por mucho tiempo. Caminó un tanto inseguro hacia el dormitorio, sabiendo que podría hallar algo más personal e íntimo ahí donde se quedan deambulando los sueños que uno no recuerda en la mañana o donde se cuelgan los suspiros más privados por placer o desdicha en las noches. Abrió la cómoda y entre la ropa interior de encaje apareció una cajita con cartas. «Por fin, algo sabré de ti».

Se sentó en la cama amplia y esmeradamente tendida y se dispuso a leer las cartas con la excitación de un delincuente primerizo. Le temblaban las manos, el sudor se le desprendía de la frente con gotas pesadas y espaciadas, su pulso tremebundo se aceleraba como un viejo tren trepando una montaña. Pero a pesar de lo que su cuerpo decía, todavía tuvo la paciencia de ordenar las cartas de acuerdo a la fecha y lugar de procedencia. Se quedó con aquellas que provenían de Europa, específicamente Inglaterra y Francia. Examinó las fechas y se percató que las cartas habían sido enviadas casi mensualmente de junio a diciembre de 1944. Con esta secuencia en mente se dispuso a develar el anonimato y la soledad que había envuelto la vida de la señorita Rocío Romero.

Liverpool, 26 de junio de 1944

Hola guapa:

¿Cómo estás? Supongo que gozando de lo brillante del sol nuevo mexicano. Yo, entre brumas británicas y extrañando lo diáfano de tu voz. Cuando recibas esta carta ya estaré en Francia. Te escribo desde el barco que nos llevará allá. Somos unas

cien enfermeras con experiencia de combate. Sí, digo y repito, con experiencia de combate, porque de qué otra manera se puede calificar el sentir las balas y la artillería tan cerca de nosotras... Tu decisión de regresar a Nuevo México fue la acertada, aquí las condiciones no mejoran a pesar de que dicen que estamos ganando la guerra. Quisiera contarte que ya me acostumbré a la barbarie y al dolor, pero no es así. Me cuesta hacer mi trabajo e irme a dormir. Siempre estoy pensando que algo más se puede hacer. Es imposible borrar de mi mente esos rostros juveniles sufriendo tanto dolor, especialmente –y no sé por qué– me hiere más cuando los veo desangrándose y aprisionando entre sus manos sus aros de novios o de esposos.

Cuídate y espero que nos veamos pronto.

Con amor, Viola.

Bayeux, 24 de julio de 1944

Hola guapa:

...Ayer tuvimos tantos heridos que las enfermeras hicimos transfusiones de sangre, cosa que era exclusiva de los médicos.

...No he podido dormir pensando en el soldadito al que le amputamos las piernas. No había cómo consolarlo, solo deseaba morir.

...Tu voz, extraño el timbre claro de tu voz.

...No fue nada fácil transportar a un capitán que le colgaba la mandíbula en medio del caos causado por nuestra propia artillería y la alemana.

...Hay muchos soldados que mueren por fallas en sus riñones debido a un choque traumático. No hay nada que podamos hacer por ellos. Es frustrante.

No pudimos abrazarnos lo suficiente en el momento de tu partida. Ya sé que a ambas no nos gustan las despedidas, pero no tenías que estar tan distante. Admito que me hirió tu comportamiento. Todavía no me lo explico.

...Despertar con tu sonrisa cada mañana, es despertarse a la alegría de querer vivir más intensamente.

...Nuestro trabajo nos desafía todos los días. Acaba de llegar una directiva superior que nos indica que hay que permitir la alimentación y la evacuación del paciente. Muchos heridos llegaban totalmente enyesados (por las fracturas en las piernas y los brazos) a los hospitales ingleses y no podían evacuar o alimentarse por mucho tiempo. Hemos estado quebrando yesos y abriendo huecos como si fuéramos picapedreros.

Soy una sonámbula: sueño contigo durante la noche y durante el día.

Con amor, Viola.

Rouen, 12 de agosto de 1944

Hola guapa:

¿Te acuerdas de la tía Fanny? La trasladaron a un hospital en Inglaterra. Dicen que para aprovechar su experiencia con los soldados en rehabilitación. Para nosotras fue un gran alivio, nadie la quería, si bien no podíamos darnos el lujo de odiarla. ¿Te acuerdas que nos hizo botar la comida que habíamos cocinado, después de tanto trabajo para conseguir vegetales frescos? Según ella, los vegetales comprados a los agricultores locales podrían estar envenenados. ¡Si se hubiera enterado de lo nuestro, nos hubiera llevado ante un tribunal militar!

Besando tus manos toqué los deseos inconmensurables de tu piel.

Con amor, Viola.

Todas las cartas empezaban igual y terminaban igual: «Hola guapa», «Con amor, Viola». Todas narraban algo de los pormenores de la guerra en Europa, las atribulaciones cotidianas de las enfermeras y siempre había además una frase corta, melancólica y tierna dirigida al corazón de Rocío Romero.

Rouen, 27 de septiembre de 1944

Hola guapa:

…Hoy es tu cumpleaños y en una semana, el mío. ¡Cheers! ¡Salud! ¡Santé, ¡Cin Cin! (aunque en jerga japonesa signifique: ¡pene!). Por esta época es que nos conocimos. No puedo dejar de recordar nuestra primera noche juntas, en la carpa del campamento de enfermeras, cuando las tropas ya tenían varios días de desembarcadas en su avance hacia París. Sé que te hace sentir vulnerable y tonta esta historia, pero fue tan gracioso, dramático y tierno a la vez. Quizá esto solamente se da en las guerras. Tú intentabas bañarte usando tu casco lleno de agua. De pronto, la artillería aliada y la alemana comenzaron a bombardear nuestro campamento en un diabólico juego de ping-pong, como apostando quién podría hacernos más daño. Arrojaste el agua de tu casco, te lo pusiste en la cabeza y te sentaste junto a mí temblando, esperando lo peor. Te sentí tan cerquita de mí que podía oír tus latidos susurrando alquimias de ternura; sentí tus escalofríos relampagueando tu cuerpecito todavía húmedo. ¡Pobrecita! Te acurrucaste como una gatita y yo te empecé a querer.

…No quiero que lo interpretes como presión, pero nada me dices de lo que sientes. Si no me alimentas de ti, sacaré mi corazón a ventilarlo y las avecillas del olvido se asomarán para beber de sus latidos. Dixit.

…La guerra me distancia de ti, pero me hace necesitar como una loca la paz para poder estar juntas: ¡paz y amor!

Con amor, Viola.

París, 6 de octubre de 1944

Hola guapa:

...Ayer llegamos a París. La sola idea de tener una cama sobre un suelo plano me mantuvo alerta todo el trayecto. Yo viajaba en un Jeep al hospital. ¡Imagínate! En el camino nos encontramos con un combatiente de la resistencia francesa al que le dimos un aventón. Llevaba una pesada bolsa de yute. Nos dijo que cargaba los restos de su hermano para enterrarlo cerca de su madre.

...Tu ternura me baña de luz en estas noches frías, sin hoguera familiar, sin suspiros.

Con amor, Viola.

París, 10 de noviembre de 1944

Hola guapa:

...París es lo que siempre se ha dicho que es, a pesar de la destrucción. Me encanta perderme entre sus calles góticas, aunque a veces resulte complicado porque la policía militar nos detiene, nos pide documentos y el código de seguridad que nunca me acuerdo. Entonces empieza el juego del interrogatorio amigable: qué equipo de béisbol me gusta, cómo se llama el senador de mi Estado, quién está ganando en la liga mayor de fútbol, etc., etc.

...He podido ir a la ópera. ¡Te imaginas: a la Ó-pe-ra en París! Lo único absurdo se da cuando todo el mundo quiere salir antes de que entonen los himnos de Francia, Inglaterra y los Estados Unidos. Si te quedas, tienes que estar en posición de atención por un buen rato. Las otras enfermeras y yo obviamente queremos olvidar por un momento que todavía París es un campo de batalla, así que siempre salimos antes. ¡Espero que nadie cuestione nuestro patriotismo!

Perdona que insista, pero no me dices nada de tus escondidos sentimientos. ¿Qué pasa? ¿Será que todavía no te recuperas de nuestra despedida? Un «gracias por la compañía» nunca es suficiente, lo sé. No hagas, por favor, más profundo el abismo que nos separa. Abre tu corazón, no dejes que se llene de silencios predeterminados porque el futuro se nos presenta aciago.

Con amor, Viola.

París, 28 de noviembre de 1944

Hola guapa:

Hoy llegó un grupo de enfermeras de varias nacionalidades. Se integraron a nuestro hospital de París chicas de Polonia, España y Francia. El grupo es alegre y con bastante experiencia. Les gusta cantar. Hemos tenido noches con vino francés y canciones de todas partes, incluyendo, por supuesto, Allouette, que ya empecé a odiar, entre otras cosas porque a los oficiales les encanta.

Me llamó la atención una enfermera joven y bonita que viene de Nantes, pero es española. Es muy mal hablada, siempre maldiciendo; pero durante los bombardeos ella es la única que no se altera y sigue haciendo lo que estaba haciendo. Te digo esto, porque contrasta con su juventud. Su nombre es Ana y la he adoptado como una hermana menor y hasta le he hablado de ti. Estamos haciendo planes (como si pudieran hacerse en medio de una guerra terrible) para visitarte.

Con amor, Viola.

Aquel último párrafo de la carta sacó a Ruy de la meticulosa irrupción en el mundo íntimo de Rocío Romero en que se hallaba. Mencionaba a una Ana española mal hablada y eso le martilló el cerebro varias veces. Palmoteando la hilera de cartas esparcidas sobre la cama y reacomodándolas buscó tener más información sobre la tal Ana. No la halló. Volvió a leer con detenimiento y casi masticando cada palabra de la carta en donde se mencionaba a Ana.

—¡Esto, coño, no es posible! —explotó en medio del silencio que rodeaba la habitación.

Cuando terminó de releer la carta, la dobló y la puso entre las hojas de su libreta de notas, no sin recriminarse que estaba haciendo algo incorrecto, burdo y egoísta, mientras se secaba el sudor de la frente que comenzaba a colársele en los ojos.

Trató de poner todas las cartas en la cajita tal y como las había encontrado por el prurito de borrar su presencia inquisidora, pero un papel amarillento, con obvias manchas de agua o algo así, se lo impedía. Saltó a la vista el carácter oficial y burocrático del papel con el logo del ejército norteamericano. La firmaba el comandante general de la 56 jefatura militar, con fecha del 14 de diciembre de 1944 e iba dirigida a la señorita Rocío Romero como el único familiar (o amistad cercana) de la difunta Viola Henley.

«*Sentimos mucho informarle que...*», empezaba la carta, y seguía con una serie de detalles genéricos de carácter oficinesco sobre las circunstancias de la muerte de la señorita Viola Henley.

Cinco

Ya en el albergue y con una ansiedad que se reflejaba en la cantidad de vueltas que había dado en su habitación, revolviendo cosas y pensamientos, Ruy leyó la carta unas treinta veces y siempre llegaba a la misma conclusión: no era posible. Ana de París no podría ser Ana de las trincheras de Madrid. Para él, su cuasi viudez, esa que cargaba desde que dejó España, era lo único cierto. Si no, cómo explicar ese sentimiento acongojado, ese vacío, ese deseo atrofiado, esa sensación en su pecho aterrado cada vez que alguna mujer le insinuaba amor. El pozo de la verdad del cual había bebido todos esos años le seguía diciendo que Ana había muerto, tal vez no físicamente –porque nunca lo comprobó– al menos con la distancia, cuando se separaron. Si en las más extrañas de las coincidencias, Ana de París fuese Ana de las trincheras, si ella aún existiera, qué sentido tendría cambiar de fantasía después de todos esos años: la manera de quererla en silencio, a distancia, como en una nebulosa perdida, como un mito que le ayudaba a dormir con una amante intocada. El ayer le había consumido su tiempo de amar como un insecto que se nutría de sus penas y otra guerra no era suficiente para reanimar flamas que encendió con su historia de combatiente en Madrid. La memoria impertérrita no le permitiría escarbar debajo de sus propias quimeras acumuladas.

No durmió bien esa noche. Se movía en la cama del albergue como serpiente acorralada. A ratos, le parecía demasiado grande, solitaria y fría, como un camposanto en ruinas; en otros momentos de su larga noche, la sentía demasiado pequeña, como un útero a punto de reventar. Cuando ya parecía que iba a conciliar el sueño, aparecía la imagen de Ana de las trincheras, limpiecita, vistiendo un uniforme blanco de enfermera, maldiciendo a los falangistas… o, en otros momentos, sucia y bañada en sangre, blasfemando y llorando. Ana le mostraba sus dedos agarrotados, él intentaba besarlos y Ana lo apartaba meciéndole la cabeza entre sus piernas.

En otras noches de insomnio, él podía fantasear a su manera. Escoger en la cámara oscura de su memoria los momentos, las palabras y las insinuaciones del deseo y arrullarse con ellos. Pero aquella noche no había cómo calmar la ansiedad causada por la posibilidad de que la realidad hubiese dado un vuelco de trescientos sesenta grados y le devolviera la oportunidad de un amor fallido por las circunstancias de la guerra. La posibilidad de que Ana estuviera viva le traía sentimientos encontrados. Por supuesto que le alegraba que ella hubiera sobrevivido Madrid, Ana era indestructible, siempre la percibió así, pero no quería aceptar lo que la realidad le podría demandar: abrirse de nuevo a desear su presencia y que luego le llegara una impersonal carta como la que recibió Rocío Romero; o que a pesar de todos sus esfuerzos nunca pudiese comunicarse con ella; o, peor aún, que al hablar del pasado y tocarse en el presente, no sintieran nada. Recordó lo que el brigadista americano le había dicho en

Oaxaca: que sus muertos viajarían con él. Ana era un fantasma que pertenecía a ese grupo.

En la mañana, muy temprano, camino a la redacción de *La Nueva Estrella*, daba largos pasos apurados con el cejo fruncido y hasta se diría que quería que la gente notara su mal humor. Entró en el edificio del diario sin saludar a nadie, se sentó frente a su escritorio, arregló mecánicamente sus papeles dispersos para poder colocar su libreta de notas al centro del mueble. Entre los papeles encontró una nota del señor Huidobro: *«La máquina de escribir es para usted, gracias»*. Sus ojos deambularon por el salón de redacción hasta encontrarla al borde de la ventana. La colocó en su escritorio observando su modernidad por un buen rato. Era una Hermes Baby hecha en Suiza, con teclas negras y cuatro teclas rojas, dos en el borde izquierdo y dos en el derecho. Ponchó desarregladamente algunas de las teclas y se preguntó si aquello era un crudo soborno para que continuara en el oficio de obituarista, un reconocimiento de que estaba haciendo las cosas bien, o ambas cosas, además de una insinuación a su ideología, por lo de las teclitas rojas. No pudo sino esbozar una sonrisa ante esa ocurrencia.

«A ver señorita Rocío Romero, qué podemos decir de ti», farfulló y se dispuso a violentar, con cierta determinación mesiánica, la virginidad del papel en blanco y de la máquina recién adquirida.

«Ayer miércoles en San Juan, un corazón solitario dejó de palpitar abruptamente. Nadie estuvo presente cuando ocurrió, nadie escuchó su último eco, nadie sintió escaparse el anhelante suspiro de Rocío Romero. Muchos en San Juan la vieron sostener manos inertes y curar heridas profundas con la devoción de quien quiere ganar una batalla cotidiana contra el dolor y la muerte. Su pasión por mitigar el dolor humano la llevó de voluntaria a Europa, donde se desempeñó como enfermera. Lo que vio y vivió en esa guerra desgarradora se quedó dentro de ella, pero sus batallas continuaron en nuestro Hospital de San Juan. Rocío Romero murió sola, pero sabemos que su corazón explotaba de amor, añoraba el amor, latía para amar, es más, amaba a distancia y en silencio. Hay una probabilidad muy

cierta que su manera de amar nunca podría haber sido acepta-
da por aquellos que creen que el amor es cosa de hombres y
mujeres, y no de personas, ¿pero acaso no nos comprobó con
sus actos que hay muchas maneras de amar? Los miembros del
sindicato y la comunidad de San Juan han perdido a una impe-
cable compañera de trabajo, pero también a una humilde y casi
anónima patriota. Ella se mezcló entre nosotros como una som-
bra afable, lista siempre para alivianar el dolor humano, y por
esto le estamos agradecidos y en deuda.

Sus restos mortales se están velando en el local del sindica-
to de trabajadores del Hospital de San Juan y los servicios fu-
nerarios se realizarán el día jueves a mediodía. Compañera
Rocío Romero, descansa en paz».

No bien había acabado de escribir la frase final del obituario cuando frente a su escritorio se apelotaron en silencio algunos miembros del sindicato del hospital con caras largas y llenas de pesar. Ruy los miró sin mucho ánimo.

—Buenos días compañeros, si vienen por lo del obituario, está listo para publicarse.

—Buenos días profesor. Es otro el motivo y disculpe la interrupción —le dijo el líder del grupo.

—¿De qué se trata?

—Bueno, como usted bien sabe, el sindicato se está encargando del sepelio de nuestra compañera Rocío Romero y se nos ha presentado un problema con el cura. No quiere hacerle una misa y pensamos que usted podría interceder.

—El curita y yo no somos amigos y estamos trabajando en diferentes oficinas. Yo me encargo de los muertitos y él se encarga de sus almas.

—El señor cura nos ha dicho que no hay prueba de que la compañera haya sido católica y que hay rumores de que ella llevaba un estilo de vida que no es aceptado por la Iglesia.

Ruy hizo rechinar sus dientes, y sin su control acostumbrado espetó:

—¡Cura de mierda! ¿Qué sabe él de Rocío Romero?

—Nosotros queremos una digna sepultura para uno de nuestros miembros, como cualquier otro, pero el padre dice...

—Miren compañeros —interrumpió Ruy levantándose de su escritorio como un oso alerta—, un sepelio decente no lo hace una o veinte misas, sino la presencia de aquellos que conocieron del valor y sacrificios de la compañera Rocío Romero para aliviar el dolor de sus pacientes, hayan sido estos los soldados en Europa o los enfermos de San Juan. Yo no puedo, ni debo, interferir con los quehaceres del cura. Lo que sí me preocupa es que ustedes crean que una misa es un referéndum sobre la moral de una ciudadana.

—Aquí, la costumbre es... —dijo el secretario general del sindicato.

—El que sea costumbre, tradición o leyenda no dice que sea buena. Yo les sugiero que en lugar de rogarle al cura, hagan sentir su presencia de grupo. Háganle una romería a la compañera Romero, que bien se lo merece. Que tengan un buen día, compañeros —les dijo acompañándolos a la puerta, casi empujándolos.

No había más que hacer en la redacción pero se quedó en su oficina, revolviendo papeles hasta encontrar sus libros de texto y se dispuso a preparar la clase de español para el lunes siguiente. Sin embargo, la compulsión de mover papeles, libros y trastes no paró hasta que, por fin, al no hallar más revoltijos que hacer, se le deslizó el pensamiento que le daba vueltas en el cerebro desde la noche anterior y que le aniquilaba la concentración. Ana de París podría ser Ana de las trincheras, pero no había nada que hacer. Todos esos años había estado cobijando una fantasía que le permitió tener un hálito de ternura en secreto, pero al fin y al cabo, todo lo había creado él y probablemente Ana de París o de las trincheras de Madrid era ya, después de todo, otra mujer. «Hola, compañera: ¿te acuerdas de mí? Luchamos juntos, perdimos juntos, soñé con besarte durante y después de la guerra, por cinco años para ser más preciso. Te soñé amante cuando necesitaba dormir, toqué tu cintura de medialuna groseramente cuando me sentí solo. ¿Te acuerdas de mí? ». Y su repuesta sería...

Seis

El féretro blanco sobresaltaba sobre la atiborrada muchedumbre que se congregaba en la plaza central portando flores y pancartas alusivas a la dignidad de los trabajadores y a la señorita Rocío Romero. Lo que se suponía ser un humilde postrero adiós a una trabajadora ejemplar del hospital se había convertido en un acto político de envergadura, sin precedentes en la historia de San Juan. El alcalde tuvo que hacer de tripas corazón y dirigir algunas palabras sobre la importancia de los patriotas anónimos y posibles mejoras en el hospital; el cura López Lavalle se había mantenido en sus cuatro sobre la misa por el alma de la señorita Romero, pero no le quedó otra que estar presente en el atrio de la iglesia para recibir a la muchedumbre que coreaba: «¡Rocío Romero, presente!», «¡sindicato, presente!».

El nutrido grupo de trabajadores, con el féretro en hombros, con calculada disciplina se apostó frente a la iglesia y, como desafiando al cura, inclinaba el ataúd haciendo reverencias al crucifijo mayor. Al cura López Lavalle no se le ocurrió otra cosa más inteligente que salpicar con agua bendita a la muchedumbre, como quien trata de exorcizarlos o espantarlos, mientras ordenaba a sus acólitos poner más incienso para blindar una cortina de humo sacrosanto entre él y la multitud. Los sindicalistas se persignaban y hacían venias con el ataúd gritando: «Las campanas, las campanas». El espectáculo se convirtió en algo más estentóreo cuando por fin las campanas desprendieron su pesada voz metálica uniéndose a los gritos de la gente. La sensación de una batalla ganada invadió a los sindicalistas, quienes se dirigieron al cementerio con una algarabía de fiesta popular para poner fin a su deber de dar un entierro digno a uno de sus miembros, seguidos por niños, vecinos curiosos y perros malandrines.

Desde su esquina, Ruy seguía los acontecimientos. Nunca se le ocurrió que la romería llegara a ser de aquella magnitud y gozaba secretamente viendo al cura maniobrar, forzado a escupir de rato en rato respuestas nerviosas y acomodaticias ante las demandas de la multitud. *De seguro que se la agarra conmigo el próximo domingo,* pensó.

Dicho y hecho, al domingo siguiente el cura López Lavalle, ya más seguro de sí mismo, en su propio terreno y con una audiencia cautiva, intentó explicar desde el púlpito, que las reglas y leyes de la Iglesia no las inventaba él. «Yo soy solamente un servidor del Papa. Un soldado de la Iglesia. Yo solo cumplo órdenes». En otras palabras, el cura justificaba sus actos, arrimándole la culpa a un señor que vivía en Roma y que nunca se equivocaba. Si todo dependiera de él, como cura de San Juan, todos merecerían ir al cielo y todos tendrían derecho a una misa de difuntos, pero «las reglas no las pongo yo», dijo. «¿Cómo es que podemos conocer el alma de las personas que no vienen a la casa del Señor y no practican los rituales de Iglesia? Necesitamos papeles, documentos, certificados que nos muestren que pertenecen el rebaño».

Así de simple, las almas para poder ir al cielo necesitan documentos probatorios.

«Hay quienes quieren dividir al rebaño del Divino Redentor, cuestionar la infalibilidad del Papa, que fue sancionada como dogma (estos no se discuten) de la Iglesia por el Concilio Vaticano I en 1870 (por otros muy humanos cardenales, habría que añadir) y ponerse al margen de las reglas, contar cuentos de amor que solamente existen en sus mentes enfermas y que, lamentablemente, manipulan a nuestros buenos ciudadanos para que acepten el pecado. Esos Judas, no deberían tener el privilegio de enseñar en nuestros colegios, escribir en nuestros periódicos o estar entre nosotros», gritó con tildado españolísimo acento a los parroquianos.

Sí, el cura Lopez Lavalle era también español, como Ruy, y si bien nunca había empuñado un fusil cuando estuvo en España, porque su artillería fue siempre verbal en contra de todo lo que olía a materialismo y socialismo, ahora le tocaba librar sus propias batallas ideológicas en San Juan. Para él la guerra civil no había acabado, más bien se acababa de mudar a su *ring* personal y pastoral.

—Más claro, no canta un gallo, mi estimado profesor —le dijo el señor Huidobro—. El cura se las trae en contra suya. Habrá que analizar la situación.

—¿Me va a despedir? —interrogó fastidiado Ruy.

—No, ni se le ocurra. Lo que quiero decir es que hay que evaluar la situación porque por un lado, sus obituarios, un tanto diferentes, están ayudando al periódico y hasta generan noticia aparte. Mire la primera plana: *«El pueblo de San Juan despide masivamente a una heroína»*. Esta movilización colectiva de individuos no se daba desde que el presidente Roosevelt anunció el *New Deal*. La gente habla, discute, se siente con nuevos bríos en este aletargado pueblo. Pero, por otro lado, los lugareños son católicos, parte de su identidad cultural es el catolicismo y no podemos entrar en una guerra abierta con el cura.

—La guerra no la empecé yo, ni quiero verme involucrado con los complejos despóticos del cura. Ya lo he dicho, trabajamos en dos diferentes oficinas: yo escribo sobre los muertitos, como usted los llama, el cura pelea por sus almas.

—Dos muertitos en un mes y mire los resultados: las ediciones de *La Nueva Estrella* se agotan como pan recién salido del horno. Eso es bueno. La gente habla, conversa y discute sobre sus muertos. Ya se habla de memoria colectiva. Pero, por otro lado, se van creando dos bandos. Uno que apoya al cura y otro, más liberal y moderno, que se identifica con lo que usted escribe. ¿No cree que sería bueno tenderles un puente a los que apoyan al cura? Ellos también compran el periódico. Además, la política es el arte de sumar, no de restar. Piénselo, por favor.

—Yo no estoy haciendo política. No creo que se pueda llegar a hacer lo que usted sugiere porque no depende de mí, sino de lo que diga o no diga el señor cura. Le repito, yo no hago política con mis obituarios. El puente que usted sugiere significaría que yo tendría que incluir a Dios y a las almas en mis obituarios, y yo no me meto ahí.

—Bueno, quizá menos fallecimientos podrían enfriar las papas que ahora están quemando.

Se despidieron amablemente y cada uno volvió a sus actividades respectivas, a sabiendas que el único puentecito construido hasta ahora era el que quedaba colgando entre los dos. Ruy optó por meterse de lleno a preparar la próxima presentación en el Club Cervantes. Había pensado desde hace algún tiempo que dada su tarea de obituarista y lo que la gente venía discutiendo en las calles, analizar las *Coplas a la muerte de mi padre* de Jorge Manrique era lo apropiado para sacar la literatura clásica de los estantes privados y la biblioteca del pueblo, hasta las calles. Le pidió al señor Huidobro publicitar la reunión del club en la edición del viernes.

—Por supuesto, Ruy. Esto es lo que San Juan necesita, cultura hispana de alto nivel.

La tarde del sábado en que se había programado la conversación sobre Jorge Manrique en el Club Cervantes, la lluvia que anunciaba la cercana primavera mantenía su puntillosa presencia pero no desestabilizó la masiva concurrencia de ciudadanos al evento. Quizá la inusitada asistencia a un acto cultural se debía a un interés bizarro de la gente de San Juan, ya sea por lo necrófilo del tema o por una curiosidad malsana que esperaba la continuación de la guerra de palabras entre el obituarista y el cura.

—Buenas tardes a todos, gracias por venir —dijo Ruy casi balbuciendo. Ya con más seguridad y con más fuerza en sus pulmones, dejó caer su voz seca y pausada sobre el atiborrado y expectante auditorio—. Estamos aquí para analizar una de las obras clásicas de la literatura española. Para entender su importancia quisiera dividir la presentación en tres partes: primero, el contexto histórico de esta obra; segundo, la estructura de la obra; y tercero, qué podemos aprender de las coplas para manejar lo ineludible de la muerte.

Por espacio de media hora, Ruy puso a disposición de su público una sucinta información histórico-literaria de las coplas en la que destacó que Jorge Manrique, que si bien era famoso por sus coplas, también escribió poesía amorosa con los tintes de un poeta en transición de lo medieval a lo renacentista. Manrique era un caballero culto y leído que cultivaba el arte de la guerra y de las letras. En esa época, les dijo, las armas definían el resultado de las luchas políticas y Manrique, fiel a esa tradición, se inmiscuyó en aquellas artes con pasión implacable. Por lo tanto, reflexionar poéticamente acerca de la vida y la muerte era, para Manrique, parte del ambiente que respiraba y el andamiaje de su obra literaria. Les dijo que si bien otros poetas contemporáneos suyos también habían tratado el tema de la muerte, la originalidad de Manrique residía en su intento personal e íntimo para inmortalizar a su padre en las coplas.

Sobre la estructura de las coplas expuso algo que muy pocos entendieron: consistían en cuarenta estrofas, cada estrofa de doce versos o sextillas y cada una de estas sextillas se componía de cuatro octosílabos y dos tetrasílabos, aunque estos podían variar ligeramente sus sílabas. Las cuarenta coplas tocaban ordenadamente tres grandes áreas: de la copla I a la XIV, se trata de una exhortación: hablemos de la muerte; de la XV a la XXIV el poeta hace una pregunta de corte medieval, *¿Ubi sunt?* (¿dónde están?) el poder y la riqueza y se respondía que de aquello no quedaba nada frente a la muerte. Añadió luego que de la XXV a la XL, el poeta escribió una elegía a su padre destacando lo que hizo en vida, sin buscar una reacción plañidera de sus lectores, como era la costumbre.

—Lo que les digo es para que tengan una guía en su lectura de las *Coplas*. Quiero, sin embargo, detenerme en el tercer bloque de las coplas porque eso es lo que me compete en este nuevo oficio de obituarista y porque viniendo de donde vengo, habiendo sobrevivido muchas muertes, tengo algo muy personal que expresar.

Notando el silencio y la austeridad con que el público lo miraba expectante, dijo con tono socarrón:

—Las otras dos partes más filosóficas pueden conversarlas con el cura.

El auditorio soltó una reverberante carcajada que fue creciendo como una ola tirándose sobre rocas. Ruy sonrió y continuó:

—Estoy de acuerdo con el poeta del siglo XV, la vida es un camino, distintos caminos, diría yo, que nos llevan tarde o temprano al mismo final. Cuando llega la muerte –que siempre es un acto violento por más que alguien muera en su cama– todos somos iguales, realizamos nuestra última inexorable potencia, concretamos nuestro último acto humano, es decir, morimos. Al morir, la muerte nos iguala a todos: a ricos y pobres, jóvenes y adultos, hombres y mujeres. La gran diferencia entonces es visible para los que seguimos caminando, viviendo.

El obituarista, les contó de sus muertos en España, de los apresurados entierros, de las tumbas clandestinas, del catastro que tuvo que hacer, de las frases que escribía para cada uno de sus difuntos. Les habló de fantasmas colgándose en su camino inconcluso: rostros, gestos, frases que escuchaba y que avivaban la memoria de los compañeros fallecidos. Él seguía viviendo con ellos, porque no quería olvidar. «Para mí, recordarlos caóticamente es vivir con fantasmas cotidianos», les dijo.

—Me hubiera gustado enterrarlos a cada uno de ellos con palabras que los inmortalicen para el resto del mundo, como lo hizo Manrique con su padre, para sentir que no murieron en vano. Me hubiera gustado que miles de lágrimas se derramasen por ellos, para poder dejar de llorar calladamente. Y, como el poeta, me pregunto: ¿dónde están sus corajudas hazañas, su sacrificio, su entrega por una causa justa, sus cualidades humanas y sus defectos? Nunca he querido aceptar que al perder la guerra se nos haya obligado a perder la memoria. Como dice Manrique: *«Que aunque la vida perdió, déjenos harto consuelo su memoria».* Yo conocía, incluso sin saber sus verdaderos nombres, sus sueños, entendía su coraje y agonizaba también con sus decepciones, su camino corto y trágico, porque por tres años, y quizá desde antes, yo era uno de ellos y debería haber muerto como ellos. El poeta no quiere que nos olvidemos que su padre fue un gran patriota, un buen soldado que abrazó las causas justas. Un hombre con buenos sentimientos, amigo de sus amigos, enemigo de sus enemigos, maestro de esforzados y valientes, «*benigno con los sujetos y a los bravos y dañosos, un león*». No todos nosotros podríamos imaginarnos tan perfectos, pero la intención del poeta es resaltar las cualidades humanas de su padre. El poeta quiere que la memoria se llene de cualidades humanas que nos ayuden a seguir el camino emprendido, que nos impacten tanto que nos hagan querer imitar al difunto. Algo de ese recuerdo debiera hacernos más humanos. ¿Para qué evocar todo eso que muchas veces queremos públicamente perennizar en un pedacito de papel, llamado obituario? Creo que la respuesta es: para que podamos humanizar cada vez más nuestro camino, el que todavía nos falta recorrer. No podemos perder la conmemoración de su existencia, no sabríamos qué hacer, viajaríamos sin brújula. Su partida habría sido una partida sin consecuencias.

En el silencio absoluto del auditorio, su voz se esparcía acariciando con cadencias y énfasis serenos la atención de los asistentes. El profesor de español, convertido en obituarista, les hablaba casi confesándose sobre la poesía y la muerte, sobre sus fantasmas, les interrogaba sobre la memoria de sus difuntos sin mencionar a Dios y las almas. Era un nuevo discurso, una nueva manera de pensar en la muerte viniendo de alguien que había convivido con ella diariamente por tres años, durante el tiempo heroico de su inocencia.

La muchedumbre, con lentos movimientos, comenzó a despabilarse, al darse por concluida la presentación. Esta vez no habría trabajo de grupo, les dijo. Estaba a punto de dejar el centro de la atención de los concurrentes, cuando una mano se alzó al fondo del auditorio acompañada por una voz estentórea y carrasposa.

—Profesor, una pregunta.

—Sí.

—¿Qué hacemos con nuestros muertos, nuestros fantasmas?

Ruy no reconoció el rostro del dueño de la pregunta. Era un tipo de unos treinta años, sentado en una silla de ruedas, presumiblemente un ex-combatiente de la guerra en Europa. Las miradas de los asistentes se movieron hacia Ruy otra vez, esperando su respuesta.

—Sus fantasmas viajarán siempre con usted —respondió lacónicamente y continuó—: el truco consiste en ponerlos en una cajita que pueda ser abierta y cerrada cuando usted los necesita. Y no al revés.

Después de esa intervención, Ruy sintió que algo del peso que había venido cargando él mismo se esfumaba como por arte de magia. Nunca se imaginó que la respuesta ofrecida fuese tan obvia y que también le ayudara a él. La primera parte de la respuesta no le pertenecía, fue el internacionalista que lo visitó en Oaxaca tiempo atrás quien se la puso en la cabeza. La segunda parte, era de su cosecha.

Siete

En los siguientes días, entre idas y venidas a la redacción de *La Nueva Estrella* para averiguar si algún muertito necesitaba un obituario, Ruy seguía pensando en Ana de París y Ana de las trincheras. Se afirmaba en la idea de que ella, después de todo, era su fantasma particular y rebelde que se resistía a ser guardado en esa cajita que había mencionado en la conferencia del Club Cervantes. Quería dejarla descansar o tal vez descansar él, pensar en el amor, no como algo interrumpido, no como una tregua entre la fantasía y la soledad, sino como una posibilidad cotidiana. Conforme pasaban los días su debate interno ya solamente tenía una línea de pensamiento: no contactaría a esa Ana que resurgía constantemente de las cenizas de recuerdos reacios, tercos, como resortes de una silla vieja en la que nunca podría descansar.

¿Qué conocía, después de todo, sobre Ana de las trincheras? No mucho, concluyó. Todo lo que sabía de ella se hallaba suspendido en una nube que con el tiempo había cambiado de formas e incluso de colores. Sabía de sus penas y desgracias, como las de otros tantos combatientes; recordaba su coraje y lágrimas, eso sí. Pero lo más particular de sus recuerdos enmarañados era la cábala que él le había asignado en aquella época: si ella existía, todo estaba bien porque le permitía soñar.

¿De dónde coño, venía todo eso? Quizá todo empezó cuando se fijó en el pequeño lunar carnoso al lado derecho de su pequeña naricita rojiza, en ese preciso camino de las lágrimas apuradas, porque ahí se habrían acumulado inmensas marejadas de rojo dolor que él quería mitigar, ¿era acaso eso amor? O, de repente, cuando creía adivinar mares de ternura en sus ojos color tierra mojada antes y después de las lágrimas. ¿Eso era amor? O, más bien, cuando seguía con mirada codiciosa la manera salivosa de mover sus caderas entre los matorrales del deseo joven. ¿Eso era amor? ¿No saber nada real sobre ella durante tanto tiempo y sentir un vacío arabesco que lo envolvía todo cuando Ana aparecía antes del sueño? ¿Eso era o habría sido amor? ¿Qué estaba haciendo él ahora? Acaso ¿torturándose o poniendo en orden la casita de sus fantasmas llamada memoria?

De regreso al albergue, cuando trataba de descansar, se revolvía en la cama como un pez en un acuario de sudor mientras trataba de conciliar el sueño. Se dormía a medias para volverse a despertar con el nombre de Ana en los labios que le pesaban. Por fin, cuando el ciclo duro de la noche insomne lo vencía y se quedaba dormido a medias en la madrugada blanquecina e impertinente, al despertarse a media mañana tenía todos los músculos de la mandíbula dolidos como si hubiera estado masticando acero inoxidable o carbón de piedra, los ojos apenas aparecían arriba de las grandes ojeras, la boca segregaba una saliva seca que le raspaba la garganta. El sudor pegajoso, producto de una noche trajinando entre el insomnio y los recuerdos y pesares recurrentes, lo obligaban a buscar una ducha larga y fría tratando de lavar las preguntas y respuestas que todavía se aglutinaban sin orden en su cerebro. *¿Cuánto tiempo había pasado desde que por primera vez el mundo le parecía en balance afable con la presencia de Ana? Mucho tiempo, demasiado*, se dijo, mientras se acomodaba la boina de paño negro frente al espejo.

—Un obituarista vestido de negro, siempre de negro. Qué ridículo se te ve Ruy.

La Nueva Estrella seguía en su rutina de buscar noticias frescas y más anuncios con la parsimonia que le corresponde a un diario de pueblo chico. Lo novedoso era la información sobre la guerra en Europa y el arribo de los hijos predilectos de San Juan. Los titulares se llenaban de alabanzas y resaltaban sus proezas, en tanto que la atención de sus lectores se dirigía a buscar nombres familiares, antes que las páginas amarillentas pasasen a tener un uso totalmente práctico o higiénico. Ruy sabía que pronto tendría que escribir obituarios sobre ellos. «Muchos de estos hijos de rancheros y labradores, podrían haber seguido su vida sin interrupciones violentas, si el Gobierno de los Estados Unidos hubiera estado de nuestro lado», masculló al leer los titulares.

«Bienvenido a San Juan, David: Eres nuestro héroe.

David Villanueva, hijo de nuestro querido criador de caballos, Justo Villanueva, ha regresado a San Juan después de un largo y sacrificado tour en el Viejo Mundo. Su pecho está lleno de medallas que consiguió peleando como un verdadero sanjuanense en Europa. Él solo, rifle en mano, tomó por asalto un nido de ametralladoras alemanas que venía infligiendo muchas bajas a las tropas aliadas. Pero, no solo eso. Encontrando más resistencia en la cima de la colina destruyó una segunda posición alemana con dos granadas y hasta una tercera, con una combinación de granadas y metrallas. Dentro de la madriguera enemiga se batió como un verdadero alazán, terminando por reducir al enemigo a punta de machetazos».

En la oficina de la redacción le informaron que por los siguientes tres días el señor Huidobro estaría atendiendo a una conferencia de editores de diarios en español a realizarse en Santa Fe. Si bien él casi nunca lo molestaba, su ausencia le permitía tener el espacio psicológico que necesitaba, sin la presión o insistencia de tender puentes a la gente que se alineaba con el cura. Al entrar a su oficina, notó que el escritorio adornado con su nueva máquina de escribir ya había perdido la solemnidad de los primeros días como obituarista. Ahora lo veía como lo que siempre fue, una mesa de trabajo. Si bien su experiencia no era muy extensa, algo había aprendido rápidamente y ya podía pensar que su actividad no tenía que causarle angustias. Era un trabajo como cualquier otro y podría intentar sentirse cómodo, siempre y cuando no escribiera mamarrachos necrológicos. Ahora sabía que su labor tenía un horizonte más amplio como parte de la historia viva de San Juan. Se trataba de ayudar a formar la memoria colectiva de un pueblo. ¿Cómo lo haría? Bueno, tal y como lo venía haciendo casi por instinto: humanizando a los muertitos, y por sobre todo, siendo conciso, porque después de todo, un obituarista se mueve en el mundo del periodismo escrito y había reglas que cumplir.

Al notar un grueso sobre junto a la máquina de escribir levantó la ceja izquierda desproporcionadamente. La emoción de tener un muertito no fue sobria y distante. Quiso molestarse y reprenderse a sí mismo por lo cínico de su reacción y se dispuso a abrir el sobre, no sin antes buscar acomodar su cuerpo tenso en la silla.

Se trataba de una quinceañera, Marisol Lucía Maestas, que dejaba este mundo después de haber sufrido una extraña y larga enfermedad intratable. Así se lo hacía saber una carta de letra temblorosa dirigida al obituarista de *La Nueva Estrella*. Le llamó la atención lo personalizada que estaba la carta y los detalles que en ella se incluían.

Con grandes dificultades, Marisol Lucía, decía la extensa carta, solía desplazarse desde su casita a las afueras de San Juan, hasta la iglesia para cantar en la misa del mediodía, la más importante, todos los domingos y feriados religiosos, llámense estos, Navidad, Semana Santa, Pascua de Resurrección, la Fiesta de San Juan, entre otros eventos del calendario litúrgico. En la misa dominguera se realizaban las importantes ceremonias: los bautizos, los matrimonios, confirmaciones y hasta un festín popular al término de cada ceremonia. En este mega-evento, donde asistían los más crédulos e importantes ciudadanos del pueblo, se esperaba que Marisol Lucía pusiera la nota angelical con su voz dulce y calibrada. Cuando sus cantos gregorianos se esparcían por el recinto de la iglesia, los adustos feligreses entraban en un trance espiritual que les hacía estar más cerca de Dios, con lagrimitas y todo. Espontáneos ¡aleluyas! asaltaban la mansedumbre de la misa, membrudas matronas entraban en un estado casi orgásmico y ceñudos señorones maldecían sus debilidades carnales, prometiendo al Altísimo nunca más ceder a esos nefastos impulsos. Su voz los hacía sentir culpables, y a la vez, más cerca de Dios.

Los padres siempre creyeron que era un angelito – continuaba la carta– que nunca iba a pasar del año, cuando a los tres meses de nacida empezó sufrir de intermitentes ataques de epilepsia. Con el tiempo, estos se hicieron más esporádicos pero siempre los tuvo hasta que se acostumbraron a verla ponerse rígida, tirando el cuerpo hacia atrás, sacudiéndose violentamente y blanqueando los ojos como si tratara de deshacerse de una fuerza ciclópea dentro de ella. Después de cada ataque, la dulzura de siempre regresaba con mayor intensidad y sus ojos negros despertaban una noche universal que les trasmitía paz y un conocimiento del cosmos que ellos no podían entender. La extraña enfermedad la mantenía postrada en la cama sin poder mover sus músculos y tuvo que hacer inimaginables esfuerzos para poder aprender a caminar. Cuando empezó a hablar, en vez de los acostumbrados «agu, agu», «papá», «mamá», «tete», un hilo de notas musicales alteradas se escapaba para acicalar redondas y claras palabras. Recibió todos los sacramentos que le correspondía de acuerdo con su edad, y los vecinos de San Juan la veían siempre vestida de blanco, lo cual acentuaba su presencia querubinesca, como le concernía a toda persona que siente muy de cerca la sublime divinidad. Nunca la llamaron por su nombre, sino por el apelativo que la describía como una joven de intensa espiritualidad: Angelita. Al final de la carta, los padres pedían al obituarista reflejar toda esa información en su obituario con un encabezamiento particular: «*Intercede por nosotros, Angelita*», sabedores que iría al cielo sí o sí.

Al terminar de leer la extensa misiva, Ruy consideró que esta vez sí tenía el suficiente material sobre la occisa para empezar a escribir la esquela necrológica, casi dictada por los padres. Sin embargo, el incoercible demonio creativo no lo dejó tranquilo otra vez y salió en busca de más información, dirigiéndose a la casa de Marisol Lucía. Cuando arribó al hogar donde se velaba el cuerpo de la joven, el acostumbrado ajetreo de viandas y flores que casi siempre observaba se había convertido en una peregrinación de docenas de personas que iba creciendo a mares.

—¿Qué pasa aquí? —preguntó Ruy a una de las tantas señoras que rezaban el rosario a viva voz portando una gruesa vela en una mano y una bandeja de chile verde en la otra.

—Es nuestra Angelita, se ha ido al cielo. Ahora podrá interceder por nosotros.

El oleaje de ciudadanos de San Juan, convertidos en peregrinos, se hacía más denso con el paso de los minutos. Sus rostros compungidos, las lágrimas apretadas, las voces quebradas pidiendo misericordia para aquellos que todavía se quedaban en la tierra, todos pecadores arrepentidos, iban en aumento. La cantidad de cirios encendidos y humeantes empezaban a enrarecer el área del portal de la pequeña casa, mientras apretadamente y en desorden, los cariacontecidos ciudadanos pugnaban por tocar el féretro de la joven que acababa de morir. *«Adoramus te Christe y Crucem tuam adoramus»*, entonaban como un murmullo intenso y suplicante capaz de abrir las puertas más fortificadas del Paraíso. *Cantar en latín*, pensó Ruy, *es la manera de darle solemnidad a este momento, pero también el lenguaje que Dios entiende mejor, según ellos. Un dialecto exorcizante, lleno de misterio: las palabras que confabulan a los ángeles y espíritus, el idioma de sus fantasmas.*

Con el tumulto agrandándose a cada minuto, Ruy consideró que no tendría la oportunidad que deseaba para conversar con los padres y conocer algo más acerca de la muertita. Se tendría que conformar con la carta, lo que había visto en la procesión y con la información que le podrían brindar las personas ahí presentes.

—¿Señora, por qué cree que Marisol Lucía es una santita?

—Su voz, señor, su voz era capaz de derrumbar las paredes de Jericó. Era la voz de un ángel.

—Sufrió tanto y nunca se quejó —dijo un comedido señor que cojeaba.

—Su cuerpo sufría, pero su espíritu se comunicaba con Dios —añadió una viejita temblorosa y sin dientes.

—Pura, virgencita. Nunca se contaminó de nuestros deseos mundanos —se atrevió a decir una jovencita delgaducha, con granitos en la cara y enormes senos.

—Me hizo el milagro de curarme de las lombrices. Yo le pregunté qué podía hacer para combatir mi endemoniada enfermedad y ella me recomendó que tomara aceite de ricino y rezara un *Padre Nuestro*. Cuatro horas después, yo ya había botado a los primos hermanos de Lucifer que me atormentaban por varios años. Fue un verdadero milagro, señor profesor.

Un milagro de concentración, pensó Ruy.

Tras una larga cadena de preguntas y respuestas donde la gente se apresuraba a presentar las pruebas de la santidad de Marisol Lucía, Ruy decidió volver a la redacción del diario para escribir el obituario. No iba a ser fácil escribir sobre alguien que todo el mundo tenía la convicción de que era santita porque murió virgen y después de muchos padecimientos. *Sufrimiento más virginidad es el camino a la santidad para el catolicismo neurótico*, pensó Ruy.

Sentado enfrente de su escritorio y con las manos amarradas en la nuca, Ruy se preparaba a poner juntos los retazos de información que había recibido para presentar la última imagen terrenal de Marisol Lucía. Con la mirada fija en la pared de yeso blanco buscaba una semblanza de la Angelita. Tendría que hilar muy fino para no ofender a los creyentes de San Juan, pero tampoco podía caer en el juego de las mistificaciones populares.

Acaso no eran santitas las jóvenes españolas que también murieron vírgenes y torturadas por los fascistas. *Ah, pero ellas no cantaban tan bonito los himnos religiosos vestidas de blanco*, pensó.

Volvió a revisar el sobre con la carta de los padres de Marisol Lucía y se percató de que había obviado la presencia de un cuaderno marrón que venía dentro del sobre de manila. «Qué raro. No lo vi antes». Maldijo su apresuramiento anterior. Abrió el cuaderno en la primera página, donde encontró una estampita recortada y pegada al centro. Mostraba a una joven semidesnuda devorada por las llamas del infierno, sus brazos alzados hacia arriba imploraban ser rescatada.

¿Un diario, una bitácora espiritual de Marisol Lucía? La letra moldeada y tranquila de las primeras páginas hablaba de la pulcritud con la que se escribió el texto. Ojeó el cuaderno para determinar su extensión y se dispuso a leerlo. El cuaderno empezaba con una descripción del reducido mundo de la habitación en la que pasó la mayor parte de su corta vida.

«Las paredes de yeso blanco son el telón de mis fantasías; la luz de la única ventana de mi cuarto me intriga; mi cama es parte de mi cuerpo, la puerta es boca de la que emanan sonidos lejanos y entrecortados que me obligan a adivinar constantemente lo que está sucediendo en la casa; las flores que mi padre me trae destilan los olores de las diferentes estaciones que no puedo tocar. Mis libros de música, mis rígidos amigos íntimos...».

Según su narración, el primer libro de música lo recibió de las manos de su madre, cuando tenía siete años. Le encantaba seguir las formitas saltimbanquis de las notas musicales con sus deditos y producir sonidos que su madre corregía con dulzura. «Ese es do, corazoncito, este es fa...». Un juego divertido, cazar los palitos cabezones a los cuales se les debía asignar sonidos. Durante esos momentos –según el cuaderno– ella tenía toda la atención de su madre y sus limitaciones físicas e incomodidades desaparecían. Podía jugar, reír y sentirse normal mientras su madre gozaba de la precisión con la cual ella emanaba sonidos armoniosos y hasta desafiantes. «Así mi Angelita, canta, canta para mí», le repetía su madre prodigándole alabanzas y engreimientos.

Los himnos sacros que aprendió desde aquella época, y que para muchos niños de su edad podrían parecer aburridos y monótonos, le traían una tranquilidad mesurada. Cuanto más cantaba –algunas veces hasta seis horas por día– más sosegada y más acompañada de una sana intensidad se sentía. «Qué lindo te comunicas con Dios, Angelita», le decía su madre. Así aprendió a cantar, sabiendo que su voz era un instrumento de comunicación con Dios. Esto lo comprobó cuando iba a la iglesia los domingos y en las fiestas de guardar y los feligreses se le acercaban a besarle la mano, agradeciéndole por haberlos llevado, con las vibraciones de su voz cálida y tersa, más cerca de Dios.

«Ayer mi mamá me dijo que cantar himnos es una manera de curarme. Me contó que unos monjes benedictinos del siglo pasado que dejaron de cantar para hacer labores más prácticas, se enfermaron. Cuando uno produce sonidos de alabanzas a Dios, el aire que entra por la boca acomoda el alma. Por eso se enfermaron los monjes, dejaron su alma deambular, respiraron sin invocar a Dios».

Las siguientes páginas daban cuenta de su concienzudo estudio del *Neumes* o la forma de cantar los cantos gregorianos del siglo XII. Aparecían los signos y su significado: *Puctum, Virga, Podatus, Clivis, Scandicus, Climacus, Tortuculus, Porrectus* con su correspondiente traducción a las anotaciones musicales modernas. *«Respirar, respirar...»*, *«una sílaba, varias notas»*, aparecían subrayados y adornados con dibujitos de palomitas saliendo y entrando de una boca en forma de corazón.

En contraste, la siguiente sección del cuaderno mostraba una escritura descuidada. Ruy encontró muchas páginas en blanco y otras garabateadas turbiamente con trazos de líneas duras. Los dibujos, cuando los había, mostraban lenguas alargándose desde la boca siempre amorosa, con la anotación: *«Mis deseos no son los mismos, no estoy respirando bien».*

Aquí es donde Ruy se sorprendió porque donde menos se lo esperaba, apareció el nombre del padre López Lavalle en los escritos de Marisol Lucía. Las conversaciones, casi semanales, transitando por lo pasadizos enmarañados del bien y el mal, y los designios del Señor sobre el dolor humano, habían sido registrados en detalle. Frente a sus inquietudes y dudas propias de una adolescente, el cura había recomendado como lecturas de cabecera *El Libro de los Mártires* de John Foxe (1848) y la santa *Biblia* (?). Ante la pregunta que ella le hizo:

—¿Por qué me sucede esto a mí? ¿Por qué tengo que sufrir tanto?

El representante de Dios en la Tierra le contestó:

—Marisol, te estás ganando el Cielo. Estas lecturas te ayudarán a entender.

—No creo que Dios tenga un 'dolorometro' para medir quiénes van o no al cielo. Sería muy simple, ¿no cree señor cura? Yo sé que mi dolor hace sentir más cómodos a los otros, a los que no sufren tanto; pero, ¿por qué yo? —Marisol Lucía le insistía al sacerdote.

—¿Tienes tentaciones, hija? ¿Quieres confesarte?

—Yo no tengo tentaciones, padre. Únicamente deseos.

—Todos tenemos tentaciones. Esas voces etéreas que entran durante la noche en nuestro cuerpo.

—Yo no tengo un cuerpo que me pertenezca. No lo puedo mover. No es mío. ¿De qué se va a apoderar el demonio?

—¿Quieres que oremos juntos? La oración no tiene valor autónomo, se hace bajo determinadas reglas establecidas por la Iglesia.

—Usted se debe a la Iglesia que le dio su investidura. Yo tengo mi propia forma de comunicarme con Dios.

—Hija, si no te conociera diría que lo que dices es una blasfemia.

—¿Estoy blasfemando porque dudo que Dios me quiera ver sufrir?

—¡Silencio, hija! Necesitas un director espiritual, nadie puede llegar solo a Dios. El demonio crea dudas, engaños.

—Ay padre, hacemos tanto para aprender a hablar, y hasta a veces varios idiomas, y usted me pide que limite uno de los pocos dones que me hacen sentir humana, déjeme hablar.

Otros dibujos seguían a las citas que Marisol Lucía había tenido la audacia de reproducir. Lenguas cercenadas, lenguas sangrantes y picoteadas por cuervos, largas lenguas metiéndose en las cavidades de un cuerpo chiquito y disminuido.

Me da pena este cura arrastrado. Me lo imagino de regreso a su mundo ordenado, sin dudas, bajando la colinita que lleva a la casa de Marisol Lucía. ¿Habrá entendido el pecado en vez de juzgarlo? O peor aún, ¿habrá deseado ser un inquisidor de la Edad Media para ordenar quemar con la yerba más verde a esta sacrílega santita? ¿Qué embrollo canónigo se habrá producido en su cerebro unilineal, al escuchar los comentarios directos y cristalinos de Marisol Lucía? ¿Se habrá visto pequeño, irrelevante? ¿Cuál habría sido el epitafio ordenado por la Santa Inquisición según él? Quizá algo así como: «Aquí yace una santita que deseo el mal y lo hizo bien, sin dañar a nadie», reflexionó Ruy.

Habían pasado tres horas desde que se sentó en su escritorio creyendo que tenía suficiente material para escribir el obituario. La luz que provenía de la pequeña ventana de su oficina se había opacado y la penumbra se esparció a su alrededor. Ruy dio varias vueltas a su escritorio con las manos apretadas a la espalda, hasta que por fin se sentó a escribir el obituario enfrentando otro desafío entre el orden de los hechos, las creencias de la gente y su tarea creativa para dar forma a la memoria colectiva de San Juan.

«Marisol Lucía nos ha dejado y sus padecimientos y limitaciones físicas han llegado a su fin. Nadie que la conoció desde niña, hasta sus quince años, podrá separar estos sufrimientos

que la tuvieron atada a la cama impidiéndole deambular suel-
tamente por las calles de San Juan, del placer de su voz. Ambas
son parte de lo que fue nuestra niña de San Juan. Pero, ¿qué es
lo que se va a quedar con nosotros? Yo diría que su voz, porque
con ella nos hizo llegar a los cavernas de nuestras propias limi-
taciones. Sus sufrimientos, según ella, nos podrían haber hecho
sentir cómodos con nuestros padecimientos cotidianos, casi
conformistas; con su voz, nos elevaba de esa mezquindad.

Su don no fue un regalo gratuito. Pacientemente y con dedi-
cación, ella aprendió a leer música antigua y educó su voz con
la ayuda de su madre. Dedicó muchas horas a perfeccionar lo
que para ella era su medio de estar con nosotros de una mane-
ra especial. En este sentido, Marisol Lucía será para nosotros
un ejemplo de esfuerzo y trabajo que se convirtió en arte o la
manera de simbolizar su realidad entre nosotros y para noso-
tros.

Como mujercita en ciernes tuvo la misma curiosidad y de-
seos de una niña como tantas de nuestro pueblo. Con una gran
diferencia: nunca quiso negociar sus dudas.

Dejemos descansar este cuerpito lábil que la atormentaba,
reivindiquemos lo que nos trajo como regalo de humanidad: la
sublime belleza de la música. Por último, si de milagros se tra-
ta, ya obtuvimos uno de proporciones inimaginables: vamos a
necesitar de su tersa voz cada vez que queramos entrar en lo
más profundo de nosotros mismos para ser mejores.

Marisol Lucía Maestas descansa en paz.

Los servicios religiosos se llevarán cabo el día jueves a las
8 de la mañana en la Iglesia de San Juan».

Cuando Ruy puso el punto final al obituario, se dio cuenta
de que no había parado de escribir desde que empezó. No titu-
beó un segundo, ni dudó sobre ninguna palabra, coma o acápite.
Todo lo que él creía importante para rescatar a Marisol Lucía de
las garras de la neurótica ecuación de sufrimiento-paraíso, estaba puesto. La santita no iría a cielo, sino al Panteón, formaría

parte de esa minúscula sociedad de humanos sublimes, los artistas.

Como era de esperarse, todo el mundo estuvo muy pendiente de las palabras del cura López Lavalle durante la misa y el sepelio. Ningún otro muertito había despertado tanto la atención de la feligresía de línea dura que exigía, por lo menos, un anuncio de canonización informal. Sin ponerse de acuerdo, la parafernalia santoral abarrotó la pequeña iglesia: velas, biblias, rosarios, flores, agua bendita, fotos de Marisol Lucía vestida de blanco y cantando, carteles pidiendo su santificación e implorando su intermediación frente al Hacedor. No faltaron jovencitas vestidas de blanco y hasta con alitas amarradas a la espalda.

Apenas empezó el cura López Lavalle su sermón: «*Requiem aeternam dona ea, Domine*. Estamos aquí para rendir nuestro solemne adiós a una niña de nuestra devota congregación...», la muchedumbre se soltó en un griterío que obligó al cura a repetir tres veces la misma frase con la que inició la ceremonia. «¡Santificación... Santificación...! ¡Qué viva nuestra santita!», gritaban.

—Dios sabe cómo y por qué hace las cosas —continuó el cura tratando de hablar sobre el griterío—. No podemos pedirle cuentas. Al contrario, somos nosotros, los pecadores, los que debemos darle muchas explicaciones de nuestro comportamiento. Afortunadamente, Marisol Lucía, muy querida por nosotros, pero tan humana como nosotros, poco tendrá que explicar. Dios sabrá entender vuestro clamor y Él y solo Él con su inmensa misericordia, Dios es misericordia, la acogerá en su seno y desde ahí, ella intercederá por nosotros.

Las voces se levantaron otra vez y algunos devotos hacían bocinas con sus manos para ser escuchados. El padre bajó la cabeza, tragó la saliva inexistente y esperó que el eco de las voces se desvaneciera para continuar.

—Incluso si dependiera de mí, mis queridos hermanos, poco podría hacer si es que no es la voluntad del Todopoderoso. La santidad es algo muy serio en nuestra Iglesia. No basta con creer que alguien merece ser santo. Se necesitan milagros. Para esto la Iglesia tiene todo un conjunto de procedimientos de acuerdo con el Derecho Canónico. Únicamente el Papa puede decidirlo. Oremos para que esto suceda.

Los conturbados creyentes no estaban con ganas de escuchar sobre procedimientos burocráticos. Ellos creían y sentían que tenían una santita que les pertenecía. Angelita era como ellos, no de Francia, España, Hungría o cualquier otra parte de mundo, sino de aquí, de Nuevo México, de San Juan. ¿Por qué los santos tenían que ser europeos?

Otra vez esperó, agachó la cabeza mirándose los dedos de las dos manos entrecruzados y sostenidos sobre su barriga sibarita.

—Todos gozábamos de su voz dulce. Nos elevaba al Señor. Sí, es cierto, pero un don como el que ella tenía puede ser motivo de soberbia. Nada puede ponerse por sobre los designios de la Iglesia. Su voz sirvió para alabar al Señor y la recordaremos por esta bendición a pesar de sus padecimientos, que dicho sea de paso, le allanarán el camino hacia el Cielo. ¡Pero, hermanos, estemos alertas!, incluso en las más puras de las voces y en el dolor más abyecto, el demonio puede estar metiendo su ponzoñosa cola. No seamos soberbios. El sufrimiento de Marisol Lucía por supuesto que la pone entre los preferidos por Dios, pero tenemos que esperar, rezar, confiar en la Iglesia. Todos nos conmovemos ante los largos sufrimientos de Marisol Lucía. El sufrimiento humano suscita compasión, también respeto y, a su manera, atemoriza. Nos hace ver lo frágiles que somos, pero puede fortalecer el alma. Tenemos que confiar en que la Iglesia podrá determinar si este sufrimiento se convirtió en salvífico para Marisol Lucía. ¿Qué nos toca hacer? Orar, rezar para que la justicia del Señor reconozca sus méritos. Oremos hermanos, oremos por el alma de Marisol Lucía.

Uno de los jóvenes periodistas a medio tiempo, y ex alumno de Ruy, le trajo al día siguiente los pormenores de la homilía del cura. Ruy lo escuchó con detenimiento, tratando de entender la lógica del discurso.

—Coño, al fin el cura y yo coincidimos, aunque desde ópticas diferentes: Marisol Lucía no es una santita. ¿Ya les cargó la muertita a sus feligreses?

—Lo mejor de todo es que no se metió con su obituario —añadió el joven.

—Eso nunca se sabe. Habrá que esperar al siguiente domingo. ¿Qué vas a hacer con la información?

—Bueno, aquí hay un tema que concierne a todos...

—¿La santidad? —interrogó Ruy.

—No. Ahora que comenzamos a recibir los cajones con nuestros muertos de la guerra en Europa, la pregunta que circula es si vamos a hacerlos santos o héroes.

—Ah, más muertitos que humanizar.

—Sí, pero el sentimiento popular es otro, especialmente si afecta a muchas familias al mismo tiempo. El tema es: la muerte como fenómeno social. ¿Cómo responde San Juan ante los efectos de una guerra hasta ahora distante? Desde el punto de vista del cura, nos merecemos esto por pecadores.

—Si fuera creyente les diría que no se le puede echar la culpa a Dios de todas las estupideces que hacemos los hombres. No deberíamos caer en la locura monotemática del cura, quien se cree el cancerbero de una mágica puerta. Además, el Papa, jefe del curita, ha bendecido a Hitler, el que hoy mata a nuestros soldados. ¿Cómo va a explicar esto a sus creyentes...? Cura de mierda... Me voy a almorzar, ¿me acompañas?

—No puedo, tengo que pasar estas notas antes que venga el señor Huidobro.

—*Okay*, otra vez será.

Camino al restaurante, Ruy miraba las calles de San Juan, preguntándose qué estarían haciendo sus ciudadanos a esa precisa hora, mientras aspiraba la ventisca primaveral con certeza familiar. San Juan ya se estaba metiendo en su sistema interno de referencia, a la vez que su España se diluía con sus muertos, mártires y tragicomedias en un rincón ingrávido de su memoria.

El bullicio normal de los comensales en un edificio con mala acústica esta vez no le molestó y se quedó por un momento parado, buscando su mesa. Se le acercó la misma mesera de siempre, la joven de pantalón caqui, con una sonrisa predispuesta a la conversación simple, para informarle que tenía que esperar unos minutos para poder acomodarlo.

—Sí claro, no hay prisa. Gracias.

Los comensales eran las mismas caras de siempre, las mismas personas que iban a sus charlas del Club Cervantes, los feligreses de línea dura y los incrédulos, los padres de sus alumnos, los trabajadores de *La Nueva Estrella*, otros maestros, los empleados bancarios y del municipio.

—Sígame profesor, su mesa esta lista.

—Perdón, ¿cuál es tu nombre? Siempre vengo a comer aquí, sabes mis gustos y ni siquiera sé tu nombre.

La mesera le arrimó la silla para que pudiese sentarse, pero Ruy quedó esperando su respuesta.

—Fui su alumna. Me llamo Celia.

—Claro, tu rostro me es familiar. Soy un caballo con la memoria de una pulga.

Celia le sonrió, le dejó el menú sobre la mesa y se dirigió a atender a otros huéspedes del restaurante. Ruy no volteó para verla serpenteándose entre las mesas y sillas del comedero abarrotado, pero se regodeó recordando las nalgas pequeñas y macizas alejándose de su vista

—¿Qué se va a servir, profesor, lo de siempre? —al rato otra vez la mesera.

—No Celia, hoy quiero el especial de la casa, pero sin tus dedos —le dijo mirándola fijamente.

La sonrisa amigable se esfumó de sopetón y la joven perdió la compostura amable.

—Todavía se acuerda, profesor. Perdóneme, no sé qué pasó. Yo soy muy cuidadosa, especialmente con mis dedos. Toco piano, ¿sabe? Yo...

—Ah, un caldo con música —siguió atacando Ruy—. No te preocupes, son cosas que pasan.

El abanico en que se había convertido el menú en manos de Celia, le dejaba absorber a Ruy un perfume casi neutro de piel tierna y fresca, combinado con todos los olores de los platos que el restaurante ofrecía. Todavía mirándola a sus ojos medios achinados y puramente marrones, con una mueca sarcástica, y sabiendo que tenía toda la atención de la joven, Ruy se atrevió a decirle:

—Empecemos de nuevo. Yo no me olvidaré de tu nombre y tú seguirás cuidando esos dedos musicales. Pero, no me llames profesor. Ruy a secas, por favor.

—Muy bien, Ruy.

Cuando Celia volvió a lo suyo, Ruy se sonrió satisfecho de su amigable agresividad y la anticipación de pasear su lengua por todos los condimentos que iban a venir en el plato anunciado se le mezcló con las ganas de besar los labios carnosos y predispuestos al beso de Celia.

Ocho

Lo había estado pensando desde hacía varios días entre el ajetreo de preparar su presentación sobre *Don Quijote de la Mancha* para el Club Cervantes (*Desmitificando al Quijote*, la había titulado), las clases de español para el colegio y la posible masificación de los obituarios por el arribo de muertitos provenientes de la guerra en Europa. La única manera de distanciarse de Ana de las trincheras de Madrid y Ana que resucitaba ahora en Francia como enfermera voluntaria, era crear un rito que pudiera exorcizar la rebeldía de ese fantasma amoroso.

Y no es que le hubiera faltado iniciativa o valor. Antes de llegar a esa conclusión que le hizo levantar la espalda que venía curvando, se le vino a la cabeza escribir una carta para contactar a Ana, explayándose en las circunstancias en que se conocieron, lo importante que ella había sido para él, que la había pensado muerta en acción y resucitada en otra guerra. Pintó escenas mentales que supuestamente deberían impresionarla para convencerla de que su amor todavía seguía palpitando como cuando estaban batallando por la liberación de Madrid. Al final desistió. Dedujo que dado lo vivido entre los dos, la misma causa, la misma trinchera, la misma euforia y desalientos, no bastaba para enardecer un amor pospuesto. Debería haber existido algo más íntimo y específico entre los dos, pero no fue así… Ah, sí, muy romántico, pero al final ella no tendría mucho que recordar sobre él. Después de todo, Ana se había quedado en su cabeza como un clavo punzante y oxidado, mientras que ella, más que seguro, solo se percató tenuemente que él existía.

La otra posible alternativa resultaba aún menos atrayente. Quizá si se presentaba ante ella, sorpresivamente, y le dijera: «Hola compañera, yo soy...». ¿Lo reconocería? Los años transcurridos, con sus grandes y pequeñas historias, les había cambiado las caras y la manera de vivir. Probablemente Ana había hecho trajinar su corazón en la vehemencia de otra guerra y hasta podría haberse dado el lujo de ventilarlo para dar de beber a pájaros heridos de amor y soledad. Mientras él, bueno él, no tenía mucho que contar en ese terreno. Lo cierto es que no eran las mismas personas. Cuántos malabares elípticos tendría que emplear para convencerla de que era él, Ruy, el amante mental, aquel que no le dijo nada personal y entrañable que valiera la pena acobijar a pesar del tiempo. No, definitivamente no iría a la Francia liberada de los fascistas a hacer el ridículo menos romántico de la Segunda Guerra Mundial.

Cómo hacer para dominar aquel fantasma que ahora se colaba entre nubes deformes y translucientes, a ratos muy difusas. Finalmente se le ocurrió que tenía que escribir un obituario, darla por muerta, o mejor incluso, matar su recuerdo, dejarla salir de su memoria, enterrar sus obsesivos deseos sobre un amor inconcluso.

Le pidió al señor Huidobro un espacio en la página de los obituarios, aduciendo que era de suma importancia para él. Quería tener la oportunidad de escribir un obituario sobre una amiga que no había vivido en el pueblo, que nadie conocía en San Juan, pero que esto le era muy urgente, para cerrar un círculo muy grande y extenso de su vida.

—Mire, Ruy no se tome media página, pero hágalo si lo necesita —le contestó Huidobro sin entender mucho sus razones.

Empezó varias veces a escribir el obituario y varias veces no encontraba lo que buscaba decir con la facilidad que creía ya poseer. Aquel obituario no era acerca de un muertito, sino de un fantasma poblando su mente por muchos años. La batalla era diferente y lo llevaba de ida y vuelta por muchos rincones a los cuales él no quería arribar con emociones encontradas y con una mezcla de recuerdos selectivos que más parecían piezas de un rompecabezas bizarro, sin ninguna forma. Atinaba a decirse: *No vayas ahí... eso te hace daño...entra en ti, muy adentro... deja la fantasía.* Y finalmente, después de mucho bregar y de regar el piso con una lluvia de papeles que iban cayendo al filo de su desesperación, puso en blanco y negro, la batalla campal contra su fiel fantasma amoroso.

«Muchos de los que esperaban hoy encontrar un nombre conocido en esta página, se sorprenderán al saber que Ana de las trincheras de Madrid o de París, nunca transitó por las calles de San Juan. Ustedes no la conocen.

Quiero pedir disculpas a los lectores de nuestro diario por esto. Ana nunca vivió en San Juan, Ana es parte de la época heroica de la lucha por la República en España, y por lo tanto, es parte de mi pasado personal. Cuando teníamos apenas diecisiete años y cuando un puñado de jovencitos tenían una razón muy intensa para vivir y morir, conocí a Ana. Todos éramos generosos con nuestras vidas y nos importaba poco que fuera corta con tal de que se lograse el objetivo de una vida mejor para todos. La epopeya que nos tocó vivir tuvo un precio muy alto para lo que se logró.

Muchos no sobrevivieron para contar la historia y los que, como yo, están todavía aquí, podemos decir que nos marcó para toda la vida porque no sentimos la derrota pensando en lo que no se consiguió, sino en la cantidad de vidas que se inmolaron, en las sonrisas y llantos de rostros lozanos que se perdieron en el anonimato y en la certeza de que poco pudimos disfrutar del amor, cuando efervescente tocaba en punto el pulso de nuestras vidas. En aquella historia todas las emociones se hipersensibilizaban, principalmente, las ganas de amar.

Ana perteneció a este grupo de corajudos combatientes por un mundo nuevo. De su presencia aprendí a ser menos cobarde y aprendí que también podía amar. Su imagen y lo que yo amaba de ella o creía amar, se metieron en mí más allá de mis más íntimas reverberantes células entre explosiones, disparos y muerte. Ella era el único referente de que a pesar de tanta inhumanidad, todavía estaba completamente vivo, porque podía soñar que la amaba.

Cuando la guerra terminó, yo la llevaba metida en la trinchera baldía de mi soledad. Yo acepté esta situación porque nunca conocí otra forma de amar y porque creí que ese era el precio de la derrota. Necesitaba creer que lo que llegué a amar de ella tenía que ser –como siempre fue desde que la conocí– el único soporte de mi existencia. Como nunca más la vi, ella vivía en mí como un fantasma enamorado que entraba y salía, aparecía, se desvanecía y volvía a reaparecer a pesar de mí. Todo y nada me devolvía a ese amor inconcluso dentro de una espiral que me hacía reinventar la minúscula historia que nunca vivimos totalmente. Hoy, tengo la certeza que Ana murió como fantasma. Un fantasma muere cuando ya no se le necesita.

Hoy, quiero rendirle homenaje a Ana como combatiente, como inspiración de coraje, como mujer valiente, como el aliento de un cariño bonito que me hizo bien respirar entre la oscuridad de la guerra. Dejarla ir, sin adivinar su derrotero final, sin buscar reeditar un amor que se vistió con los años del absurdo color de la melancolía. Dejarla partir para que lo gótico de mi memoria deje paso a la primavera de mis recuerdos.

Gracias por la inspiración, Ana de las trincheras.

Descansa o vive en paz».

Ruy llevó dos copias del obituario a la redacción de *La Nueva Estrella*. Entregó una copia al jefe de redacción y la otra la metió en una pequeña cajita que puso en su escritorio, junto a su flamante máquina de escribir, no sin antes pelear con el papel para hacerlo lo más pequeño posible.

—Para cuando quiera dejarte salir de nuevo —dijo casi susurrando y se dirigió al restaurante del pueblo a desayunar con Celia de San Juan.

La soledad también tiene nombre de mujer

A Françoise Jaqueline Michèle

Uno

Mi salida o casi fuga del Perú, debido entre otras cosas a las trifulcas con mi enfermerita de ojos y sueños azules, me llevaron a Austin, Texas, con ganas de obtener un doctorado o el tiempo oficial para leer lo que me diera la gana. Ahí en Austin, la ciudad de mis desvelos, admitido y matriculado en mi supermercado intelectual, conocí a Ivonne, mientras leía a Kant en inglés y aprendía a ser extranjero.

Habían pasado casi dos años de mi consciente y responsable celibato antes de que mi austeridad predeterminada finalmente se abriese de piernas ante la presencia coqueta, vivaz y ciertamente no esperada de Ivonne, que ya alistaba maletas para irse a California a obtener su *Juris Doctorate*.

Tengo que admitir que gracias a las prolongadas visitas de Ivonne a mi pequeño estudio de la calle Guadalupe, que es como el jirón de la Unión en Lima, pero con solo gringuitos estudiantes, mis sonrisas se hicieron más frecuentes, mis glándulas y hormonas volvieron a sentirse alivianadas y comencé a sentirme como todo un gran señor rey del universo, dispuesto otra vez a cruzar mares de aventuras y orgasmos, a pesar del corto tiempo que ella se quedaría en Austin.

Las tímidas y afraneladas brisas que algunas veces acarician Austin durante la primavera, fueron tomadas como vientos a babor que me inflaban el coraje, me aletargaban el miedo y me lanzaban grotescamente a saborear estos nuevos pechos, otras nuevas naves imperecederas. Me sentía invencible, renacido náufrago, porteño de puerto en voz, con el vals peruano *El pirata* como himno y eco a mis preparativos de mudanza.

No pasó mucho tiempo para que mi puerto solo tuviese un nombre, Ivonne, a babor. No le quedó mucho tiempo al tiempo para verme otra vez, vestido de trotamundos, todo un tragaldabas de fantasías, enrumbándome a California: sueños de oro, sueños de sueños, mares de sueños, Ivonne a estribor.

Tres interminables días duró el viaje desde Austin a San Francisco. Horas de horas que se hicieron más largas incluso por la intensidad del calor y las ganas de terminar el trote. La marcha, no muy veloz pero sí persistente de mi conchevino Chevette del '79, sin aire acondicionado y repleto de libros, atravesaba el desierto Jornada del Muerto, lleno de poesía. Mis labios secos y mis poros sudoríparos destilaban a Bécquer, como cuando tenía quince años; a Neruda, como cuando iba a visitar a Mirella a Barranco; y a Whitman, como cuando aprendí a leer en inglés. El calor del desierto calcinaba el Chevette, el olor a papel húmedo de los libros con sus formas rígidas apretándome por todas partes, junto con mis ansias de llegar de una vez por todas a las puertas del puerto de mi amada Ivonne (léase: fornicar), hacían de mi viaje una especie de *foreplay* movible dentro de un sauna que era una biblioteca ambulante. Por lo demás, la cercanía a la fuente de mi placer inconmensurable era medida en millas recorridas y confusas: cien millas, doscientas millas, trescientas millas y yo estaba llegando... o viniendo... o yendo, ¿quién sabe? *Qué pena, me decía a ratos, si Kundera fuese mi copiloto cuántas historias afables escribiríamos juntos en esta ruta 66 de mil crepitaciones copulantes, con el perdón de César Vallejo.*

Dos

Tres años y seis meses, años pasaron desde mi arribo a San Francisco y al aterciopelado mundo de Ivonne, antes de que me diera cuenta de que algo andaba mal. Durante todo ese tiempo no había podido escribir una página digna de leerse misericordiosamente por uno de mis más íntimos amigos; ni siquiera un poema de cantina, y para remate, extraños síntomas de desdoblamiento psicológico opacaban constantemente mi felicidad. Cuarenta y dos meses habían pasado para que me diera cuenta de que casi todo ese tiempo las canciones y los poemas me los estuve cantando y recitando a mí mismo, pero nada, absolutamente nada, había quedado en la virginidad obtusa del papel.

No recuerdo exactamente cuándo dejé de escribir y empecé a hablar solo. Quizá todo se inició cuando me sentí seriamente compelido a proyectar mi vida cotidiana y a delinear la felicidad como quien desnuda de a pocos el primer beso, la última partida, el sueño de la casa propia y todo eso que gozamos más por la anticipación que por el hecho mismo. O quizá todo se hilvanó de sopetón, cuando Ivonne desplegó su alivianado mundo sobre el mío cubriéndolo con sus alas ciclópeas. O cuando ambas cosas se juntaron, amarrándome la imaginación con un arnés mitológico tan difícil de romper como doloroso de llevar.

Lo cierto es que el sabor escondido de la imaginación lengüeteando todas las palabras, escenarios y personajes fue reemplazado por el arquitectónico deseo de la felicidad diseñada. En lugar de imaginar para escribir, empecé a soñar despierto, que es diferente. Cuando uno sueña despierto no tiene punto de llegada, solo deseos y más deseos; y la vida, o el sueño de ella, se repite en un andar cicloide. Y no es que no fuera feliz regodeándome con tanto sueño sin sueño, sino que todo era muy fácil, mientras las páginas en blanco seguían esperando el maltrato ordenado del joven que se decía escritor.

Algo se interponía entre tanta felicidad soñada y fácil y la vena literaria abierta. No lo digo esta vez porque siendo católico me sintiera culpable de tanta felicidad –después de todo, católico significa ser universal– y yo me sentía en el centro del universo girando y girando alrededor de mis fantasías, sino porque después de cada vértigo trasuntando las mil una maneras de amar a Ivonne, y a los deseos de Ivonne, noches de insomnio y días soñando, me dejaban exangüe, acabado y sin ganas de nada, menos de escribir.

Al principio creía que era parte de mi reacción a la felicidad –y no es que no haya sido feliz antes– pero tanto y tanto no es gratuito, me decía, y en alguna parte escondida de mi cerebro sabía que algo tendría que pasar, y efectivamente, estaba pasando. A mis largas noches de insomnio con la mirada clavada en un telón blanco, la albea representación de la nada, sin poder parpadear siquiera para buscar un puntito de otro color, le seguía una sensación de vacío en la espalda durante el día; era como si mi cuerpo se hubiese cansado de llevar su alma a cuestas o como si alguien estuviese bebiendo de mi espina dorsal, que imagino debe tener un líquido que la hace dúctil como un pedazo de malagua no sé de qué color.

Varias veces Ivonne me encontró contorsionándome frente al espejo cuando yo trataba de encontrar esos dos puntitos característicos de los vampiros. Después de todo, nadie sabe si realmente existen, si ya cambiaron de dieta y ahora les gusta chupar tanto a las gringuitas de las películas como a los latinos como yo, o si San Francisco es su lugar predilecto con tanta gente vestida de negro buscando el otro lado del éxtasis. Pero ni puntitos ni nada. Únicamente esa sensación de vacío en la espalda, con un cansancio total y ese telón blanco enfrente de mis ojos arropando mis noches de insomnio.

¿Qué me estaba pasando? Tanta felicidad, tantas tertulias de velas rojas languideciendo, tantos vinos moriscos apagándose y tantos ardorosos paseos por los vericuetos del cuerpo de Ivonne no eran compatibles con este 'mal de ojo' o quizá 'mal del hijo' (por no hacerle caso a mi madre cuando era chico y me amenazaba: «Ya las pagarás cuando seas mayor»). O es que simplemente era que yo sufría una endémica y alérgica reacción a tanta felicidad soñada y tan fácil, medida en su correlación algorítmica con la cantidad de orgasmos, reflexionaba.

Los tres primeros años en el Bay Area no fueron sino de descubrimiento y de adaptación a la felicidad. Qué más podía pedir a la vida. Ivonne me devoraba una y otra vez (como dice la Salsa) absorbiendo mis deseos y San Francisco, con sus vinos aletargados, cervezas *gourmet* y playas ventisqueras, era el perfecto escenario para nuestro romance. Todos los elementos estaban puestos ahí para hacerme sentir bien. El Golden Gate, esa gigantesca cerradura de metal rojo que coquetamente anuncia la torrentosa salida al océano Pacífico, definitivamente la ventana a mi Mar Brava, nos abría el paso a San Francisco, *The City*, con sus *pizzas* transmarinas de ajo y conchas negras, restaurantes tailandeses, vietnamitas y taquerías por doquier, como un ejemplo de colonización al revés. Sin ir muy lejos, todos los sabores escondidos del mundo estaban ahí, y suponía yo, deberían hacer nuestro romance algo más exótico cada día. Sin embargo, después de ciento cuarenta y cuatro semanas, toda aquella escenografía que ponía juntos elementos tan disímiles y atractivos para adornar mi vida con Ivonne, empezó a descascararse y distanciarse de mi persona, apareciendo como una postal vieja de raídos colores. De repente, todo había dejado de ser novedad para convertirse en abstracta cotidianidad. De turista-observador-navegante-amante había pasado a ser residente-habitante, la coma de los puntos y comas de Ivonne, sin un lugar propio. Rutinariamente hablaba en inglés con pesado acento latino y desesperada complacencia; razonaba en chino porque nadie me entendía que *«el ser es y el no ser, no es»* y aun simples aseveraciones como que lo *«concreto es la síntesis de múltiples determinaciones»* o que *«el lenguaje es conciencia práctica»*, caían en el vacío hasta desintegrarse en pequeñas partículas de silencio. En concreto, nadie sabía lo que decía ni por qué lo decía, si era un chiste o algo docto y oscuro, pero inteligente al menos.

De tanta sonoridad balbuceante y de tanto pensamiento elaborado, los amigos de Ivonne e Ivonne misma, solo reconocían el ruido de un megáfono irritante y se conformaban con aceptar mi presencia esotérica como apéndice de Ivonne y de esta ciudad, dejándome hablar *politely*, pero sin hacerme caso.

Mi princesita serrana de cabellos largos hasta el inconsciente y ojos de araña me acompañaba, para mirarme desde lejos, como deseando otra historia ya sin el Aranjuez de sus movimientos, como hacía tres años.

En el abigarrado mundo social de Ivonne, yo debería jugar mi asignado papel de tercermundista inteligente y hacer gala de un conocimiento docto de las cosas del mundo. No importaba tanto que la gente no me entendiese o prestase atención. Yo debería hablar con el debido estatus doctoral y ¡gesticulando! Para alguien como yo, según Ivonne, esto era un mandamiento, el número once en la tabla de Moisés. No se trataba de un simple consejo, sino de un *ex cathedra dictum* o norma de vida que debería implementarse a cabalidad. Y como dice el dicho *«dado el consejo y el vencejo»*, no me quedó otra alternativa que practicar la gesticulación recomendada, muy temprano en la mañana y corriendo.

Empecé a correr primero treinta minutos y luego una hora, después dos horas; también a montar bicicleta y a dar de brinquitos hablando y gesticulando, gesticulando, corriendo y hablando. No faltó algún amigo de Ivonne que se atreviera a catalogarme como un loco con mucho físico. Pero qué importaba, yo solo quería recuperar mi centro, dejar de soñar que dormía y realmente dormir, descansar mi cansancio, sentir carajo, que yo era yo, que alguien me entendiese y que por fin las palabras en el papel desvirgado, le diesen otra vez, un orden a mi vida.

Todo hubiera sido perfecto, aun sintiéndome mal, si no me hubiera dado cuenta que todo ese tiempo estuve hablando solo. Dicen que la conciencia es el estado mental que complica la vida. Yo no acepté ese descubrimiento como algo dado. No quería complicarme. Me alegué a mí mismo que yo no hablaba solo, que yo más bien había descubierto una línea directa de comunicación entre el ser humano (con muy buen físico por las corridas mañaneras) y las arañas. Ellas eran mi público, especialmente las de patitas largas que me acompañaban en la casa o las viuditas negras que encontraba en el parque. Yo había pasado del lenguaje de las estrellas que hablaba de Ivonne, al lenguaje de las arañas que expresaban lo mismo pero sin humanidad y sin Ivonne.

—Si vas a hacer el ridículo, hazlo en tu propio idioma, ¡carajo! —gritoneó un día Ivonne perdiendo la tramontana anglosajona.

Mente et consilium perdere, me dije, mientras evadía su mirada penetrante y el bloque de queso que me lanzó con tanta destreza como el más consumado de los mataperros o un beisbolista profesional dominicano. Entendí muy claramente que yo ya había perdido el estado de gracia frente a Ivonne y que pronto tendría que pagar por mis pecados. *Así debe ponerse Dios cuando pecamos*, me dije, *pero sin las tres libras de queso cheddar.*

A nadie le deseo el dolor que sentí tratando de buscar las palabras adecuadas para decirle que no podía hablar con ella porque únicamente podía hablar de ella cuando estaba con mis arañas; que estaba exánime, perdido, desdoblado y hasta quizá, para ponerlo en una palabra: solo. Quería decirle que este no era un pecado original porque de otra forma los introvertidos, mudos y migrantes no tendrían entrada al cielo. Por último, que yo no era así, yo devine así, por culpa de sus amigos y de ella.

Mi lengua se estrelló contra los dientes como chocando con unas rejas de mazmorra medieval; mis labios se separaron violentamente, la garganta me devolvió tres veces la misma espesa y viscosa saliva, las palabras rebotaban en mi cerebro buscando una salida inexistente, hasta que finalmente puede balbucear un «lo siento...», tan apurado y esquivo que lo sentí como el final de un gran discurso. Había llegado pues al límite de mi desaliento. Mis mil y tantos días en San Francisco se condensaron en un segundo. Ivonne, mi centro, mi pecado, y ahora, mi silencio, me condenaba abiertamente.

Tres

No es que me haya tirado al abandono de un día para otro y aceptado el precio de la tanta felicidad tan fácil y soñada con síntomas de desdoblamiento y mutismo. Más de una vez intenté salir de esa misérrima situación y romper la cábala de la gesticulación recomendada y de mi soledad a cuestas. Un día hice el intento serio de entretenerme, no solo hablar, pero divertirme, regocijarme con unas risotadas bien planeadas, cagándome de la risa (es una expresión). *¿Por qué tenían que ser mis monólogos* *serios?*, me pregunté. Pero no pude. Aquel negocio de hablar solo y bajo ciertas reglas de urbanidad o al menos postura, me habían roto la vena divertida, quebrado la espontaneidad, acotaría el Viejo Ricardo. Me había acostumbrado a hablar solo, seriamente y de Ivonne... con las arañas. ¿Acerca de qué? Pues de todo y de nada. De su manera de arrebatarme la paciencia, de sus historias de niña dúctil, del color de las flores en sus vestidos de verano, del olor de su piel antes y después de las caricias, de la lógica de su desnudez y de la trayectoria del jugo de durazno madurando entre sus pechos; podía también embelesarme estructurando segundo a segundo nuestro siguiente encuentro y todas las vías hacia su cuerpo pequeño y feble; podía, aun no queriéndolo, exprimir mi cerebro dibujando el recuerdo de su acicalada presencia a tres minutos de su partida. De todo eso no podía ya reírme, ni siquiera me era posible esbozar una mueca que se asemejara a una sonrisa; solo podía soñar despierto como quien mira una película que se repite y repite, ya lo dije. Otro día, como último recurso, intenté reírme de que no podía hacerme reír y solo logré sentir en mi cerebro una bola llena de aire y la imagen acusadora de Ivonne, la diosa del queso. Las otras puertas de la imaginación se me habían cerrado intempestivamente como a quien vende de casa en casa licuadoras a pilas o el famoso quita-manchas quita-lo-todo.

Cuatro

Para alguien como yo, que andaba literalmente en las nubes, no había cabida para una interpretación lógica y racional de los acontecimientos. Mi cuerpo era feliz, pero mi alma estaba en otra parte, perdida, confundida y solitaria. Todos los síntomas provenían de la misma fuente: la felicidad de mi cuerpo, los sueños acerca de esta felicidad con Ivonne y, entre acto y acto, un silencio agobiante, a veces interrumpido por mis lamentos quejumbrosos, muy parecidos a las notas en sol menor de las dunas de Marruecos. La conclusión de que mente y cuerpo deben ir juntos, como Adán y Eva para los antiguos cristianos, era obvia. *¡Santo remedio!*, me dije, y como quien salta de la cama o del estado espiritual de permanente convalecencia con visitas a domicilio, opté por darle reposo al cuerpo y a Eva, digo, a Ivonne, es decir, no más sexo, ni tertulias baquianas, ni paseos sensuales a la geografía sinuosa de su cuerpo. Si uno pierde su centro, pues ¡hay que recuperarlo!

Ahora lo veo claro y hasta puedo escribirlo desde aquí, en mi oficina de la Universidad de Nuevo México, mirando una fotografía de Ivonne llena de garabatos. La soledad también tiene nombre de mujer, a pesar de lo que diga mi cuerpo.

El regalito de Peter

«Onzas de sangre, metros de sangre, líquidos de sangre,
sangre a caballo, a pie, mural, sin diámetro,
sangre de cuatro en cuatro,
sangre de agua y sangre muerta de la sangre viva».
—César Vallejo

Uno

Me preparaba a revisar lo que había escrito la noche anterior, en un septiembre que anunciaba un otoño fresco, seco, apacible y según mis propias cábalas, un derrotero próspero para los hijos de Libra. Camino a mi estudio me entretuve mirando a través de la ventana los girasoles inertes y derrotados después de un verano implacable, anunciando el ineludible ciclo natural de vida y óbito. Los colores del paisaje estaban cambiando y me aseguraban que ello podría afectar mi temperamento. Siempre fue así desde que tengo uso de razón. Pero mis cambios de ánimo en Lima eran más bien simples dado que solamente hay dos estaciones bien marcadas y los colores de la ciudad no cambian mucho entre estación y estación. Desde que me radiqué en Santa Fe, las subidas y bajadas anímicas se tornaban más complejas apenas las cuatro estaciones se encrespaban de tonalidades diferentes.

Todavía impactado por el espectáculo que me hacía sentir vivo y en armonía con los ciclos de la naturaleza, sea que afectasen o no mis ánimos, busqué una excusa más para no sentarme a editar mis trabajos. Encendí el televisor para enterarme de las noticias del día vía CNN. No esperaba mucho más allá de lo usual, es decir, uno que otro crimen, alguna bufonada del presidente George W. Bush y los indicadores de la economía yendo hacia abajo. Ilusamente, quizá deseaba que el equilibrio que me rodeaba en ese pequeño valle de vida se reprodujese en el mundo.

Cuando aparecieron las primeras imágenes en el televisor, mi cerebro optó por protegerse y jugar a que no entendía. Aun así, seguí prendido de lo que se me presentaba distante como una película de horror, pero que se metía dentro de mí como una cuña de acero que no podía esquivar y que taladraba mis pensamientos y emociones confusamente. Continué casi paralizado con mi obsceno voyerismo. Los acontecimientos que se desenvolvían ante mis ojos se agolparon y reventaron en una ola de tristeza que me hizo sollozar. Parpadeaba intermitentemente para dejar salir toda la desolación del maretazo revolcando mi alma, mientras me preguntaba cómo podría ser posible tanta barbarie. ¿Cómo es posible?

‽∈‽

Era septiembre 11, a las 8 y 40 de la mañana del año 2001 y el vuelo 11 de American Airlines se estrellaba contra una de las Torres Gemelas del World Trade Center en Nueva York. Veintitrés minutos después, a las 9:03 a.m., el vuelo 175 de United Airlines hizo lo mismo en la segunda torre y ambas torres ardieron juntas. Cuando los edificios se desplomaron, los sensores sismográficos de la Universidad de Columbia registraron la magnitud del desastre a nivel de un temblor de tierra de 2.4 grados en la Escala de Richter para la zona del noreste de los Estados Unidos.

Las imágenes eran difíciles de asimilar, había pánico, confusión, horror, fuego y destrucción; gente saltando al vacío desde las Torres Gemelas en llamas, una muchedumbre despavorida y embadurnada de un pesado polvo huía de la hecatombe sin rumbo fijo. Paradójicamente, no eran escenas totalmente ajenas, yo ya las había visto antes en las películas de extraterrestres y monstruos atacando Nueva York, excepto que la fantasía del terror que tanto atraía al público norteamericano en la ficción, esta vez era suplantada por la devastadora realidad de los rostros empolvados gimiendo toda su fragilidad.

Un tercer avión de pasajeros, el vuelo 77 de la American Airlines, se estrelló luego en el Pentágono a las 9:43 a.m. y un cuarto avión de la United Airlines, vuelo 93, cayó desplomado del cielo en Somerset County, Pennsylvania, a las 11:59 a.m., sin llegar a su presumible objetivo, la Casa Blanca o al Congreso de la República. Aquel terremoto terrorista que duró aproximadamente dos horas y diez minutos, cobró las vidas de 2819 personas, según cifras oficiales: 2016 empleados entre los 35 y 40 años de edad, 343 bomberos y paramédicos y 23 policías. Se encontrarían después 289 cuerpos intactos y 19,858 retazos de cuerpos humanos.

Como yo, millones de norteamericanos vivieron y acompañaron desde la distancia digital a los más de 2000 personas muriendo en Nueva York ese fatídico día y a partir de ahí todo cambió para nosotros. Del humo y el polvo de proporciones bíblicas emergió una avalancha de ansiedad y miedos sociales que nos opacó el alma y dejó navegando una lúgubre góndola buscando venganza. Las conversaciones políticas se hacían murmurando, el orgullo nacional aparecía alicaído y todo el mundo cambió su rutina de transporte, trenes en vez de aviones. Una buena parte de la población, que no podía salir de compras para cumplir con la patriótica demanda del presidente, simplemente se deprimía en sus hogares, contemplando sus vidas desde los cristales del desempleo. George W. Bush les pidió gastar dinero en tiendas y restaurantes, no como alegoría para restaurar la vida normal, sino como fantasía irrealizable, ya que el país estaba sumido en una depresión económica del carajo desde hacía por lo menos cuatro años.

Un estado de generalizada ansiedad social había penetrado la psique de la población norteamericana a través de las pantallas del televisor, y se quedaría con nosotros para siempre. El escupitajo de muerte nos llenó no solo de lágrimas, sino que nos dejó rumiando enemistades y vientos de guerra. Las calles diferentes, los acentos desiguales, las caras distintas que sostenían el espinazo elocuente de una nación que ama la libertad, se hicieron añicos al desplomarse las Torres Gemelas y empezamos a dudar de nosotros mismos.

La población incrementó su consumo de drogas antidepresivas y las visitas a los hospitales; la gente se alteraba por cosas que antes eran insignificantes y ordinarias: un teléfono celular perdido se convertía en una posible bomba, un grupo de musulmanes viajando juntos era una turba energúmena de terroristas, un cuchillo de plástico en el avión se visualizaba como un arma para tomar rehenes, abrir el correo esperando un polvo sospechoso y mortal era ya un ritual diario. Había que evitar las concentraciones masivas, los aviones, la gente diferente. Todo el mundo andaba buscando pistas del siguiente encuentro con la muerte y las respuestas las podían hallar en los periódicos o la televisión pronosticando diariamente nuestra suerte mediante el código de barritas de colores: anaranjado, podías salir de tu casa; rojo, podías morir.

La ansiedad y el miedo se convertirían luego en una masiva tristeza para alcanzar su punto máximo de alienación cuando el dolor se transmutó a una demanda de revancha de iguales proporciones al dolor infligido. Se pasó de la ansiedad al deseo del contraataque, al desquite ácido y calculado, el cual se satisfizo con la invasión de Irak. No es difícil imaginar que lo que estaba pasando en los hogares norteamericanos –ansiedad colectiva que se convertía en deseo de venganza– podría estar sucediendo también en los hogares bombardeados en el Medio Oriente, así que el ciclo de violencia global encontró su brazo perdido y se amarraron para seguir su derrotero de muerte y destrucción hasta el día de hoy.

Dos

Ocho meses habían pasado desde la tragedia de las Torres Gemelas de Nueva York, cuando me llegó la invitación de Wally, mi vecino y compadre, para ir a pescar a Puerto Aransas en Corpus Christi, Texas. Mi respuesta fue ambivalente. Empecé a deambular por un sinnúmero de preguntas para evitar dar una respuesta inmediata: ¿qué tipo de pesca era? Me había aburrido soberanamente con el *fly fishing* de hace dos años en los riachuelos de Nuevo México, había tenido mejor experiencia con las truchas en los lagos Heron y Santa Cruz; pero, ¿quiénes irían en este viaje?, ¿qué tipo de peces se podría obtener?, ¿cuánto iba a costar el viajecito?, ¿por cuántos días?

—Se trata de una pesca en altamar. Alquilaremos un bote en Puerto Aransas que navegaremos hasta una zona en la que incluso el más pésimo pescador agarra algo. Hay cualquier cantidad y variedad de peces esperando, ¡anímate! Podemos traer *red snapper, blackfin tuna, amberjack, grouper,* pequeños tiburones y hasta *mackerel* para que hagas tu cebiche.

—Suena interesante... buen desafío para un chalaco, pero...

El 'pero' no admitía explícitamente que para ir a Corpus Christi había que tomar un par de aviones haciendo escala en el enorme aeropuerto de Houston y que yo no estaba todavía preparado para este tipo de aventura en medio de las noticias oscuras que nos llegaban por la televisión y el Internet.

—Me gusta la idea, hace tiempo que no veo el mar... Déjame pensarlo, te contesto más tarde.

No había muchos 'peros' que analizar. Estábamos en plena primavera y salir a buscar el mar y el sol al aire libre, luego de un severo invierno, era lo que el cuerpo y el alma pedían con desesperación. Me dije que romper la rutina de cotidianidad simétrica en busca de una aventura sana, deportiva y muy controlada, no me vendría mal. Sin embargo, la elusión fundamental que circulaba en mi cabeza no admitía abiertamente que yo no estaba preparado todavía para vencer esos temores que me congelaban el sistema nervioso. Si lo podía evitar, no volvería a pisar un aeropuerto nunca más, no después de lo que sucedió en septiembre 11. No obstante, lo pensé por varios días. No era el océano Pacífico, que lame las costas del Callao y al que no tenía acceso desde hacía varios años, pero era mar, olía y sabía a mar, después de todo era un viajecito tentador.

Si mal no recuerdo, pocas habían sido las oportunidades de aventurarme a pescar más allá de la farola de la Plaza Grau en

Callao con mi endeble cordelito y mi persistencia infantil. Alguna otra vez mi padre me había llevado a una corta travesía de dos días en su barco cisterna durante la cual intenté pescar también con mi cordelito y nunca pude obtener nada, excepto la mirada adusta y decepcionada de mi padre. La invitación de Wally me daba la oportunidad de sacarme el clavo, por fin sentirme chalaco pescador, no solo de fantasías, pero pescador verdadero, todo un hombre de mar.

Tres

El miedo, que es una emoción muy humana para la cual no hay vacuna y que en el tiempo de las cavernas nos ayudó a sobrevivir a los depredadores naturales, nos había invadido socialmente con los acontecimientos del once de septiembre. Vino vía el Internet y la televisión para mostrarnos nuestra olvidada vulnerabilidad. Los modernos depredadores no eran los de aquella primigenia etapa homínida; los de hoy vivían y se camuflaban entre nosotros. Esto nos hacía más vulnerables al pánico porque podíamos imaginar mil formas de morir creciendo dentro de nosotros mismos.

En los días que siguieron al once de septiembre, el miedo social aumentaba conforme nos enterábamos de los resultados del ataque de los *kamikazes* de Osama bin Laden y un sabor humoso calaba todas las gargantas de los norteamericanos. Trescientos bomberos neoyorkinos sufrían de enfermedades respiratorias, el fuego en el área del siniestro había durado más de cien días, el número de personas adelantando su jubilación se triplicaría ese fin de año, se perderían 146,1000 puestos de trabajo, más de cien vehículos se encontraron completamente destrozados. Nueva York removió 1,506,124,000 toneladas de escombros y el costo de limpieza física se calculó en 600 millones de dólares. La pérdida económica al siguiente mes del ataque – es decir lo que Nueva York dejó de percibir– fue aproximadamente de 105 millones de dólares.

Millones de personas sentíamos casi al mismo tiempo los efectos físicos del miedo. Experimentábamos una hiperactividad en la amígdala, ubicada en la parte más primitiva del cerebro y que procesa la información emocional y los posibles peligros o amenazas a la integridad personal. La adrenalina y la noradrenalina nos hacían reaccionar tensando nuestro cuerpo ante un eminente peligro que no veíamos, pero que sentíamos a la vuelta de la esquina. Estas dos químicas alteraban nuestra respiración y las palpitaciones, dilataban las pupilas y hacían que la saliva se secase como si hubiéramos bebido vinagre para el desayuno. Algunas personas afectadas podían hasta sentir mareos, temblores y náuseas, que para entonces se habían convertido en su manera de despertarse. En otros casos, la circulación sanguínea se alteraba y mandaba una corriente de sangre fría a través de la espina dorsal, buscando redistribuir el flujo sanguíneo para hacer funcionar los músculos mayores de las piernas y brazos dispuestos a correr o atacar. Medio millón de neoyorquinos reportaron ser víctimas de aquel estrés post-traumático, según cifras oficiales del 2001, y el resto del país aullaba su desconcierto.

La respuesta del Gobierno norteamericano no se hizo esperar y la retórica incendiaria vino acompañada de un bombardeo a Afganistán por veintiséis días consecutivos y una serie de medidas llamadas antiterroristas, entre ellas, la aprobación de la llamada USA Patriot Act. Esta ley obtuvo su mandato entre gallos y medianoche, ya que los legisladores de ambas bancadas admitirían posteriormente que nunca llegaron a leer y debatir este mamotreto de setecientas páginas.

Uniting and Strengthening America by Providing Appropriate Tools Required to Intercept and Obstruct Terrorism o simplemente USA Patriot Act fue firmada por Bush cuarenta y cinco días después del ataque y ayudó a incrementar el clima de resentimiento y venganza en contra de todos aquellos que lucían diferentes de la imagen del hombre blanco (no es casual que el Consejo de Relaciones Americano-Islámicas reportara más de 1,714 crímenes racistas en los meses que siguieron al ataque en el año 2001), a la vez que permitió al Gobierno espiar a quien quisiera, detener a quien quisiera, deportar a quien quisiera y torturar en nombre de la seguridad nacional.

De ahí en adelante, todos podíamos pasar a ser sospechosos si no íbamos a comprar tal como el presidente lo aconsejaba. Pero, ¿cómo podíamos ser patriotas en plena recesión económica? Y era ciertamente bizarro ir a los centros comerciales, después de todo, y encontrarlos llenos de policías con metralletas, perros guardianes y máquinas fisgonas por doquier. La imagen era la de un domingo cualquiera en un campo de concentración. La atemorizada población norteamericana, que nunca había sido atacada en su propio territorio desde Pearl Harbor en la mañana del 7 de diciembre de 1941, seguía aferrada a su democracia pasiva y, como consecuencia, totalmente sumida en el desconcierto.

El operativo de dos horas y diez minutos, con un mínimo de bajas en el bando terrorista, había sido terrible e inimaginablemente exitoso. Se había afectado la moral del país, su economía y sobre todo, se había alterado su *modus vivendi*. En la tierra del pastel de manzana, el BBQ y McDonald's, ya nada sería igual.

Cuatro

Opté por esconderme en las trivialidades de la vida casera para evitar dar una respuesta a la invitación de Wally. La excusa era que yo estaba muy ocupado en conseguir un gato para eliminar a la familia de ratones que decidió establecer residencia en mi casa durante el invierno. Los había estado cazando uno por día, durante diez días, y por el volumen me daba cuenta de que me estaba deshaciendo de los hijos y no de la máquina reproductora que eran la mamá ratón y el papá ratón, porque, como todo el mundo sabe, los ratones no se reproducen como conejos, sino como ratones que son. Me aconsejaron que consiguiera una gata porque son mejores cazadoras que los gatos machos. Inicié la búsqueda, primero entre los vecinos, y posteriormente en el Albergue de Animales Domésticos de Santa Fe. Ahí encontré que no era tan fácil adoptar un gatito en abandono porque hay que pasar por un largo proceso de compatibilidad gato-humano y hay que presentar también una serie de referencias personales que te eliminen como un come gato. Ante esto último, pedí a mis vecinos que si los llamaban del Albergue preguntando por mí, no mencionaran los comentarios de mi madre tiempo atrás, que en Perú se come gato y que se prepara de diversas maneras, siendo la más apetitosa, el seco de gato porque parece ser que el cilantro y la carne de gato van muy bien juntos.

Entre idas y venidas al Albergue, ya sea para mostrar las referencias benditas o para sentarme en un pequeño cuarto, remedo de una salita, esperando a que apareciera mi posible adoptado, seguía yo escamoteando a Wally y no le daba una respuesta a su invitación.

—Esta es la cuarta vez que te llamo y no contestas. ¿Qué andas haciendo? ¿Ya conseguiste tu gato? Llámame.

Las contestadoras tienen un doble papel dentro de nuestra cotidiana modernidad: por el lado práctico, siempre tiene uno la posibilidad de decidir si contesta o no el teléfono y por otro lado, aunque borres el mensaje, la mera presencia de la contestadora la convierte en una máquina acusadora de tu silencio. Así que, después de ese último mensaje de Wally, me dije que ya era tiempo de dar una respuesta a su invitación, que no tenía por qué estar hueveándolo. Aun así, busqué un espacio más e intenté inmiscuirlo en el tema de la búsqueda del gato. Lo llamé cuando yo sabía que no estaba en casa.

—Perdona que no te haya llamado antes, lo de la gata, tú sabes... Finalmente la conseguí, después de entrevistarme (entre comillas) con muchos gatos poco sociables. Se llama Rosie. Te cuento que me impresionó su sigilosa y tímida presencia, además de su elegancia de felino egipcio. La vi tendida de panza con su garrita estirada con la discreción de una asesina en preparación. Me impresionó mucho su mirada distraída y su gran mechón dorado cruzándole la cara en medio de un abundante pelambre plomizo, una versión félida del Fantasma de la Ópera, diría. Rosie no se escondía como los otros gatos, pero no se acercaba, solo se mostraba. Me gustó que no fuera muy musculosa, ni grandaza, por el contrario, su cuerpito fofo le daba un toque femenino a su animalidad gatuna con ojos de diamante.

En fin, ya tengo gata. Ahora hay que operarla y cuidarla después de la operación. Me la entregan mañana... Sobre el viaje: ¿quiénes van? No conozco a nadie. Llámame.

Wally me volvió a llamar en la noche:

—Hola compadre, qué bueno que ya resolviste tu problemita... Para el viaje seríamos cinco personas, si tú te decides venir. Dividiremos el costo del alquiler del bote en cinco partes iguales. Hay tres tipos que tú no conoces. Todos trabajan para el Laboratorio (se refería a Los Álamos, donde se creó la bomba atómica norteamericana en 1945). Un médico, el doctor Capeletti, que está a punto de jubilarse, y dos ingenieros especialistas en rayos láser, Aarón y Peter, con los cuales ya he ido a pescar antes. Gente madura, tranquila.

No está mal el grupo, pensé. Gente de mediana edad escapando de la rutina, aprovechando el tiempo libre que el Laboratorio les daba por estar ajustando sus propias medidas de seguridad por lo sucedido el once de septiembre. Sin embargo, una excusa más se me vino a la mente. Rosie, que ya estaba en la casa, se había escondido y no se le podía ubicar, a la vez que mi mujer me acusaba de haber traído un gato travesti. Sucedió que al revisar los documentos que daban cuenta de la cirugía a la que había sido sometida Rosie, el veterinario del Albergue sindicó a Rosie como macho. Yo le juraba a mi mujer que si de algo estaba seguro era que Rosie era tímida y era gata. No bastaron mis afirmaciones, esto tenía que ser comprobado cara a cara con la gata o gato. (Lo cual es un decir, porque lo que se le quería era mirar si tenía o no miembro). Así que empezamos la búsqueda de Rosie que ahora demostraba que podía ser lo suficientemente inteligente como para volverse invisible en una casa que no conocía. Rosie era hembra, era tímida e inteligente, y como lo demostraría después, una cazadora natural, ágil y despiadada. Pero en esos momentos, ella estaba fuera de nuestro alcance y tenía que ser ubicada.

Dejé otro mensaje en la contestadora de Wally.

—No lo vas a creer, tenemos una nueva crisis con la gata. ¿Cuándo salen a pescar? Estoy interesado, pero esta nueva situación hay que resolverla. Te llamo más tarde.

Dos días y ni huella de Rosie y el ajetreo para encontrarla continuaba en la casa. Finalmente, mi mujer optó por lo sano y dijo que ella se encargaría del asunto:

—Si es macho, lo devolvemos cuando aparezca. Si es hembra y cazadora, se queda. Tú puedes irte a pescar si quieres.

Me quedé sin excusa y no me quedó otra alternativa que aceptar la invitación una vez que ella trajese a colación que el mar era parte de mí, citando uno de mis secretos confesados cuando éramos apenas novios. Según ella, yo le había dicho que para mí el mar era tranquilidad, mi infancia, mi placer y hasta mejor que la masturbación cuando era joven.

—Eso me lo dijiste tú.

—¿Yo te dije eso?

—Yo me encargo, anda, vuelve a tu mar.

Si bien es cierto que el pavor de volar y pasar por aeropuertos se revolcaba dentro de mí, algo más profundo quería confiar, volver a normalidad. Así que haciendo de tripas corazón decidí ir a Puerto Aransas con mi compadre Wally, los ingenieros y el doctor por jubilarse.

Cinco

En el siglo XXI, gracias a la revolución digital no hay tiempo de acomodarse, prepararse o esconderse de las desgracias y las convulsiones del mundo. Maremotos, terremotos, revoluciones, ataques suicidas, alucinados francotiradores, masacres, torturas, invasiones y hambrunas, todo se puede ver entre la comodidad del jugo de naranja y el cafecito de la mañana en nuestros hogares. Si una foto valía más que cien palabras en la época de los periódicos de papel, imaginemos el impacto de miles de recuadros mostrando todo el pavor y el dolor en 'vivo y en directo', segundo a segundo y sin interrupciones. Todo se nos viene a boca de jarro para mostrarnos el movimiento tajante de la muerte dentro del cuerpo grande, que es nuestra casa y ahí se queda.

Seis

Cuando nos encontramos en el Aeropuerto Sunport de Albuquerque, acabadas las presentaciones del caso, me di cuenta que el grupo ya tenía una rutina y un lenguaje codificado que se iba desempolvando poco a poco. Hablaban de sus anteriores experiencias en común, de sus cañas de pescar y anzuelos, del tamaño y hábitos de los peces, con una obsesión que a mí me faltaba. Respiraban cierta autosuficiencia cientificista que iba más allá de mis intereses y conocimientos. Por ejemplo, cada vez que alguien mencionaba su experiencia con algún tipo de pez, alguno de ellos anotaba su nombre técnico en latín. *Grouper* o mero era el *Epinephelus, red snapper o* huachinango era *Lutjanus campechanus, amberjack* o pez limón era *Seriloa dumerili.* Yo me limitaba a sonreír y a posar como inadvertido estudiante.

Estando ya en Puerto Aransas, después de hacer escala en Houston, el protocolo de grupo se desenvolvió en su totalidad sin mayores dudas acerca de lo que se iba a hacer o no. Fuimos a cenar a un pequeño restaurante llamado Mr. Fish, situado muy cerca del hotel y a unas pocas cuadras del puerto. No sabíamos si era bueno, pero su cercanía a los muelles garantizaba pescados y mariscos muy frescos, tal como lo señalaba su menú: pescado del día. Se pidieron varias rondas de Guinness y un pescado frito un tanto grasoso; la conversación era casual y siempre aterrizaba en la cantidad y tamaño de peces a obtener a la mañana siguiente. Se analizaba el clima, las corrientes, las estaciones, el tipo de veda, el bote que estábamos alquilando, las referencias del capitán dueño del barco y cómo íbamos a regresar a Albuquerque con un tesoro más grande que nuestros sueños, los platos que íbamos a preparar y cómo aquel sería el mejor de todos sus viajes.

Las rondas de cerveza pasaron rápidamente como para calmar la sed de ávidos camellos hasta que me comunicaron que el siguiente punto de la agenda era reunirnos en la habitación del doctor Renzo Capeletti para jugar una partidita de *poker*, tomar *single malt scotch* y degustar unos habanos que parecían cubanos, pero eran hechos en Honduras. Me retiré del restaurante y los dejé inmersos en sus deliberaciones sobre los momentos por vivir al día siguiente. En mi habitación del hotel hice una llamada a mi casa para preguntar por la situación de Rosie. Las noticias eran buenas. La gatita parecía muy cómoda, amigable, no se escondía, hasta el punto de estar durmiendo en la cama con mi mujer. Rosie, se había comprobado, era fémina, y muy pronto comenzaría su guerra santa de exterminio ratonero. A la pregunta de mi mujer de cómo había sido el viaje, evité dar pormenores y dirigí el tema hacia lo interesante que era el grupo, todos parecían simpáticos y algo iba a aprender sobre pesca y especies marinas.

La puerta de la habitación del doctor Capeletti se abrió y el espeso humo de los cigarros me hizo retroceder a pesar de las sonrisas de la comitiva que me invitaba a sentarme y disfrutar de los habanos de Honduras y del juego de *poker* ya en curso. Me acerqué a la mesa de juego por el lado de Peter, uno de los más callados de los ingenieros que parecía estar leyendo un periódico colocado enfrente de su nariz y no las cartas de un juego de *poker*.

—¿Vas a jugar? —me preguntó.

—Prefiero mirar por ahora, no juego muy bien.

—No te puedes sentar si no vas a jugar —espetó.

—No lo asustes —dijo Wally desde el otro extremo de la mesa.

—Déjalo que se ambiente, necesita un trago —añadió Aarón, el ingeniero más joven, con espejuelos tipo Trotsky y mirada vivaz. Él era el encargado de los tragos.

—Sírvase a su gusto doctor.

No entendí el mal humor de Peter. No supe cómo interpretar sus palabras. Me quedé observándolo y noté que transpiraba, mientras el resto del grupo se divertía a borbotones entre comentarios sardónicos y bravatas de cantina añeja. Se notaba que él quería ganar a toda costa y que el *poker* era para él algo más que un simple juego para matar el tiempo.

Las cartas iban y venían sobre la mesa, acompañadas de las bocanadas de humo de pretenciosos magnates. Me quedé parado, un poco alejado de Peter, para no molestarlo. Las bravuconadas no parecían llegarle por lo concentrado que estaba. Los vasos de *scotch* se vaciaban rápidamente y Aarón se encargaba de llenarlos de nuevo mientras se quedaba mirando la botella como calculando cuánto se estaba bebiendo. Sus ademanes eran rápidos, como si tratara de empujar la noche de juerga a su límite lo más pronto posible, mientras sus risotadas de mastodonte nos contagiaban de felicidad.

Yo festejaba las irónicas salidas de Wally y Aaron, mientras que la dinámica creada me hizo recordar el popular juego del 'cachito' de las cantinas chalacas en Perú, pero ahora en inglés, con gente un poco mayor y usando cartas en vez de dados. Me sentí muy cómodo viéndolos divertirse y pensé que ya era hora de sentarme a ser parte de la euforia del grupo y busqué un lugar entre Wally y Aarón, que parecían los más juguetones y disipados del grupo. Estaba a punto de pedir cartas cuando Aarón saltó de su asiento y apuntando su dedo contra Peter y con rostro cinabrio le increpó:

—¡Mierda!¡9 y 11! ¡Acabas de tirar 9 y 11!

—¿Y qué ? —respondió Peter entre sorprendido y asustado.

—¡Huevón, me cagaste la noche!... Yo que estaba tan alejado de toda esa mierda y tú acabas de traerla de nuevo.

—Yo solo...

Wally y yo tiramos las cartas sobre la mesa, nos miramos de reojo y nos levantamos lentamente buscando cada uno su propia esquina. ¿Cómo era posible que dos cartas, dos números trajeran tanto desasosiego? Era obvio, hasta ese momento todos habíamos hecho un esfuerzo civilizado por no mencionar nada de lo ocurrido ocho meses atrás. Es más, el viajecito en sí mismo era una forma de reafirmar que la vida continuaba como antes, que todavía se podía tener una existencia normal, alejada de confabulaciones y caos. Sin embargo, todo todavía estaba a flor de piel y bastaban unos tragos y un par de números fortuitos para que nuestras pobres mentes recapitulasen la misma película que nadie se atrevía a comentar.

La música de los Bee Gees retumbaba aún más debido al silencio impuesto por la reacción casi violenta de Aarón. El azucarado *staying alive/staying alive* parecía la cinta de sonido adecuada para ese momento, cuando apareció el doctor Renzo en calzoncillos tipo trusa imitando los movimientos de John Travolta en su famosa película de los años setenta. Lo miramos sorprendidos y no pudimos hacer otra cosa que desparramar las carcajadas.

—Mis queridos ingenieritos, yo estaba a punto de quedarme dormido, cuando un huevón me trajo otra vez al mundo del miedo vociferando unos números que yo interpreto son el teléfono o la dirección de Lucifer. ¿Qué mierda pasa?

—Doctor —dijo Aarón—: póngase sus pantalones o me va a dar ganas de vomitar.

—Sí, vístase —agregó Wally—, no estamos tan borrachos para este espectáculo y va a terminar de asustar a mi vecino.

—Les recuerdo que estamos en mi habitación y que hemos venido a relajarnos y si no me dicen qué mierda está pasando voy a hacer un *striptease*.

—*OKAY, OKAY*, es mi culpa, discúlpeme doctor. Pero no me digan que todo esto sobre septiembre 11 no los ha alterado. Yo no he dejado de ver despierto y en mis pesadillas lo que pasaron por la televisión. Todo está en mi cabeza, como en las suyas, con muchas preguntas y pocas respuestas que me ponen al filo de la exasperación porque no hay con quién conversar de lo que nos está pasando en este país. En el Laboratorio evitamos hablar de estas cosas. Pero todos tenemos ancladas en nuestras mentes muchas preguntas que podrían ser catalogadas de anti-patrióticas. Discúlpenme otra vez. Es esta situación de mierda.

—Tienes razón —dijo Wally—, no hay manera de tener una conversación racional sobre el tema. Nosotros somos hombres de ciencia y muchas de las cosas que se dicen en la versión oficial o los diarios no las encuentro factibles. Simplemente no cuajan. No responden a una racionalidad científica. Yo necesito respuestas.

—Añade que no se ha investigado si hubo o no terroristas en Nueva York poniendo explosivos en los edificios. ¿Por qué se deshicieron de los escombros de las Torres sin analizarlos? —interpuso Aarón.

—Una más: en el informe oficial del Gobierno no se ha tomado en cuenta las versiones de algunas sobrevivientes que escucharon explosiones antes de que los edificios se derrumbaran. Uno de estos testigos claves que sobrevivió la catástrofe murió misteriosamente hace unos meses. Un catedrático experto en estructuras y un general en retiro han hablado de explosiones controladas y nadie les ha hecho caso. Yo también tengo preguntas en mi cabeza —acotó Wally chupando con intensidad su habano hecho en Honduras.

Sentí que algo tenía que decir y lancé mi pregunta mortífera:

—¿Quiénes ganan y quiénes pierden con todo esto?

—Perdemos nosotros —respondió el doctor Capeletti.

Los escuchaba intercambiar sus preguntas como si en realidad ellos hubieran buscado ese momento, alejados de sus familias y del trabajo, para pasar por una catarsis necesaria. Claro, el trago les había bajado las defensas y ahora vomitaban todo lo que estaba en sus cabezas de hombres de ciencias, como ellos se autodefinían. Nadie acusaba, todos preguntaban. El doctor Capeletti, todavía en calzoncillos y con un trago en la mano, seguía de cerca sus reacciones esperando que terminaran sus inquisiciones.

Siete

Entre los informes oficiales y las teorías conspirativas que deambulan en el Internet, existe una gran gama de preguntas no respondidas sobre los sucesos acaecidos el 11 de septiembre del 2001. Esto, por un lado, ha hecho más vulnerable a la población y ha creado fantasmas que todavía deambulan, pero también ha permitido la creación de grupos de científicos y ciudadanos que quieren ir más allá de los informes oficiales. Gracias a estos últimos, se sabe, por ejemplo, que los únicos que pudieron mostrar su patriotismo comprando y vendiendo, como lo aconsejaba el presidente, fueron los agentes de la Bolsa de Valores de Nueva York que dejó de operar solo seis días después de la tragedia. El otro dato es aún más curioso. Según los informes de la agencia noticiosa Reuters, que cita la información aparecida en la página web del *Toronto Star,* un muy inusual volumen de transacciones con tarjetas de crédito por un valor aproximado de cien millones de dólares se habría dado momentos antes del ataque terrorista. Todo hacía sospechar que alguien tuvo información avanzada sobre el ataque o que de repente una urgencia muy intuitiva invadió a los norteamericanos y los impulsó a gastar muy temprano ese martes. El movimiento de esas transacciones se registró en las computadoras del World Trade Center que luego fueron llevadas a Alemania para recuperar la información de los chamuscados discos duros. Hasta ahora no se sabe nada.

Se podría decir que ante una tragedia como la del 9/11 no todos fueron afectados negativamente. Hubo algunos ganadores. Ganó la derecha militarista y su industria de espionaje y guerra; perdieron los ciudadanos comunes y corrientes con la limitación de sus derechos civiles y constantes fisgoneadas cibernéticas. Perdieron los más pobres, con menos presupuesto para servicios sociales, con más angustia real, imaginada o creada. Perdieron las industrias de turismo y de servicios, las de transporte, pero ganaron las empresas dedicadas a la seguridad y la guerra como Black Water, que recibió contratos del Gobierno norteamericano por más de seiscientos millones de dólares en un año y de la noche a la mañana. Estas millonarias transferencias salieron, después de todo, de los bolsillos de los asustados ciudadanos, pero dado su carácter secreto en nombre de la seguridad nacional, poco o nada se podía decir, poco o nada se podía controlar de esa moderna guardia pretoriana creada con fondos públicos.

No obstante el silencio de las voces discordantes y la casi inexistencia de las posiciones más mesuradas que nos alejaran del odio y la revancha, hubo ciertas sinceras adherencias y buenas intenciones patrióticas en el público, como lo demuestra el incremento en un cincuenta por ciento del reclutamiento para la CIA y, en números menores, en las Fuerzas Armadas y el Cuerpo de Paz. Hasta hubo un famoso jugador de fútbol profesional que dejó su lucrativa carrera con los Arizona Cardinals para enrolarse en las filas del Ejército operando en Afganistán. Meses después trataron de convertirlo en héroe al sucumbir durante un ataque; se descubrió luego que en realidad murió a manos de sus propios colegas en el llamado *friendly fire*.

Ocho

La vena divertida y despreocupada de las primeras horas juntos desde nuestro arribo a Puerto Aransas se había evaporado con la abrupta interrupción de Aarón y la secuela de preguntas de Wally. Peter era el más ofuscado y lo mostraba con su silencio pétreo, sentado en su asiento mirando sus cartas y apretando las mandíbulas. El doctor Renzo Capeletti con sus sesenta y cinco años de paciencia, sabiduría, y a punto de jubilarse, trató de terminar con la sombría atmósfera dirigiéndose a todos nosotros como un padre que trata de poner sentido al sinsentido.

—Miren muchachos, más sabe el diablo por viejo que por diablo. Yo no tengo nada que perder porque en unos pocos meses más ya no me van a ver la cara. Así que lo que les voy a decir solo tiene consecuencias para ustedes. Primero, todos nos cagamos de miedo, pero nadie lo dice. Segundo, ese miedo que es natural en estas circunstancias, viene siendo alimentado por el Gobierno. Como no tenemos respuestas, nuestro miedo y desasosiego aumentan, así como las teorías conspirativas que se esparcen como chispas en la pradera del desconocimiento. El

Gobierno, que nos debería dar respuestas y protegernos, quiere que el miedo continúe y nos seguirá inventando enemigos y conspiraciones para mantenernos vulnerables. Tercero, en este estado de vulnerabilidad social –palabra muy grande– pueden imponernos una agenda política. Cuarto –y con esto termino– depende de cada uno de nosotros el separar el polvo de la paja. Nadie va a destruir a los Estados Unidos, nosotros lo vamos a echar abajo si aceptamos con pasividad lo que se nos dice. No consintamos al silencio, muchachos. Hablemos de estas cosas entre nosotros, con el psiquiatra o el cura, si quieren. Apaguemos el televisor y hablemos. Pero si no queremos hablar, a la mierda, sigamos con nuestro objetivo de divertirnos, que no nos quiten las ganas de sentirnos vivos, ni los terroristas, ni el Gobierno.

Terminado su cuasi-discurso, buscó las miradas de cada uno para arrimarnos un trago. Con parsimonia, todos volvimos a la mesa de juego y buscamos ordenar las cartas. Sentí que era el momento de decir algo para asentar mi solidaridad con el grupo.

—Tengo que confesar que no quería venir a pescar con ustedes porque tenía miedo de los aviones, de los aeropuertos, de la gente. Me sudaron las manos durante todo el trayecto. También hemos sentido esta clase de miedo en Perú, durante la guerra entre Sendero Luminoso y el Gobierno de Alberto Fujimori Fujimori. Alguna vez también nos manipularon con el miedo. Fujimori mandaba a poner bombas para aumentar la necesidad de su mano dura.

—Bueno, carajo, ¿van a jugar ahora o no? —interrumpió Peter con fastidio.

Comenzaron a circular las cartas, los tragos y los habanos de Honduras otra vez. Todos mirábamos nuestras cartas como quien quiere encontrar esa página interesante de un libro perdido. El jolgorio resurgía a trancazos, se notaba que todos queríamos volver a nuestro estado de jaleo juvenil del principio de la noche. El doctor Renzo terminó su trago, se acomodó sus calzoncillos y se marchó a su cuarto dando pasitos al ritmo de los Bee Gees: «*Got the wings of heaven on my shoes / I am dancing man and I just can't lose / You know it's all right, it's O.K. / I will live to see another day / You're stayin' alive, stayin' alive».*

—No decías que no sabías jugar —otra vez Peter.

—¡Mano virgen, mano virgen! —repetían a coro Wally y Aarón mientras intercambiaban sus cartas. Yo venía acumulando algunos buenos billetes en mi esquina y calculaba que era tiempo de retirarme.

—No te atrevas a irte —me dijo Peter en tono amenazante.

—Hay que levantarse a las cinco de la mañana. Me gustaría leer un poquito antes de dormir —contesté buscando la aprobación del grupo.

—Eso no es de hombres —acentuó Peter.

Seguí jugando, ganando un poco más y tratando de negociar mi salida. Hasta se me ocurrió que si perdía en un par de vueltas quizá Peter me dejaría ir y todavía saldría con unos dólares extras. Ya no era tan divertido ganar si esto venía acompañado de los comentarios de Peter sobre si había mentido acerca de mi nivel de juego. Por fin, me armé de valor y me fui a dormir. Mientras salía de la habitación continuaba sintiendo la mirada acusadora de Peter en mi espalda.

En la mañana, una débil neblina se desvanecía con cada soplo de la tenue brisa marina y de la boca del hotel íbamos saliendo como osos después de un largo invierno, estirando el cuerpo y bostezando mientras bebíamos ingentes cantidades de café negro. Peter se apartó del grupo y se fue a su esquina técnica, junto al barco que ya estaba listo a partir. Desde ahí parecía rezar a sus cañas de pescar y a su cajita con anzuelos. Era el único del grupo concentrado en la tarea por venir. Los demás tratábamos de despertarnos. El capitán barrigón y colorado con voz aguardentosa de cantina anunció la partida. Nos encaminamos al barco en una lenta fila de amodorrados hombres mayores sin ninguna otra pretensión que seguir durmiendo. Peter fue el primero en ubicar su espacio en la veranda del barco y colocar sus sendas cañas de pescar, que resaltaban como grandes antenas frente a su pequeña estatura. El resto del grupo se cobijó dentro de la cabina para seguir durmiendo hasta llegar al lugar donde nuestros sueños de aventura pesquera se harían realidad.

Wally se acercó, y con su acostumbrado espíritu protector me ofreció píldoras en contra del mareo. Lo miré condescendiente y le dije que así estaba bien, mi memoria más profunda recordaría cómo sobrevivir una aventura en altamar, después de todo yo era chalaco, con un corazón chalaco. Me tendí sobre una de las bancas y dejé que mi cuerpo se acostumbrara al ritmo de los tumbos que el barco surcaba tercamente. *Uno se marea cuando se opone al vaivén, cuando trata de encontrar estabilidad en lo inestable*, me dije, cerrando mis ojos.

Dos horas de travesía dentro de un mar brutalmente movedizo me hicieron reflexionar sobre lo insignificante de nuestra humanidad frente la naturaleza y lo poco que sabíamos de las condiciones de nuestra aventura a pesar de todas las elucubraciones en el restaurante. El barquito había perdido su corte coqueto y turístico para afrontar tercamente su misión de mantenerse a flote surcando enormes olas que lo ponían casi verticalmente en un eterno sube y baja. Elevaba su nariz puntiaguda hasta el extremo y luego se dejaba caer sobre la plataforma marina que lo volvía a levantar. Todos mis compañeros –excepto Wally que tomó sus píldoras– no soportaron tan tormentoso bamboleo del navío y tuvieron que 'alimentar' a los peces en un rito a veces sincronizado.

—Es la última vez que tomo tanto trago, ¡lo juro!—gritaba Aarón absorbiendo su baba.

—Es el pescado frito, ¡carajo! —acusaba Peter con los ojos vidriados—. ¡Mar de mierda! —añadía al haber ya encontrado a sus enemigos.

El doctor Renzo no decía nada, solo se limitaba a vomitar cada cinco minutos. Cuando el capitán dio la orden de parar las máquinas, apareció un sol fuerte y confiado de su brillo, y la mecedora psicodélica que era aquella embarcación dejó de moverse y empezó a flotar suave y cómodamente como si hubiera encontrado el paraíso que con tanta terquedad buscaba. Todos recuperaron su color en el rostro poco a poco, mientras el mal aliento sabía ahora a menta. Enfrente del barco, a babor, los *huachinangos* saltaban alegres como si supieran que era época de veda para su especie.

Me disponía a lanzar mi cordel, cuando apareció Wally para preguntarme si todo estaba bien conmigo. Le dediqué la misma sonrisa amable con la misma respuesta al inicio del viaje:

—Soy chalaco, con un corazón chalaco.

El doctor Renzo se acomodó junto a mí y lanzando su cordel, me dijo:

—Ahora sí, a gozar, ¡carajo!

—¡Aleluya, *brother!*

—¿Sabes por qué me gusta tanto pescar? Me encanta la tensión que trasmite el cordel a todo lo largo y ancho de mi cuerpo cuando un pez está prendido del anzuelo. Primero, hay una calma llena de misterio porque el cordel entra a otro mundo del cual no se ve nada, pero sabes que hay vida moviéndose. Todos los sentidos se agudizan en una fracción de segundo cuando se siente el tironcito tembleque del pez tratando de escapar. El cerebro se concentra en no dejarlo huir. Otro tironcito seguro y directo de tu muñeca hacia atrás y el pez se engancha. Inmediatamente la batalla por traerlo al barco, sacarlo de su ambiente natural se desenvolverá como una ópera hacia su clímax. Guardando las diferencias, esta es la misma táctica que usan los cocodrilos, cuando 'pescan' en las orillas de los ríos africanos. Aseguran sus colmillos en la presa y luego con un decisivo y seguro movimiento, voltean a su presa patas arriba y la meten al río, es decir, la sacan de su ambiente natural. Aquí, en la pesca, sabemos que la única oportunidad de ganarle al pez es engancharlo y sacarlo de su ambiente natural, tal y como hace el cocodrilo, pero nosotros usamos un ganchito de metal en lugar de colmillos. Luego, una forma y un color que no esperabas se presentarán ante tus ojos, como sacando un conejo del sombrero mágico que es el mar, y tu corazón palpitará como loco. Por eso me gusta pescar, por lo misterioso, lo mágico y el derroche de adrenalina. Es como si millones de mini-orgasmos se reprodujeran en las células de mi brazo templando el cordel.

—¡Ah!, creo que algo mordió —interrumpí.

Pasaron unas tres horas antes de que resonara otra vez la voz del capitán anunciando que regresábamos a Puerto Aransas. Todos habíamos pescado algo y nos sentíamos satisfechos y agotados, excepto Peter que presentaba sus quejas públicamente para justificar lo poco que había obtenido, según él. La verdad de las cosas es que ya sea por su mejor concentración o simplemente suerte, Peter había cogido un par de hermosos y gigantescos meros, tres tiburones bebés y un hermoso atún joven. Nosotros nos contentamos con dos o tres caballas y uno que otro tiburón bebé por cabeza.

En Puerto Aransas los pescados fueron pesados, limpiados, fileteados y puestos en bolsas herméticas con hielo seco, listas para ser embarcadas al día siguiente hacia Albuquerque. Nos quedaba todavía una noche más por compartir. La cena trascurrió con la consabida exageración de las batallas en altamar en las que los peces iban creciendo de tamaño conforme se consumía más cerveza. Peter seguía dictando cátedra sobre los momentos vividos y quejándose que varios 'enormes' peces se le habían escapado porque había mucha chacota en el barco.

—¿Saben cuándo se inventó el anzuelo? ¿Cuándo se pasó del garrotazo al anzuelo? —nos interrogó con cara de profesor de provincia. Nos miramos y contestamos al unísono:

—Noooo, por favor Peter, ilumínanos —todos al unísono.

—Ocho mil años antes de Cristo.

—O sea que en la multiplicación de los peces durante el Sermón de la Montaña se usaron anzuelos —dijo socarronamente Aarón.

—Ese fue un milagro, imbécil —le contestó Peter.

Nadie mencionó las conversaciones de la noche anterior y todo el mundo parecía relajado. El hecho de intercambiar sus preguntas sobre el once de septiembre del 2001, había sido como ir a un confesionario público en el cual –gracias al trago y la distancia– se había logrado la catarsis necesitada. Después de todo, nadie había tratado de ser patriota o revanchista, solo habían expresado algunas dudas como hombres de ciencia.

Nueve

«0:49 p.m.: CNN. Congressional Correspondent Jonathan Karl reports that Attorney General Ashcroft told members of Congress that there were three or five hijackers on each plane armed only with knives».

Diez

Pasamos la seguridad del pequeño Aeropuerto de Corpus Christi sin ningún problema y medio adormitados. No había mucha gente debido a lo temprano que era y nuestro avión, por suerte, salió a tiempo. Durante el trayecto seguimos durmiendo hasta arribar en Houston. El día se desenvolvía para nosotros con la tranquilidad y la pereza que necesitábamos para ir reinsertándonos con lentitud en la rutina que nos esperaba en Albuquerque. Nuestro preciado cargamento de peces e historias eran la prueba de que la habíamos pasado bien, después de todo.

Sentimos que la aventura estaba por acabar cuando aterrizamos en el Aeropuerto Internacional de Houston. El movimiento y cantidad de personas contrastaba vívidamente con lo provinciano del Aeropuerto de Corpus Christi. Hombres de saco y corbata, mujeres de pasos largos y firmes, con la mirada fija en las metas del día y dispuestos al trabajo, nos hacían sentir fuera de lugar y eso nos agradaba. Wally propuso tomar unas cuantas cervecitas más, muy temprano, nomás para sacarles pica a estos entrenados servidores del capital, cosa que fue aceptada sin ninguna objeción por el grupo. Todos queríamos mantenernos en la deliciosa modorra de la holganza lo más largo posible.

Sin embargo, el cansancio iba minando al grupo y uno a uno, después de las cervezas tempraneras, buscó recalar en la sala de espera para descansar. Los comentarios cáusticos y bromas atacando al más distraído se iban diluyendo. El grupo convergió en un semicírculo alrededor de Peter, quien continuaba con sus consabidos sermones acerca de cómo pescar. Los largos bostezos, evidenciando el aburrimiento y cansancio de todos, no lo incomodaban. Yo me preguntaba cuál era el problema de este ingeniero chiquito y carantón que ahora se disponía a reordenar su mochila por enésima vez mientras seguía cotorreando. Sus manos se movían al interior de la bolsa, palpando cositas y ropa sucia.

—¡Carajo! —dijo y todavía nadie le prestaba atención a pesar de estar frente a él.

Lo vi sacudir su mochila y meter casi medio cuerpo dentro de ella. Su rostro se tornó blanquecino y su respiración se hizo intermitente y sonora, bufaba como un toro herido o un tren a punto de descarrilarse. Sus ojos se alzaron clavándose en cada uno de nosotros, como quien pide ayuda no verbal cuando una víbora le ha mordido la mano. Nadie se percató de su mirada, excepto Wally.

—¿Qué te pasa? —preguntó con su acostumbrada actitud de *boy scout*.

—No lo van a creer, estamos jodidos.

Sin sacar la mano izquierda de la abertura de la mochila, hizo un gesto de invitación para que viéramos lo que él venía sujetando y le producía ese estado de rigidez muscular y traspiración ferviente, mientras las gotas de sudor frío borraban las facciones de su rostro anodino.

La inclinación de los cuerpos hacia la mochila, y luego su automática retirada como quien deja ir un resorte, lo decía todo. Peter tenía en su bolsa un enorme cuchillo de pescador, de unos treinta centímetros de largo con una hoja aserruchada.

—¿Cómo mierda pasaste esto en la seguridad de Corpus Christi?

—¿No sabías que lo tenías?

—¿Qué estabas pensando?

—¡Estamos jodidos!

Todos miraban a Peter como si de pronto hubiera adquirido lepra o SIDA. Al zoológico de miradas sorprendidas y acusadoras, le siguió un rosario de increpaciones y luego sugerencias para resolver el problema que afectaba a todos. Al final, solo una opción quedó, y en voz muy baja se le recomendó entregar el cuchillo a la seguridad del aeropuerto con una disculpa de por medio. Después de todo, él era un ingeniero del Laboratorio de Los Álamos, él era un profesional decente proveniente de Minnesota y no un árabe o un extranjero. Sí, una disculpa y una entrega inocente, así se resolvería el problema del 'regalito' traído involuntariamente. No pasaron ni dos minutos para que el grupo desestimara la propuesta. Se argumentó que aquel acto de contrición no nos permitiría seguir nuestro vuelo a casa, ya que era parte del protocolo de seguridad cerrar el aeropuerto si algo como eso ocurriese.

—Me preocupa que vayamos a perder nuestros pescados congelados… Nos van a interrogar, todos somos sospechosos —comentó Aarón pensando en la cadena de consecuencias por venir.

—El que no la debe, no la teme —lo cortó el doctor Renzo tratando de poner calma.

—Debemos borrar de nuestra memoria las conversaciones que tuvimos cuando jugábamos *poker* —acotó Aarón recordando su exabrupto de hacía dos noches.

—Eso es mentir al FBI y trae consecuencias legales, ustedes bien saben eso. Nos eliminarían nuestro acceso de seguridad en el Laboratorio por un cuchillo de mierda y la irresponsabilidad de este cojudo — dijo Wally ya totalmente exasperado.

Peter estaba a punto de llorar y del colapso total. Sentadito, todavía con la mano izquierda en la mochila, seguía traspirando y esquivando la lluvia de miradas acusadoras. El grupo se fue alejando poco a poco de él hasta dejarlo solo, sentado con su bolsa y su 'regalito'. Se me vino a la cabeza que el más vulnerable frente a los posibles interrogatorios del FBI iba a ser yo, por el hecho de ser extranjero y que hasta quizá podía existir un *file* de mis coqueteos con Trinchera Roja en el Perú o de mis idas y venidas a El Salvador durante la guerra civil. Lo miré de lejos y me dio pena, pero también recordé lo pesado que fue Peter durante todos aquellos días, aun así me animé a reconfortarlo.

—Si yo fuera tú, iría al baño y me desharía del 'regalito' en el basurero. Cuídate que no haya cámaras de seguridad —le dije forzando una sonrisa solidaria y palmoteando su hombro inerte. Peter movió la cabeza rechazando mi propuesta.

—Eso haría yo —insistí y me uní al grupo.

Cuando llegó el momento de pasar la seguridad del Aeropuerto de Houston, lo hicimos en fila, todos juntos, excepto Peter. Cuando me disponía a poner mis zapatos en la bandeja plástica que los transportaría a la máquina de rayos X, sentí el pegajoso rostro de Peter sobre mi oreja izquierda susurrando palabras agitadas:

—¡Ya lo hice, ya lo hice!

—*OKAY, OKAY*, tranquilízate.... ¿Había cámaras?

—Creo que no.

—¿Limpiaste tus huellas dactilares?

—No me dijiste nada acerca de eso.

Apreté mis dientes lo más que pude para evitar morderle la cara y le increpé:

—¡Carajo!, tampoco te dije que me jodieras durante el juego de *poker* o que me hastiaras con tus palurdas peroratas sobre cómo pescar —le di la espalda y crucé el arco de la seguridad.

Once

Después de mostrar a mi familia con orgullo el resultado de mi aventura en altamar, preguntar por la situación de Rosie y tomar una ducha, prendí el televisor y busqué CNN. Nada había cambiado durante los días que estuvimos pescando. Las barritas de colores seguían dictando nuestros destinos de seguridad y miedo, el Gobierno seguía hablando de un castigo de inimaginables proporciones a un país del cual se sabía muy poco hasta que se decidió acusarlo de la acciones ocurridas en septiembre 11 e invadirlo.

Me disponía a ejercer mi derecho a la duda —esa de la que habíamos hablado durante el juego de *poker*– cuando me llamó la atención la línea de información que aparece como un trencito en la parte baja de la pantalla del televisor. Las letras corrían muy rápido. Esperé que pasaran de nuevo.

«Encuentran enorme cuchillo en el baño del aeropuerto de Boston. Cierran aeropuerto».

¿Cómo es que el 'regalito' de Peter apareció en Boston? ¿Cómo es posible que un cuchillo viaje de Texas, en el sudeste de los Estados Unidos, a Boston, en el otro extremo de la costa este, y se esconda en otro baño? O este cuchillo tenía permiso para pasearse acumulando millas por donde quisiera o simplemente no existe seguridad nacional en este país, a pesar del horóscopo fatídico de las barritas de colores.

Agradecimientos

Este libro no hubiera llegado a ustedes sin la generosidad de todos aquellos que leyeron mi manuscrito, lo comentaron, editaron, mecanografiaron y me llenaron de palabras solidarias. Ustedes saben quiénes son y lo que me dieron con el corazón en la mano. Quiero mencionar especialmente a Tavlos (Santa Fe) por su arte en la portada, Liliana Román Chipoco (Perú), el escritor venezolano John Montañez (Denver), Françoise Raimbault (Francia), Ricardo Vacca (Nueva York), Vilma Ruiz (Puerto Rico), Dr. Gregory Zambrano (Japón), y mi editora, Ani Palacios (Estados Unidos).

Luis Fernández-Zavala colabora con el blog
de literatura y cultura Cervantes@milehighcity.com.
Se le puede encontrar en luferza@gmail.com.

www.ingramcontent.com/pod-product-compliance
Lightning Source LLC
Chambersburg PA
CBHW020729210626
46807CB00016B/507